ライオンの棲む街

平塚おんな探偵の事件簿1

東川篤哉

祥伝社文庫

目次

第一話　女探偵は眠らない

1

その建物は競輪場から少し歩いたあたりに、ガラクタのような佇(たたず)まいを見せていた。

年季の入った鉄筋コンクリートのビルディングだ。白く塗られた壁は海風を受けて浸食が進み、あちこちに亀裂(きれつ)や剥落(はくらく)の痕跡(こんせき)が窺(うかが)える。五階建て以上なら倒壊の危機を感じて近寄ることさえ遠慮しただろう。幸い、ビルは三階建ての低層建築。将来的にぺちゃんこになることはあっても、いまこの瞬間にパッタリ倒れる危険は少ないものと思われた。

一階に見えるのは『粋(いき)なとんこつ』の看板。それがラーメン専門店の屋号だと気が付くのに数秒かかった。あまり流行(はや)っている雰囲気ではない。こだわりの屋号のせいだろう。とんこつの何が粋なのかは、どこにも説明がなかった。

一方、二階のひび割れた窓には黄色いテープで大きく描かれた「ケームセノクー」の文字。おそらく昔は「ゲームセンター」だったに違いない。たぶん、いまケームセノクーで遊ぶ酔狂(すいきょう)な客はいないはず。こちらは既に廃業してしまったようだ。

そして、三階に目を移すと、そこには紛(まご)うことなき人の住む気配。カーテンが半分開いた窓には、昼間ではあるが蛍光灯の明かりが見える。

私は手許の地図と、現在位置を確認した。平塚市札場町、『海猫ビルヂング』。

どうやら、ここがライオンの棲息地らしい。

私はひとつ頷くと、ヒールを鳴らしながら階段を上り始めた。


狭くて暗い階段を一段一段確実に上昇中の私。名前は川島美伽。この三月まで東京の某企業の総務課で地味なOL生活を送っていたが、仕事に疲れ、恋に破れ、ついでに貯金も持っていかれた挙句、不況のさなかに会社を退職。現在は地元平塚の実家に戻り、可及的速やかな社会復帰を目論む二十七歳女子だ。

というと、どこからかこんな声が聞こえてきそうだ。平塚ってどこ？

確かに説明が必要かもしれない。手許に地図があれば、広げてほしい。いや、関東の地図は駄目だ。神奈川県？　なおさら必要ない。理想は世界地図だ。地球儀でもいい。

中国大陸にぶら下がるように連なる島々が日本列島だ。真ん中に偉そうな赤い印が打ってある。首都東京だ。首都に隣接する◎印が国際都市、横浜。で、平塚はといえば横浜のすぐ隣。たぶん地図上では一ミリ、いや〇・五ミリも離れてないはず。まあ、ほぼ横浜だ。そう理解してもらって、なんの差し支えもない。平塚の繁栄ぶりが判ってもらえたと思う。

だがリーマン・ショックの余波か、ユーロ危機の影響か、はたまた構造改革路線の成れの果てか、ほぼ横浜であるはずの平塚の景気は、あまりよろしくない。

地元に戻って心機一転、ここから人生やり直し、と意気込む私の前に立ちはだかったのは、就職難という厳しい現実だった。なにせ二十二歳のピチピチ女子大生たちが、限られた新卒採用枠を巡って、限界ギリギリの安売り合戦を繰り広げるご時世だ。二十七歳ピッチピチの再就職希望者を受け入れてくれる企業など、この街には皆無だったのだ。

ならば地元で心機一転を諦め、再び進路を東に向けるか、あるいは地元で絶対浮気しない男を発掘し主婦業への永久就職を決め込むか。二者択一を迫られた私に、第三の選択肢がファクスで送られてきたのは、五月半ばの水曜日だった。

ファクスには『海猫ビルヂング』の地図とともに、懐かしい友のありがたい誘いの言葉が添えられてあった。曰く――

『美伽へ。平塚に戻ったんだろ。暇ならウチの仕事を手伝え。とにかく一ぺん顔見せろ』

おせん泣かすな馬肥やせ、みたいな簡潔な文章だが、疑問点が二つ。旧友はどこから私の新しいファクス番号を知ったのか。そして「ウチの仕事」とは、いったいなんなのか。

だが、いずれにしても友人との再会は嬉しいし、そこで仕事にありつけるのなら、それに越したことはない。さっそく返しの電話を、と思ったのだが、届いたファクスのどこを見ても、電話番号の記載がない。結局、返しの電話を諦めた私は、ビール片手に自宅の物干し台に出ると、平塚の夜空に浮かぶ月を見上げながら、

「やっぱ持つべきものは友よねえ」

と、素直な感謝の気持ちを呟いたのだった。

こうして私は今日、『海猫ビルヂング』へと出向いた。いちおう再就職活動の一環ともいえるが、面接相手は友人なので恰好はラフだ。紺のスーツなどは着ない。膝丈のタイトスカートに白いサテンのブラウス。ベージュのスプリング・コートを羽織り、手にしたバッグは会社員時代に中古で買ったエルメスだ。目的地がこのような廃墟寸前のビルだと判っていれば、ジャージと短パンで充分だったかと思う。

だが、文句をいっている暇はない。友人の職場はすでに目の前だ。

二十七歳の私は肩で息をしながら、ようやく三階までの階段を上りきる。目の前に現れたのは一枚の扉。嵌め殺しのガラスに社名らしきものが、洒落た金文字で描かれている。

そこに私は懐かしい友の名前を発見した。

『生野エルザ探偵事務所』

――ん、探偵事務所？

生野エルザと私は高校時代、同じクラスで三年間を過ごした仲だ。ただし部活は別々で、私は華麗なるテニス部。ラケット片手に私がコートに立つと、群がる男子どもが金網越しに二重三重の人垣を成したという川島美伽伝説は、いまでも母校の語り草だ。

　思えば十七歳の私は最強だった。十年後の体たらくを誰が想像しただろうか。

　一方、生野エルザはソフトボール部で二年の秋まで補欠を務めていた。補欠だったのは彼女の技量が劣るからではない。むしろ実力は他を圧倒するものがあったのだが、なにしろ彼女は体育会系に付き物のチームワークというものがなにより苦手。先輩には楯突く、後輩には凄む。練習はサボる。それでも、たまに試合に出ればエースや四番を凌ぐ活躍をするので、なおさら先輩たちの覚えが悪くなる。やがて監督とも衝突したエルザは、最終的に「ベンチがアホやから」と素敵な台詞を吐いて、ソフトボール部を去った。これまた母校ではいまだに語り継がれている生野エルザ伝説だ。ちなみに彼女が去ったあとのソフトボール部は泥沼の連敗地獄に陥り、監督は三ヶ月でクビになったそうだ。

　ライオンの恨みはかくも恐ろしい。ある意味、十七歳の生野エルザも最強だった。

　ちなみにライオンとは彼女の当時のアダ名。誰にでも咬みつく気性の悪さから付いた名前だろうと、当時の私は勝手に解釈していた。『野生のエルザ』という名作映画を偶然テレビで見たのは大学生になってからだ。映画の中のエルザは動物学者の手で育てられるライオンの赤ちゃんだった。なるほど、生野エルザに「ライオン」の呼び名が付くわけだ。ライオンは大きくなって探偵になったらしい――

私は半分の好奇心と半分の警戒心を持って、探偵事務所の扉を開けた。建て付けの悪い扉は、急な来訪者を拒(こば)むかのような手ごたえを私に伝えた。それでも強引にノブを引くと、今度はびっくり箱の蓋(ふた)のようにいきなり開き、扉は私の額(ひたい)を直撃した。

あまり歓迎されていない雰囲気を感じながら、私は室内に一歩足を踏み入れる。

室内は雑然としていた。まともな状態を保っているのは、窓際の応接セットだけ。壁際のキャビネットからは多くのファイル類が溢(あふ)れかえっているし、パソコンデスクの上はハイテク機器とは無関係なアナログな文房具が散乱している。事務机に至っては目も当てられない。積み上がった書類や書籍の山が二つ三つと連なり、書類山脈か書籍連峰と呼びたくなるような絶景を呈している。事務所としては酷(ひど)い状態だが、ここがライオンの檻(おり)の中だと割り切って考えれば、むしろ片付いているといえなくもない。

ところで、生野エルザの姿が見当たらない。ライオンは檻の中にいないのか。

と思ったら、懐かしい友は書類山脈の向こう側から、いきなりぬっと顔を覗(のぞ)かせた。

久々に眺めるエルザの顔。その印象が十年前と少しも変わらないことに私は驚く。男の子を思わせるショートヘアは、茶色もしくは黄金色に近い色合い。それは高校時代から彼女の最大の自慢であり、いわばエルザのたてがみだ。鋭角的な顎（あご）のラインと引き締まった口許は意志の強さを表し、他人を馬鹿にするような尖（とが）った鼻は高慢（こうまん）さの象徴。そしてなによりも、誰彼構わず挑みかかるような鋭い目つきが昔と少しも変わっていない。眸（ひとみ）の色は髪の毛と同じくブラウンだ。街を歩けば、知らない男に口説（くど）かれるか、いちゃもんを付けられるか、どちらにしても面倒に巻き込まれるタイプ。要するに、かなり目立つ顔なのだ。

「よお」エルザは私を見て、気安く片手を上げた。「さあ、そんなとこに突っ立ってないで、中に入りな。そこのソファに座っといてくれ。いまお茶を出すからよ」

事務机の向こうから姿を現したエルザは、部屋の隅にある小さな冷蔵庫へ向かった。濃紺のデニムのミニスカートから伸びた脚は、同性の私から見ても、撫（な）で回したくなるほど魅力的だ。男モノかと見紛（みまが）うような飾り気のないシャツに、黒のベストを羽織っている。腰に巻いた太い革のベルトが、ハードな印象を与える。シンプルで活動的なファッション。それもまた、記憶の中のエルザそのものだ。

エルザは麦茶を注いだコップを、ソファに座る私の前に置いた。彼女も麦茶を手にして、私の向かいの席に座る。しなやかな脚を器用に組むと、こげ茶色のショートブーツの爪先がテーブルの端を叩いた。背もたれに上体を預けた彼女の胸元は、意外にボリュームがある。

「さてと、それじゃあ、さっそく話を聞かせてもらおうか。なんの依頼だい。浮気調査。素行調査。失踪人の捜索。失せ物捜し。自慢じゃないけど、ウチは大抵の依頼には応じる方針だよ」

最初から妙な違和感を覚えていたが、そういうことか。無理もない。なにせ十年ぶりだ。私は状況を理解し、即対応した。

「実は動物を捜しています。この近所にいるはずなんですが、捜してもらえますか」

「ああ、ペット探偵なら望むところさ。で、どんなやつだい。犬、猫？　鳥だとやっかいなんだけどよ」

「いえ、そうじゃなくて」私は笑いを噛み殺しながら、「実は捜しているのはライオンでして……」

「ライオン⁉　へえ、ライオンか」口の中で何度かその単語を繰り返すと、エルザはニヤリと微笑んだ。口許からは、白い歯が覗く。「偶然だけどよ、心当たりがあるぜ」

「まあ、本当ですかぁ」

「本当さ。だって、あたしの知る限り、平塚の街にライオンは一頭しかいねーじゃん」

「わあ、凄い。どんなライオンですか？」

私は前のめりで聞く。彼女は自分の顔をずいとこちらに突き出した。

「もちろん、とびっきり賢くて綺麗な雌のライオンだ。よっく知ってるぜ！」

「そうそう、とびっきり賢くて乱暴な雌のライオンよ。やっと見つけたわ！」

こうして私たちは、再会を果たした。私は十年ぶりに彼女を昔の呼び名で呼んだ。

「エルぅ〜ッ！」

「美伽ぁ〜ッ！」

小さなテーブル越しに、肩を抱き合いながら喜びを分かち合う二十七歳女子二人。そんな感動的場面に水を差すように、そのとき探偵事務所の扉が開いた。

現れたのは、グレーのスーツを着込んだ深刻な顔の女性だった。

「あの、こちら探偵事務所でございますか。ぜひ、お願いしたいことがございまして」

私とエルザは寄せ合った身体を素早く離して、互いの顔を見合わせる。

思えばこの瞬間、私の人生の歯車はおかしな方向に回転を始めたのだった。

2

その依頼人は痩せた頰と突き出た顎を持ち、小さな目を気にしているようだった。アイラインを何度も引き直した苦難の痕跡が見て取れる。髪の毛は綺麗な栗色だったが、それを後ろで結っているため、あまり美しくないフェイスラインが強調されていた。

年齢は三十代か。スタイルはまずまずだ。背は高いほうだし、胸元にはボリュームがある。だが体形を覆い隠すようなコンサバなスーツのせいで、その魅力は半減している。

ところで私は探偵事務所の人間ではない。友人に導かれるようにここまできたが、他人のトラブルや困り事の相談を堂々と聞ける立場ではないのだ。しかし、私が席を外す素振りを見せるより先に、エルザは依頼人に対して自分自身と私とを簡潔に説明した。

「あたし、生野エルザ。探偵だ。そして彼女は助手の川島美伽」

以上で説明終了。疑問はいっさい受け付けねえ、といわんばかりの態度でエルザは私に最初の仕事を与えた。「美伽、お客さんにお茶を出してくれ」

一方的に助手に任命されたのは不満だが、ここは話を合わせるべきと、私は判断した。

「判った、任せて」私は冷蔵庫に向かい、背中と横目で二人の様子を窺った。

　エルザはあらためて依頼人に向き直ると、先ほどと同様の台詞を繰り返した。

「それじゃあ、あんたはそのソファに座って。さっそく話を聞かせてもらおうか。浮気調査。素行調査。失踪人の捜索。失せ物捜し。自慢じゃないけど、ウチは大抵の依頼には応じる方針だよ」

　エルザの振る舞いに気おされるように、依頼人は探偵の正面のソファに腰を下ろした。

「まずは名前と年齢、それから職業も聞いとこうか」

「名前は沼田一美といいます。富士見町に住む三十二歳。地元の建設会社で経理事務をしている者です。実はとても困っていることがありまして」

「ウチを訪れる客は大抵そうだぜ。で、困ったことっていうのはなんだい？」

「はあ、私の婚約者のことなんですが」

　私は麦茶をコップに注ぎながら、時限爆弾を眺める気分で二人の会話を聞いていた。

　まさかとは思ったが、現実は私の想像を遥かに超えていた。そして私は気付く。そういえば年長者に敬語を使うエルザの姿を、私は見た記憶がない。高校時代、彼女は担任の教師に対してもタメ口だった。百獣の王たるライオンは、敬語の必要性をいままで認識してこなかったのか。だったら、なぜ探偵になった？　探偵稼業は客商売ではないのか？

「へえ、あんた婚約中なんだ。判った。じゃあ、婚約者の素行調査かなにかだな」

「ええまあ、それはおっしゃるとおりなんですが、あの、それはそれとして……」

沼田一美は自分の話を中断し、不愉快そうな顔で前を向く。そして彼女は根本的な疑問を、目の前の探偵に投げかけた。「ところで、あなた、その口ぶりは何様のおつもり？」

彼女の怒りは当然だ。私は、彼女の問いに対してエルザが馬鹿なリアクションを示さないうちに、「お、お茶をどうぞ」と、慌てて麦茶を差し出した。

一瞬流れる微妙な空気。そんな中、私はエルザの首の裏側をぐっと摑む。そして、母ライオンが赤ちゃんライオンの首をくわえて運ぶ要領で、私は彼女の身体を事務所の隅へと素早く移動させた。書類山脈の裏側あたりで、私は友人の目を見据えた。

「ちょっと、エル、あなた普段からずっとああなの？　依頼人に対して、もう少しマトモな口の利き方できないの？　誰彼構わず、みんなタメ口？」

「ああ、年齢性別貧富の差を問わず、全員タメ口。だって、そのほうがいいだろ」

「公平だとでも？」

「いや、そのほうが楽じゃん」

「呆れた。いままで、よく探偵業が成立してきたわね。なんかコツがあるの？」

「コツなんかねえよ」エルザは腕組みしながら、誇らしげに高い鼻を私に向けた。「まあ、敢えていうなら、あたしの腕と顔がとびっきりってことじゃねーか」

私は思わず溜め息だ。だが、いまは天狗の鼻を眺めている暇はない。口の利き方を知らないこの猛獣を野放しにすれば、依頼人はやがて怒って帰ってしまうに違いない。ぶちまけられた麦茶で事務所の床が染まるのはいっこうに構わないが、私は目の前で修羅場を見たくない。

「判った。とりあえずエルは黙ってて。あとは私がやる。そのほうがお互いのためよ。大丈夫、任せて。幸か不幸か、いまの私は探偵助手っていう設定になってるんだから」

本当にいいのかよ、と心配げなエルザを置き去りにして、私はソファに腰を下ろした。あらためて自分の口から、「探偵助手の川島です」と心ならずも嘘をつき、私は先ほどまでの友人の非礼を詫びた。「どうか許してあげてください。実は彼女、帰国子女なものですから」

実際にはエルザは生まれてこのかた、ずっと平塚市民だ。

「あら、そうなの。じゃあ仕方ないわね。いわれてみれば確かに、そんな名前だわ。髪の毛も眸の色も茶色っぽいし」

日本人は帰国子女に弱い。沼田一美もその例に漏れなかったようだ。

「ちなみに、海外はどちらに？　やっぱりアメリカとか？」

「アメリカだなんて、とんでもない」私は大袈裟に手を振って、「アフリカですよ。幼少のころから大草原を駆け回る暮らしを、つい最近まで」

「あら、まるでシマウマみたいね」

「いえ、シマウマとは違いますが、まあ、その天敵みたいなものかも」

曖昧に呟きながら横を見ると、エルザは事務机の回転椅子の上に座って、茶色い髪を両手で掻き回す仕草。適当なこといってんじゃねえ、という彼女の不満の声が聞こえてくるようだ。

「ところで、あらためて伺いますが、婚約者のことでお困りだそうですね」

「ええ、そうなんです。実は私の婚約者に他の恋人がいるのではないか、と」

沼田一美は私のことを会話のできる相手と認めたらしく、疑惑の詳細を語りはじめた。婚約者の名前は杉浦啓太。一美の勤める建設会社の関連企業で働く会社員。年齢は彼女より六つ下の二十六歳。彼女は会社で重役を務める父親の勧めで杉浦と出会い、その後付き合うようになり、今年に入って婚約するに至ったという。

一美の見立てによれば杉浦啓太という男は、真面目で男らしく清潔感があって女性に優しく仕事はできて顔は凜々しく鼻筋の通ったイケメンであるらしい。もちろん恋に溺れる三十代女子の言葉を額面通りに受け取るほど、私は単純馬鹿ではない。

「写真とかあります？」私が聞くと、コンマ五秒で定期入れが私の前に差し出された。

　定期入れの中にはラミネート加工された写真が一枚。そこに写る杉浦啓太は、なるほど真面目な好青年という印象だ。イケメンという一美の評価も嘘ではない。サラサラの髪に色白の肌。涼しげな目許に男の色気がある。線の細さは若手の歌舞伎役者を思わせた。

「へえ、ホントにいい男じゃん。こりゃ周りの女たちがほっとかねーな」

　エルザが私の背後から写真を覗き込み、余計な発言で依頼人の危機感を煽る。

　私の前でたちまち沼田一美の表情が険しさを増した。そんな彼女は選手宣誓をおこなう高校球児のように、「私は彼を信じています」と勝手に宣言する。もちろん百パーセント信じているなら、彼女が探偵事務所の扉を叩くこともないわけで、実際、彼女はこのように続けた。

「信じてはいますが、ただ最近彼の様子が変なんです。休日に会う約束をしようとしても、あれこれ理由をつけて断ったり、夜中の遅い時間に電話しても繋がらなかったり。なんだか、まるで私を避けているみたい。どう思いますか、探偵さん」

「女だな。間違いねえ」

　探偵は率直な返答。私は横目でエルザを黙らせた。彼女はあんたに聞いてないの！

「なるほど、それは不安ですね」と私は依頼人に頷く。「他になにか変わったことは？彼の暮らしぶりとか」

「暮らしぶりといわれても、まだ一緒に住んでいるわけではありませんから、詳しいことは判りません。彼と同居している両親に、それとなく伺った話では、家にいるときの啓太さんの様子は普段どおりみたいです。ただ、私の会社の同僚が気になる話を」

「どのような話でしょうか」

「少し前にその同僚が、商店街のアクセサリーショップで啓太さんの姿を見たそうです。彼は女性モノのアクセサリーを購入して、プレゼント用に包んでもらっていたのだとか」

沼田一美が口を閉ざすと、事務所に沈鬱（ちんうつ）な空気が漂（ただよ）った。一美はそれ以上の事実を口にしたくない様子だった。私は黙って次の質問を考えた。エルザはいちばん単純だった。

「で、あんた、そのプレゼントは貰（もら）えたのかい？」

エルザの無神経な質問。最新の流行語でいうところの「超ＫＹ発言」に、重たい空気が凍りつく。

私はいきなり立ち上がって振り向き、目の前に立つ探偵の胸倉（むなぐら）を摑んだ。「馬鹿なの、エル！　プレゼント貰えてりゃ、彼女がこんなところにくる必要もないじゃないよ」

「ああ、それもそうか。すまない。そう怒るなよ、美伽。あんた、昔から怒ると超怖いんだから」

「人聞きの悪いことといわないでね。私は怒った顔も超可愛いって評判だったんだから」

評判だった、と敢えて過去形でいう自分にさえも腹が立つ。ところで、なんの話だったろうか。私の顔が可愛いか怖いか、そんな判りきった話ではなかったはず。そうだ。杉浦啓太が買ったアクセサリーだ。それは婚約者へのプレゼントではなかった。それの意味するところは、もはや明白だ。私はエルザの胸倉から手を離し、ソファに座り直した。

「話はだいたい判りました。確かに、あなたの婚約者には他の女の影が見えるみたい。で、沼田さん、あなたは探偵を雇って、具体的になにをやりたいのですか。婚約者の浮気相手を見つけたい？　浮気の証拠を摑みたい？　それとも、えーと、他にあるかしら」

「不埒な婚約者を懲らしめたい、とか」

私の背後で野蛮な探偵が過激な発言。しかし、依頼人は即座に首を左右に振った。

「そんなことは要求しません。とりあえず私がお願いしたいことは、彼の相手の女性が誰であるかを突き止めてもらうことです。それさえ判れば、後のことは私が考えます」

「よし、判った」エルザが依頼人に歩み寄る。「で、浮気相手にたどり着く手掛かりみたいなものは、なにかあるのかい？」

「手掛かりになるかどうかは判りませんが、こんなものが」

一美がバッグの中から取り出したのは、一本の鍵だった。ありふれた鍵だ。集合住宅の玄関などで、よく使われているタイプ。一美は傍らに立つエルザに直接鍵を手渡した。

「その鍵は私が彼の家にお邪魔した際、机の引き出しの中で偶然見つけたものです」

本当に偶然見つけたものかどうかは、この際だから詮索しない。エルザも私もだ。

「この鍵、あたしが貰っていいのかい？　あんた、勝手に持ち出したんだろ」

「構いません。それはコピーですから。本物はいまでも彼の机の引き出しの中です。なんの鍵かは判りません。ただ彼の自宅には、この鍵に合う鍵穴は見当たりませんでした」

「ふーん。たぶんアパートの鍵かなんかだな。さては、そこが密会場所か」

「そうかもしれません。その場所も突き止めていただけたら助かります」

「よし、いいぜ」エルザは鍵を右手で握り締めると、その拳を依頼人に突き出した。「あんたの依頼、引き受けた。絶対見つけてやるから、あたしたちに任せな」

「本当ですか。ありがとうございます」

慣れというのは恐ろしいもので、最初エルザの言葉遣いに不快感を露にしていた依頼人が、いまは同じ相手に感謝の言葉を述べている。見掛けは野蛮なライオンでも、いまは自分の味方であると、依頼人は認識を改めたようだ。

ところで、エルザがさらりと口にした言葉の中に、気になる点が一箇所あった。

『あたしたちに任せな』と彼女はいったのだ。

あたしたち、には私こと川島美伽も含まれているらしい。

3

それからわずか数日で、エルザは杉浦啓太の秘密の隠れ家を突き止めたようだ。

さすがプロの探偵を名乗るだけのことはある、といちおうは褒めていい。だが所詮、私には関係のない話だ。成り行きで沼田一美の悩み相談の聞き役を果たしたが、あれはエルザへの依頼であって、私に対してのものではない。そもそも私は探偵でも探偵助手でもない。私のなりたい職業ランキングに探偵業は入っていない。最新の流行語でいうところの「アウトオブ眼中」というやつだ。

だが、エルザの考えは違ったらしい。

木曜日、彼女から私の携帯に脅迫メールが届いた。

〈今度の土曜日、杉浦は一美のデートの誘いを断っている。怪しいだろ。杉浦は必ず土曜日に隠れ家にいく。そこにはきっと密会相手も現れる。決定的チャンスだ。向かいのビルの屋上で一日張り込むから、美伽も応援にくるように。こなかったら、ぶん●る〉

事の顛末に多少の興味はあるし、友人に力を貸したい気持ちもある。ぶん●られるのもできれば避けたい。けれど私が出掛けていく必要があるだろうか。悩んだ挙句、

〈晴れていればいく。雨ならいかない〉

と、私は返信した。ぶん殴られるだろうか？


結果的に、土曜日は雲ひとつない五月晴れ。絶好の張り込み日和だった。

昼下がり、私は約束したとおり、エルザの張り込み現場へ出掛けることにする。探偵助手の仕事としてではなく、あくまでも友人としての陣中見舞いだ。そのことを明確にするために、私は敢えて薄いピンクのワンピースに赤いパンプス、駄目押しに白いレースの日傘を手にし、お洒落な散歩気分で家を出た。

途中で差し入れのお菓子とドリンクを買って、悠々と現場へ向かう。

張り込み現場は確認済みだ。平塚駅の南側、代官町の公園の傍にある三階建てのビル。鉄製の外階段を上って、私は易々と屋上にたどり着く。道路を挟んだ真向かいに三階建てのアパートが見える。あれが杉浦啓太の秘密の隠れ家なのだろう、と見当が付く。

ところが肝心のエルザの姿が見当たらない。私は広くない屋上に友人の姿を捜す。間もなく私は彼女の姿を発見した。細身のジーンズに赤いタンクトップ、そしてカーキ色のサファリジャケット。どうやら、これが探偵の戦闘服らしい。だが気合の入った服装とは裏腹に、彼女は安らかな眠りの最中だった。ビルの空調設備に背中を預けて、気持ち良さげに寝息を立てている。いまこの瞬間、浮気男の証拠を掴む決定的チャンスをフイにしているかもしれないというのに、呑気なことだ。

私は五月の風になびく茶色いたてがみを引っ張り、彼女を現実に引き戻した。

「起きなさい、エル！」

「うわ、髪、美伽、引っ張るなよ、きてくれたのか、やめろよ、サンキュ」

「言葉の順序が滅茶苦茶ね。寝起きのせいかしら」

だが彼女は自分の失態を素直に認める玉ではない。乱れた短い髪を手櫛で直しながら、

「寝てないぜ。寝るわけないじゃん。『探偵は眠らない』って有名なフレーズがあるだろ」

「知らないわ。『ライオンは寝ている』っていう有名な曲なら知ってるけど」

ブンガ・ワッカ♪　ブンガ・ワッカ♪　ところで、現在どういう状況なのか。

「そこにアパートが見えるだろ。三階の右端の部屋、三〇四号室が杉浦啓太の隠れ家だ。今週あたしは杉浦に張り付いて、彼の行動を追った。彼は仕事が終わると会社から実家まで寄り道せずに真っ直ぐ帰る、実につまんねえ男だった」

「つまんねえって、なによ。真面目な人なんだわ。沼田一美もそういってたでしょ」

「ところが、その真面目な男が一度だけ寄り道した。木曜日だ」

「寄り道した先が、あの三〇四号室ね。で、誰の部屋なの？」

「それが判らねえ。表札もなにも出てないし、郵便物が届いている様子もない。周辺の住人にそれとなく話を聞いても、誰が住んでいるか知らないって答えだ。おそらく、本当に誰も住んでないいんだろう。つまり、あの部屋は杉浦啓太とその恋人が密会するためだけに借りられた、まさに二人だけの愛の巣ってわけだ」

「なるほどね。で、木曜日、杉浦啓太はそこで誰と会ったの?」

「いや、誰とも会ってねえ。杉浦は三〇四号室にひとりで入って、一時間ほどしてひとりで出てきた。彼が去った後、部屋の明かりは消えていて、中に人の気配はなかった。あたしはこっそり三〇四号室の扉に近づき、沼田一美から預かった例の鍵を、玄関の鍵穴に差してみた」

「鍵、合ったの?」

「合った。ピッタリだ。杉浦はあの三〇四号室の鍵を机の引き出しに隠し持ち、それを使って、ときどきあの部屋を訪れてやがるんだな。恋人と密会するために」

「でも、木曜日には誰もこなかったんでしょ」

「そりゃあ、約束がキャンセルになることも、たまにはあるさ。けど今日は違う。なにせ土曜日だ。まず間違いなく杉浦は、あの隠れ家で女と会う。そう思って、あたしは朝の九時からこの場所に陣取って三〇四号室を見張っていた。すると案の定、杉浦がやってきて部屋に入っていった。午後一時ちょうどだ。そこまでは絶対間違いねえ」

　悲しいかな、絶対間違いないと断言できるのは、そこまでらしい。

「要するに午後一時以降、居眠りしてたのね。で現在の時刻は午後三時十分と……」

　すなわち、居眠りライオンの睡眠時間は二時間ちょっとだったわけだ。

「認めざるを得ねーな」エルザはムッとして腕を組む。「だから、前もって美伽に応援を頼んだんだろ。くるならもっと早くこいよ。そもそも、よく考えたら探偵稼業って、ひとりじゃ絶対無理じゃんか」

　そういうことは探偵事務所開設の際に気づくべきだろう。完全な八つ当たりだ。

「エルが寝ている間に、二人はもう密会を終えて帰っちゃった、なんてことはない？」

「まさか。まだ昼間だし、密会があるなら、これからだろ。あるいは、いままさにその真っ最中ってことは充分あり得るけどな。よし、ちょっと、覗いてみるか」

　エルザはサファリジャケットのポケットから単眼鏡を取り出し、問題の三〇四号室を覗き見た。まさに覗き見という以外の表現を私は思い付くことができない。やがて彼女は単眼鏡を下ろすと、ホッとしたような溜め息を漏らした。

「三〇四号室には、確かに人の気配がある。窓辺のカーテン越しに人影が動くのが、薄らと見えるんだ。杉浦か、その恋人か、そこまでは判らねえ。とにかく、まだ見込みはあるってことだな」

　こうしてセカンドチャンスを待つべく、エルザの執念の張り込みは続いた。

　私は彼女の横に座って、差し入れのお菓子を自分で食べながら、ドリンク片手にエルザに語りかける。話題は高校時代の昔話から始まって、友人の結婚話や出産話。いちばん愉快に盛り上がれるのは親しくない友人の離婚話だ。

　エルザは興味なさそうな態度を装いながら、しっかり私のお喋（しゃべ）りを聴いている。私のお陰でエルザは居眠りせずに済むし、私も常日頃の鬱憤（うっぷん）晴らしになる。

　女二人のガールズトークと張り込みは、何事もないまま二時間ほど続いた。

4

　状況に変化が起こったのは、時計の針が午後五時を回ったころだ。いつしか上空には厚い雲が垂れ込め、あたりは薄暗い夕刻の景色へと変わりつつあった。

　突然、エルザの携帯が着メロを奏（かな）でた。映画音楽の巨匠ジョン・バリー作曲の勇壮なメロディが電子音となってビルの屋上に流れる。エルザは携帯の液晶画面を睨（にら）みつけた。

「依頼人からだ」

「へえ、いちおう連絡取り合ってるのね」

「当然だろ。毎日話してる。いまじゃ、お互い『沼田さん』『探偵さん』と呼び合う仲だ」

たいして親密な関係とも思えない。エルザは携帯を耳に当てた。

「こちら生野……沼田さんか……ああ、いま例のアパートの向かいのビルの屋上だ……」

沼田一美との会話を続ける一方、エルザの視線は油断なくアパートへと注がれている。

「まだ動きはない……三〇四号室には確かに誰かいるみたいなんだが……ん」

そのとき突然、エルザの目がカミソリのように細くなる。獲物を見つけた猛獣の目だ。

私はエルザの視線の先を目で追う。三階の外廊下に、若い女の姿が見えた。

女は鮮やかな花柄のワンピース姿。縁の広がった白い帽子を被っている。髪は背中に掛かる長さで、色は黒。最近流行の大きめのサングラスを掛け、右肩に赤いトートバッグを下げている。左手はリズムを取るように軽快に揺れている。遠目にも華やかで洒落た雰囲気を感じさせる女だった。その存在感は探偵のアンテナを激しく刺激したようだった。

「女がきた。また後で連絡する」

エルザは一方的に依頼人との通話を終えた。それから彼女は傍らのバッグを引き寄せると、中からバズーカ砲を取り出し、それを身体の正面で構えた。砲身は真っ直ぐ花柄ワンピの女へと向けられている。発射準備完了。女は自分がバズーカ砲で狙(ねら)われているとも知

らず、まるでレッドカーペットを歩く女優のような足さばきで、三階の外廊下を進む。エルザは狙いを付けながら、
　3、2、1、ファイヤー！
　エルザが発射ボタンを押すと、切り裂くようなシャッター音が五回連続で響いた。よく見ると、それはバズーカ砲ではなく、大砲のような巨大望遠レンズを装着した一眼レフカメラだった。エルザは密会相手の毛穴を撮るつもりらしい。

　そうとは知らない花柄ワンピの女は、無防備なまま三〇四号室の前で立ち止まった。バッグから鍵を取り出し、扉を開ける。女は自宅に戻ったかのような自然な振る舞いで、扉の向こうに消えていった。

　扉が閉まり切る瞬間まで、エルザはバズーカ砲を撃ち続けた。

　三階の廊下は再び無人になり、周囲は平凡な夕方の景色。遠くでカラスが「カァー」と鳴いた。

　デジカメの液晶画面で撮影の成果を確認したエルザは、大切なバズーカ砲を再びバッグに仕舞いこみ、そこで初めて会心のガッツポーズ。傍らに佇む私に向かって、得意げな鼻を向けた。

「どうだ、美伽。思ったとおりじゃんか。ついに女が姿を現しやがった」

「ということは、いま三〇四号室では、杉浦啓太と花柄ワンピの女が密会中ってことね」

「そういうことだな。一緒に出てきてくれりゃ、決定的な写真が撮れるんだがな」

「その可能性は低いんじゃないかしら。向こうだって警戒してるだろうし、バラバラに出てくるかもよ。そのときはどうするの？」

「そりゃ、まずは女のほうを追いかけるさ。女の正体を突き止めてくれ、っていうのが沼田一美の依頼内容だからな。蛇みたいにへばりついて、居所を突き止めてやる」

「いずれにしても密会中ってことは、事が終わるまで最低一時間は出てこないわね」

「ん？」エルザは片目を瞑って、悪戯っぽく私に聞いた。「最低一時間ってのは、誰のどんな経験から導かれた時間なんだ？」

「…………」誰の経験でもよろしい。下衆な質問をする友人は放っておくに限る。

とにかく、しばらくは探偵にとって我慢の時間が続くわけだ。ところで私は探偵ではなく助手でもなく、あくまで友人としてこの屋上を訪れたはずだ。どうやら夕暮れも近いし、そろそろお暇したい時間帯。だが、そんなことを言い出せば、エルザから薄情者の謗りを受けるのは必至だ。どうしたものか。思い悩みながらぼやぼや時間を費やしていると、「わッ、やべえ」と、いきなりエルザの叫び声。

見ると、エルザは片膝を立てて臨戦態勢。手許のバッグから例のバズーカ砲を取り出すと、再びそれを両手で構えた。私も慌てて向かいのアパートに目をやる。

三〇四号室の扉が薄く開いている。誰かが姿を現しそうな気配。だが変だ。女が部屋に入って、まだ二十分しか経過していない。私の過去の経験からいって、アレが終わるまで最低一時間は出てこないはずなのだが。

私の隣でエルザも同じ疑問を抱いたらしい。「杉浦啓太って、早いのかな?」

そうとしか考えられない。「とにかく、誰か出てくるみたい」

すると薄く開いた扉の隙間（すきま）から、白い帽子を被った髪の長い女が顔を覗かせた。女は警戒するように首を振って廊下の左右を眺め回す。そこに誰もいないことを確認すると、女は素早い身のこなしで扉の隙間をすり抜け、その全身を廊下に現した。

花柄ワンピの女だ。夕暮れ時を意識してか、青いストールを一枚羽織っている。大きなサングラスと赤いトートバッグは、先ほどと同じ。だが、全体の雰囲気はさっきとは明らかに違っていた。女は酷く慌てている。怯（おび）えている、といったほうが正解かもしれない。

女は部屋の扉を乱暴に閉めると、俯（うつむ）いたまま駆け出すような勢いで廊下を進んだ。

「畜生（ちくしょう）、速すぎる。もっと、ゆっくり歩け」

エルザは女に向けた巨大レンズを真横に移動させながら、何度もシャッターを切る。

女の姿は私たちの視界からいったん消えた。外階段を駆け下りるヒールの音だけが、微（かす）

かながら私の耳に届く。女はなにかから必死で逃げようとしているようだ。

「どうするの、エル！」

「決まってるじゃん！」

エルザは手にした一眼レフを私に預けた。「女を尾行する。美伽はここに残りな」

いわれなくても、私は最初から尾行に付き合う気はない。「でも、どうやって追いかける気？」

だが、そんな疑問を振り切る勢いで、エルザはひとり屋上を飛び出す。階段を駆け下りる雌ライオンの足音に混じって、「あの部屋から目を離すんじゃねーぞ、美伽！」

彼女の声が、屋上の私に一方的な命令を下す。続けて、耳に入ってきたのは猛獣の唸り声にも似たエンジン音。手すり越しに真下を望むと、目に飛び込んできたのはタイヤを鳴らして路上に飛び出すスーパーカブの雄姿だ。運転席のエルザは、斜めに被ったヘルメットから自慢のたてがみをなびかせて、『超』のつく前傾姿勢で前を向く。その視線の遥か先を、青いストールを羽織った女が小走りに駆けていく。

獲物に狙いを定めた猛獣は、スーパーカブに跨りながら追跡を開始した。

5

　ひとり取り残された私は、がらんとした屋上でしばし放心状態。だが、ふと我に返った私は、あらためて向かいのアパートに意識を集中する。女は去った。だが男は姿を見せていない。杉浦啓太は、まだ三〇四号室にいるということだ。時間をずらして出てくる考えに違いない。その場合、私はどうするべきだろうか。黙って見送るのも馬鹿みたいだが、かといって単独で尾行するスキルはない。スーパーカブも持っていない。エルザもそこまでの行動を私に期待していないはずだ。

　あれこれ考えを巡らせつつ、友人に命じられるまま孤独な見張りを続ける私。

　そうするうちに、私は奇妙なことに気が付いた。三〇四号室は三階の右端。つまり角部屋だ。ビルの屋上にいる私の目からは、正面の玄関扉とサッシ窓のほかに、側面の窓もわずかながら見ることができる。角度がないので、側面の窓越しに中の様子が覗けるわけではない。それでも、窓に明かりがあるかどうかぐらいは判る。

　時刻は午後五時四十分。分厚い雲が垂れ込め、あたりは薄暗い。だが正面のサッシ窓にも側面の窓にも、どこにも明かりは点いていない。私の中に素朴な疑問が湧き上がる。

「杉浦啓太って、ホントにあの部屋にいるのかしら？」

思えば、この屋上を訪れて以来、私は杉浦の顔を一度も拝ませてもらっていない。あくまでもエルザの話の中だけで、私は杉浦が三〇四号室にいる、いるはずである、いなくちゃおかしい、と信じ込まされてきた。だが、果たしてそれは信憑性のある話だろうか。

なるほど確かに、杉浦は午後一時に三〇四号室に入ったのだろう。その点は友人の話を信じよう。だがエルザはその直後、二時間の居眠りをやらかした。その間に杉浦は三〇四号室から退出したのではないか。あの部屋はそれ以降、無人だった。だから、後からやってきた花柄ワンピの女は、部屋に入ってたった二十分で出てきたのではないか。

そう考えたほうが、一連の流れが理解しやすい。窓に明かりがないのも説明が付く。杉浦啓太の早漏疑惑も解消される。誰も傷つかずに済む、理想的な結論だ。

「あの部屋には、たぶんもう誰もいない。だったら、これ以上、私が見張る意味はないってことね」

しかし人間、自分なりの結論を得れば、答え合わせをしたくなるものだ。

私は自分の推理が正しいか否か、知りたくなった。確かめるのは、実に簡単なことだ。

私はエルザの大きなバッグを肩にして、屋上を離れた。

数分後、私は三〇四号室の玄関扉の前に立っていた。

私は記憶を反芻する。花柄ワンピの女が、この扉を開けて出ていったとき、彼女はこの扉に鍵を掛けただろうか。私の記憶がノーという。女は鍵を掛けていない。そして私の推理が正しいとすれば、部屋の中には誰もいないはず。ということは、

「この玄関は中からも外からも施錠されていないってことよね」

ならば、いざ勝負。私は訪問客を装って、まずは呼び鈴を鳴らした。返事はない。次にノック。やはりノーリアクション。私は確信を持って、扉のノブを回した。ノブは滑らかに回転し、扉は音もなく開いた。私は薄く開いた扉の中に顔だけを突っ込んだ。

「もしもーし、誰かいませんかー」

応じる声はない。やはり三〇四号室は無人だ。私の推理は正しかった。私の勝ちだ。大いなる自己満足と、だからどうした、という空虚な思い。その両方を胸に、私は扉を再び閉めようとする。だが、そのとき私の耳に奇妙な音が聞こえた。「――ん、水音?」

誰もいないはずの薄暗い室内。にもかかわらず、水道の蛇口を開きっぱなしにしたような、そんな水音が確かに聞こえる。すると、廊下に面した小さな扉が私の目に入った。風呂場の入口のようだ。水音はその扉の向こう側から聞こえていた。

誰かがシャワーでも浴びているのだろうか。だが、それなら私の呼びかけに反応があっ

ていいはずだ。それに、扉に付いた小窓の向こうに明かりはない。電気を消した状態でシャワーを浴びる人間は、滅多にいないはずだ。では、あの扉の向こうで、いったいなにが起こっているのか。それは、先ほど逃げ去った花柄ワンピの女と関係があるのだろうか。

私の中で疑惑と好奇心が夏空の入道雲のように、むくむくと広がった。

どうする、川島美伽？

自問する私に、そのとき天啓のごとく、ひとつの閃きがあった。

「たとえ他人の家でも、五秒以内なら不法侵入にはならないって、誰かに聞いたことがあるわ」

誰に聞いたのかは忘れた。とにかく私は五秒ルールを適用して、玄関扉から中へと踏み込んだ。もどかしく靴を脱ぎ、廊下を進み、問題の扉を開け放つ。中はありふれたユニットバスだった。だが、あまりに暗い。私は壁際のスイッチを押した。

煌々と輝く明かりの下、私はようやく状況を認識し、そして悲鳴をあげた。

ユニットバスの浴槽の中に男がいた。男は浴槽の縁に顎を乗せ、両腕を浴槽の外側にだらりと投げ出した恰好。胸から下は水面下にあった。水道の蛇口からは熱いお湯が間断なく流れ、浴槽から床へと溢れ続けていた。男はたぶん死んでいる。いや、絶対だ。男の背中、肩甲骨の中間あたりに一本のナイフが、深々と突き刺さっていた。この状態で生きていられる人間などいないはずだ。

私は恐る恐る身体をかがめて、死体の顔を覗き見る。色白の肌と整った目鼻立ち、髪形などに見覚えがあった。沼田一美が得意げに見せてくれた写真の彼だ。

「杉浦啓太……」

瞬間、私の頭は回転数を増した。状況から見て、杉浦啓太は何者かの手で殺害されたと見るべきだ。それは誰か。もちろん花柄ワンピの女だ。では彼女は、いまどこに？

「エルに伝えなくちゃ！」

私は震える手で携帯を取り出した。慌ただしく指を動かし、エルザの番号を呼び出す。幸い電話はすぐに繋がった。「エル、いまどこ？　え、平塚駅？」

探偵はJR平塚駅の構内だった。彼女は不機嫌そうな声で、『どうしたんだ、美伽？』

だが悠長に事情を説明している暇はない。私は大事な用件を真っ先に彼女に伝えた。

「エル、よく聞いて。杉浦啓太が殺されたわ。犯人はさっきの花柄ワンピの女よ。だから絶対、逃がしちゃ駄目。なんでもいいから、とにかく捕まえて！」

『え、殺人？　マジかよ？　大変じゃん』

だが、続けて私の耳に届けられたのは、探偵からの実に残念なお報せだった。

『でも、五分遅かったぜ、美伽。あの女なら、ついさっき見失っちまったよ――』

6

それからの展開は目まぐるしかった。

別段こちらが呼んだわけでもないのに、制服の巡査が三〇四号室に現れて、そこにいる私と浴槽の死体を一緒に発見してくれた。どうやら、私の悲鳴を耳にした心優しい近所のおせっかい者が、異変を察知して警察を呼んでくれたらしい。おかげで私は一生に一度あるかないかの、一一〇番通報の大チャンスを逃した。

だが、いずれにせよ私が死体の第一発見者である事実に変わりはない。私は重要な存在として認識され、彼らの手で誰よりも大切に扱われた。私のためにすぐさま黒塗りの車が用意された。移動の際は屈強なボディガードを思わせる男たちが、私を両脇から護ってくれた。向かった先では、狭いながらも私のために個室が用意されていた。コンクリートと強化ガラスで囲まれた個室には、スチール机とパイプ椅子が置かれていた。

私の前には、入れ替わり立ち替わり何人もの男たちが現れた。彼らは競(きそ)い合うように私を質問攻めにした。年齢、住所、電話番号、本籍地や家族構成、さらには交際相手の有無まで彼らは知りたがった。私と同世代の若い男から五十代の渋い中年男性まで、誰もがこの私に絶大なる関心を寄せていることが判る。こんな経験は生まれて初めてだ。ひょっとしてこれは、二十七歳女子に初めて訪れたモテキというものではあるまいか？冷静な私が浮き足立つほどに、彼らはとても熱心だった。

だが、どうやら彼らの興味は、私とは別の部分にあったようだ。

「被害者を知っているか？」

「なぜ三〇四号室にいたのか？」

「あの部屋でなにをしていたのか？」

彼らの質問の矛先（ほこさき）が私の個人情報から殺人事件の方向にシフトしていくにつれ、ようやく私は自分の置かれた状況を正しく理解した。どうやら私は単なる第一発見者としてではなく、モテキを迎えた二十七歳女子としてでもなく、まさしく杉浦啓太殺害の最も怪しい容疑者として、平塚警察署の取調室で刑事たちの尋問を受けているらしい。

冗談ではない。犯人にされてたまるか。犯人は例の花柄ワンピの女だ。私はそのことを訴えるべく、今日の午後、特に午後五時から五時四十分あたりの出来事について熱弁を振るった。

ただし「私立探偵生野エルザ」については「私の変な友達」というふうに置き換えさせてもらった。探偵には依頼人の秘密を守るための義務、すなわち守秘義務がある。ならば私にだって、友人の守秘義務を守るための義務があるのではないか。なんとなく、そんな気がしたのだ。

だが、そんな私の態度は彼らの目には、かえって怪しく映ったらしい。彼らは、私が泣きの涙で罪を認めるものと、勝手にそう思い込んでいたようだ。

私の前に居並ぶ男たちの質問は、さらに思い込みの度合いを高めていった。

「なぜ彼を殺したのか?」

「痴情の縺れか?」

「怨恨か?」

現実を遥かに超えた、もはやファンタジーな質問の数々。私は行使するつもりもないまま、結果的に黙秘権を行使するしかない状況に陥った。すると煮詰まった雰囲気の中、私と同世代と思われる長身の刑事が、私の足許にある大きな黒いバッグに目を留めた。

「ところで、そのバッグ、ずいぶん大きいけど、中身はなにかな?」

気安い口調で尋ねられた私は、「――これ?」とバッグを見やりながら真顔で答えた。

「バズーカ砲よ」

瞬間、取調室がザワッとなった。居合わせた刑事たちが顔を見合わせ、全員一歩ずつ後ずさる。私の冗談は、警察署の中では必ずしも冗談とは受け止められない、そういう種類の危険球だったようだ。私は慌てて手を振った。

「嘘、嘘。冗談だって。カメラよ、カメラ」

殺人容疑の上にテロ容疑まで上乗せされてはかなわない。「でもこれ、私のバッグじゃないの。私の変な友達から預かった物よ。触らないでね」

「友達？」長身の刑事が日焼けした顔を私に向ける。「さっきから話に出ている、君の変な友達っていうのは、要するにどういう人物なんだ？　その友人の名前と職業を教えてほしいな」

優しげな口調とは裏腹に、有無を言わさぬ断固とした態度だ。私は大きな決断を迫られた。友人の名前は出したくはない。だが、彼らの表情を見るにつけ、これ以上の黙秘は困難だ。仕方がない。きっと彼女も私の苦しい立場を判ってくれる。友情にヒビは入らない。その確信を胸に、私は顔を上げた。

「友達の名前は、生野エルザ。職業は私立探偵よ」

すると今度は、取調室がザワザワッとなった。刑事たちは、全員二歩ずつ後ずさった。

彼らの反応が私には意外だった。ひとつだけ判るのは、彼らにとって生野エルザの名前はバズーカ砲の二倍、威力があるということだ。友人は警察からも脅威として認識される存在らしい。

だが考えてみれば、判らないでもない。平塚は狭い街だ。あれだけ目立つ女探偵が闊歩していれば、警察関係者にその存在が知れ渡るのも無理はない。

問題はどういった意味合いで彼女の名前が捉えられているかだ。できれば「反社会的な存在」とか「危険な思想の持ち主」などではなく、せいぜい「野蛮だけど愛すべき女探偵」ぐらいの認識でいてくれるとありがたい。期待しすぎだろうか？

戸惑い顔の刑事たちは、いったん取調室を出ていった。全員で協議を始めるようだ。

数分後、先ほどの若い刑事が再び取調室に戻ってきた。

「君、もう帰っていいぞ」

朗報だ。しかし私は意味が判らずキョトンとする。

そんな私に、長身の刑事はエルザのバッグを軽々と手渡しながら、こういった。

「名探偵によろしく」


警察署を出ると、平塚の街は週末の夜の真っ只中。私は刑事の言葉を反芻しながら歩き出した。

名探偵、とあの若い刑事はいった。それは彼の個人的な意見だろうか。それとも平塚署の認識がそうなのか。まさか神奈川県警の全域で通用する見解ではあるまい。

肌寒い夜風が吹く中、私はさくら通りをアーケード方面へと向かう。ふと見ると、街路樹に身体を預けて立つ見覚えのある姿。細身のジーンズにサファリジャケットを着込んだ茶髪の痩身。凶暴な雌ライオンも、この夜だけはまるで忠犬のように、私を待ってくれていたらしい。私は喜び勇んで街路樹の下に駆け寄ると、

「待たせたわね、エル」明るくいって、大きなバッグを彼女に放った。「ああ、重かった。捨てちゃおうかと思った」

「馬鹿、捨てんなよ」エルザはバッグを受け取ると、「ありがとよ」と珍しく素直に感謝の言葉。そして彼女は酔客で賑わう夜の街並みを元気よく指差した。

「腹減ってんだろ、美伽。メシ食いにいこうぜ」

7

翌日の昼過ぎ。私はエルザの車に乗っていた。スーパーカブではない。あれは探偵の尾行用。いま彼女が運転するのは、動くのが不思議なほど古いシトロエン。女探偵のこだわりの愛車だ。助手席の私は、自分がどこに連れていかれようとしているのか判らない。

「豊原町だ。そこで棚橋瞳っていう女と会う。向こうが会ってくれればの話だけどよ」

「誰よその、棚橋瞳っていうのは。ちゃんと説明しなさい」

エルザはハンドルを切りながら、投げやりな口調で事情を語った。

「今朝、あたしの事務所に警察がきた。平塚署に背の高い若い刑事がいただろ。そいつだ。昨日のことをいろいろ聞かれたから、答えてやった。そのとき奴に教えてもらったんだ。棚橋瞳ってのは、例のアパートの三〇四号室の借主さ。若い女性だってよ」

「だけど、よくそんな情報、警察が教えてくれたわね。やっぱり名探偵だから？」

三〇四号室と繋がる若い女性の存在。重要な情報だということは、素人の私にも判る。

「違うって。そんなんじゃねーって、昨日からいってんだろ」

運転席でエルザは口をへの字にする。昨夜、二人で晩御飯を食べながら、私は彼女に散々この話題を振ったのだが、そのときも彼女は同じ顔だった。名探偵の称号は、お気に召さないらしい。だが、謙虚なわけではない。エルザはただ普通に「探偵」、もしくは「美人探偵」と呼ばれるのがいちばんしっくりくる、と自分でそういっていた。私は全然しっくりこなかった。

「それによ」と自称、美人探偵は赤信号を見やりながら続けた。「べつに、ただで教えてもらったわけじゃねえ。ギブ&テイクだ。あたしもそれなりの対価を払ったのさ」

「ふーん、抱かれたんだ」

「そうそう、彼の枕元で仔猫みたいに『ねえ、お・ね・が・い』って——馬鹿かよ！」

エルザが興奮気味にアクセルを踏み込む。シトロエンは怒ったように激しくタイヤを鳴らした。「そんなセクシー女スパイみたいな真似するかよ。これを渡してやったのさ」

エルザが茶封筒を運転席から投げてよこす。封筒の中身は写真が十枚程度。写っているのは、花柄ワンピースの女だ。三〇四号室に入っていく姿と、逃走する姿の両方がある。

「写り、悪いわね。入っていくほうの写真はマシだわ。でも出ていくほうの写真はブレブレだし、ピンボケだし、被写体が端に写ってるし——ある意味、迫力満点ね」

「あのときは、被写体の動きが速すぎた。でも、入っていくほうの写真には、ある程度、顔がちゃんと写ってるのが何枚かあるだろ。グラサンが邪魔だけどな」

「これが棚橋瞳ってこと？　だって、そうなるわよね。密会現場の借主が棚橋瞳ってことは、杉浦啓太のお相手もその女ってことでしょ」

「だったら、警察は彼女を強力にマークするはずだ。けど、今朝の警察の話を聞く限りでは、そんな雰囲気じゃなかった。警察は棚橋瞳をシロだと踏んでいるらしい」

「なんで⁉　私より全然、怪しいのに」

「だから、それを確かめるのが、今日の仕事ってことじゃんか」

私は納得した。杉浦啓太の密会相手を突き止めること。それが、沼田一美から依頼された内容だ。杉浦啓太は死んでしまったが、依頼そのものはまだ生きているのだ。

豊原町の棚橋家はなかなか豪勢なお屋敷だった。車を降りたエルザは、道行く数人に声を掛けて、その場で情報収集。依頼人の前では乱暴すぎると思えた彼女のタメ口も、散歩中のお婆さんや子供たちには、気さくなお姉ちゃんとして映るらしい。瞬く間にエルザは、棚橋家が地元で飲食店を展開する資産家であることを突き止めた。瞳はその家のひとり娘で、年は二十代後半。現在は家事手伝いで、結婚の予定はまだないらしい。

その程度の情報を頼りに、さっそくエルザは棚橋家のインターホンのボタンを押した。

『はい、どなた？』と聞いてくる若い女の声。棚橋瞳、当人の可能性が高い。

「あたし、生野エルザってんだけど、棚橋瞳さんかい？　殺された杉浦啓太について、聞きたいことがあるんだ。悪いけど、ちょっと顔見せてくんねーかな」

これで顔を見せてくれる女がいたら、相当な勇者だ。普通は顔を引っ込め、玄関に鍵を掛けるだろう。ところが、現実は逆の展開を見せた。

「あんたに見せたいものがあるんだ。写真なんだけどさ」

エルザがいうと、女の声色が変わった。

『写真？　どんな写真でしょう？』

「若い女の写真だ。花柄のワンピースに白い帽子を被ってる。髪は黒くて長い」

どうだい、と問い掛けるようなエルザの言葉は、確かに相手の関心を引いたらしい。

インターホン越しの声が、まるで巧妙な罠のように私たちを屋敷へと誘った。

『門は開いていますわ。どうぞ、お入りになって。入ったら、お庭にお回りください』

通話は途切れた。エルザは自ら門を押し開け、「いこうぜ、美伽」と親指で敷地の中を指した。

レンガの敷かれた小道を進むと、欅の木が聳える広い庭に出た。片隅に緑色の大きなパラソルが立っている。パラソルの下に八角形のテーブルと四脚の椅子。その横に丸顔の若い女が佇み、私たちを手招きしていた。私たちは真っ直ぐ彼女へと歩み寄った。

まずは自己紹介だ。私たちの職業は探偵と助手。エルザが帰国子女という設定も、いちおう付け加える。すると相手の女性は、私たちの前で深々としたお辞儀を見せながら、

「棚橋瞳です。こんな場所で申し訳ありませんが、どうぞお座りください」

私とニルザは椅子に腰を下ろしながら、彼女を見詰めた。花柄ではないものの白いワンピースをシンプルに着こなしている。黒くて長い髪の毛は後ろで束ねている。体形は痩せ型で背は高いほうだ。帽子は被っていないが、イメージ的には似合いそうな印象だ。

「見せたい写真があるそうですね。お見せいただけますか」

「その前に聞きたいことがある。あんたと杉浦啓太は、どういう関係なんだい？」

「わたくしと杉浦さんは、ただのお友達ですわ。幼なじみですの。お互い、幼稚園のころから知っていますわ。ただ、それだけのことです」

「じゃあ、あんたが借りてる代官町のアパート、あの部屋に杉浦がときどき出入りしているのは、どういうわけなのさ。それも、ただのお友達だってのかい？」

「あのお部屋は、いわばわたくしのセカンドハウス。趣味や癒しのための部屋ですわ。中は、わたくしの趣味で集めた人形やアンティーク家具、可愛らしいお洋服やアクセサリーでいっぱいですの。まあ、収集品の倉庫といってもいいですわね」

「答えになってないな。杉浦はなんで、その倉庫を訪れているのかって、聞いてるんだけどよ」

「彼とわたくしは同じ趣味を共有する仲間なんですの。彼、人形が好きでしたわ。西洋のアンティークドール。でも彼は男性だから、そのことは誰にも秘密にしておきたかったみたい。同じ趣味を持つわたくしは、特別な存在。だから、わたくしは彼のために、自分のセカンドハウスを利用させてあげていたんです。なにか問題でもおありですか」

「いいや、べつに」素っ気なくいうと、エルザはおもむろに茶封筒の中から数枚の写真を取り出して、彼女の前に差し出した。「ところで、見せたい写真ってのは、これだ。あんたの借りてる三〇四号室に出入りしている、花柄ワンピの女。これ、あんただよな？」

棚橋瞳は差し出された写真をジッと見詰め、なぜかホッとしたような顔で首を振った。

「いいえ、全然違いますわ。この写真の女は、わたくしではありません。確かに、背恰好は似ているかもしれませんが、よく見れば違う顔であることが判っていただけるはずです。じゃあ、これは誰かと聞かれれば、それはわたくしにも判りませんが」

彼女の話を聞きながら、私も棚橋瞳と写真の女を見比べてみた。いわれてみると確かに、顔の輪郭が違うように見える。棚橋瞳は丸顔で、写真の女は細面だ。では花柄ワンピの女は、棚橋瞳ではないのか。

私はエルザを差し置いて、自ら棚橋瞳に質問を投げた。

「棚橋さんは警察の取調べを受けなかったんですか。平塚署の取調室に連れていかれて、何人もの刑事に同じ質問を何度も何度もされるみたいな、そんな仕打ちを受けなかったんですか」

私は散々受けましたよ、と余計な繰り言が口から飛び出しそうになる。

棚橋瞳は余裕のある微笑を口許に浮かべながら、穏やかに頷いた。

「警察の尋問なら、昨日受けましたわ。確かに同じ質問を何度もされました。警察は、わたくしに疑いの目を向けていたのでしょう。無理もありません。でも今日になって状況が変わったようです。どうやら、わたくしには確かなアリバイが証明されたようなのです」

「へえ、アリバイって、どんな?」と、探偵が身を乗り出す。

「刑事さんから聞いた話ですが、昨日の事件の直後、とある人物が犯人と目される女性を、密(ひそ)かに尾行していたのだとか。その人物は確かに午後五時四十分ごろまでは、その女性を尾行していたそうです。その後、平塚駅でうっかり見失ったそうですけど」

「ふーん、そんなことがねえ」探偵は何かを誤魔化(ごまか)すように、右手で髪を掻きあげる。

「ですから、犯人が昨日の午後五時四十分ごろ、平塚駅周辺にいたことは間違いありません。そして同じころ、私は近所の歯医者さんで診療を受けていました。五時半に予約を入れていたんです。だから、わたくしは犯人ではありません。お判りいただけましたか」

自らの潔白を主張し終えると、棚橋瞳はすっくと立ち上がった。お引き取り願います、といわれたような気がして、私たちも渋々と席を立つ。彼女は私たちを門まで送った。

棚橋邸を出た私たちは、車に戻った。

無言のまま運転席に乗り込んだエルザは、難しい顔でシートに身体を預けた。

「収穫なし?」私が尋ねると、

「まさか」彼女は首を左右に振って、ニヤリと強気な笑みを浮かべた。「大収穫じゃん」

彼女の態度が単なる強がりか、本気の自信の表れか、私には判断のしようがなかった。

8

その日の夜、私とエルザは愛車シトロエンで依頼人の自宅に乗りつけた。初めて訪れる沼田一美の実家は、棚橋邸と肩を並べるほどの立派なお屋敷だった。そういえば一美の父親も会社の偉い人だった。二人は案外、よく似た境遇で育ったのかもしれない。

エルザがインターホンで来訪の旨（むね）を伝えると、すぐさま玄関が開き、沼田一美が現れた。婚約者を亡くしたばかりの彼女は、黒いブラウスと黒いスカートで、死者への弔意（ちょうい）を表していた。

「どうぞ、お入りになってください、探偵さん。そちらの方も、どうぞ中へ」

川島です、川島美伽です、と自分の存在をアピールしながら、私は友人の後に続く。

一美は私たちを応接室に通した。屋敷の中はシンと静まり返っている。広い屋敷には彼女と私たち、三人だけのようだ。彼女は人数分の珈琲（コーヒー）を用意すると、珈琲の注がれたカップを丁寧に私たちの前に並べた。それから一美は私たちと向き合う形でソファに腰を下ろし、私たちよりも先に頭を下げた。

「なにかと、ご面倒をお掛けしたみたいですね。申し訳ありませんでした」

「いや、べつに」とエルザは困惑の表情だった。「沼田さんこそ、大変っていうか、ええと、その、こういうとき、なんていえばいいんだっけ？」

助け舟を求めるようにエルザは私を見やる。弔意の示し方が判らないのだ。私は「ご愁傷様です」と頭を下げ、エルザも同じ言葉を口の中で呟いた。沼田一美は「どうも」といって、また頭を下げた。

応接室に立ち込める微妙な空気。エルザは茶封筒を取り出し、テーブルの上に置いた。

「ところで、例の依頼の件なんだけどさ。見てもらいたい写真があるんだ」

「実はその件ですが……」

一美はエルザの言葉を遮るようにいった。「昨日のうちに申し上げるべきでした。啓太さんが亡くなってしまった以上、あの依頼は取りやめということで、お願いいたします。いまさら彼の秘密を探ったところで、誰も報われませんから」

彼女は探偵に向かって白い封筒を差し出した。封筒には結構な厚みが感じられた。

「本日まで働いていただいた分は、こちらにございます。どうぞお納めください」

行き届いた配慮だ。私は探偵が疾風のごとくその白い封筒に手を伸ばす姿を想像する。

だが、違った。エルザは白い封筒には目もくれず、むしろ茶封筒に手を伸ばした。

「まあ、そういわねーで、見るだけ見てくれよ。なかなか、よく撮れてんだぜ」

エルザは十枚前後の写真をテーブルの上に並べていく。探偵の図々しい振る舞いに、依頼人である沼田一美は、少々苛立つような表情を見せた。それでも構うことなく、探偵は茶封筒の中の写真を、テーブルの上いっぱいに広げた。昨日、三〇四号室に出入りした女の写真だ。私はもう何度も見た。その私とまったく同じ感想を、一美も不愉快そうに口にした。

「正直、それほどよく撮れてはいませんね。部屋に入っていくほうの写真はまだしも、出ていくほうの写真は、どれもピンボケ。顔もよく写っていないじゃありませんか」

「そうかい？　充分じゃん」エルザはピンボケ写真の一枚を手にして眺めた。「ところで、沼田さん、この写真に写っている女の顔に心当たりはあるかい？」

「さあ、そういわれても」一美は比較的写りのいい一枚を手にして、首を傾げる。「なかなか綺麗な人みたいですけど、私の周りにこういう顔の人はいないと思います」

一美の言葉を聞くなり、探偵は「そうだろな」と呟き、口許に皮肉な笑みを浮かべた。

「そりゃそうだ。そりゃあんたの周りにはいねーだろ。あんたの周りには」

そしてエルザは手許の写真を人差し指で弾きながら、鋭くいった。

「だって、ここに写ってるのは、あんた自身なんだからな」

応接室の空気がたちまち凍りつく。一美はびくりと肩を震わせた。その指先から写真が落ちそうになる。私はエルザの暴走気味の発言に、胸がドキドキした。

「な、なにを、いきなり」一美は内心の動揺を見透かされまいとするように、毅然とした態度を取った。「この写真の女が、私ですって？　なにを、馬鹿なことを。よくご覧になってください。この女のどこが私なんですか。少しも似ていないじゃありませんか」

一美は手許の写真を探偵に突き出す。確かに、写真の女は一美に似ていない。細面で口や鼻も整った印象。サングラスのため肝心の目が隠れているが、たぶん一美より美人だ。だいいち、一美がこの写真の女であるはずがない。私はその点を指摘した。

「よく思い出して、エル。私たちが、この花柄ワンピの女を屋上で初めて見たとき、あなた何してた？　そう、あなたは沼田さんと携帯で会話中だった。そこに、この女が現れた。あなたは携帯を切って、女の写真を撮った。あのとき、女は携帯なんか持っていなかった。この写真を見たって、それは判るでしょ。女は赤いトートバッグしか持っていないわ。あなたが携帯で話をしていた相手は、この女じゃない。そうでしょ、エル？」

「ああ、美伽のいうとおり。あたしが会話していた相手は、その女じゃねえ」

そういって、エルザは自分が手にした写真を差し出した。「こっちだ。このピンボケ写真のほう。これが沼田さんだ。といっても、顔はハッキリ写ってねーけどな」

「え、こっちが沼田さん？」私はピンボケ写真を指差し、「じゃあ、そっちは？」と、写りの良いほうの写真を指差す。「え、まさか。二人は違う人物だっていうわけ？」

目を丸くする私に、友人は真剣な表情で頷いた。

「そういうこと。要するに簡単なトリックさ。同じ花柄ワンピースの下で、二人の人物が入れ替わっていたってわけだ。ポイントはピンボケ写真にも写っている、この青いストールだ。美伽は、最初このストールを見て、どう思った？」

「べつに。日が翳った時間帯だったから、羽織っただけかな、としか」

「あたしもそう思った。最初はな。だが後になってみると、これは変だ。三〇四号室から出てきた女は、この時点ですでに殺人を犯している。そんな人間が逃走を図る際に、暑いの寒いのって気にすると思うか。そんなはずねーじゃん」

「う！」友人の鋭い指摘に、私は息を呑む。「いわれてみれば、確かに。じゃあ、ストールには何の意味が？」

「そこだ。もし、このストールが彼女の首に巻かれるようにしてあれば、それは顔を半分隠すためだ。それなら犯人の行動として理解できる。でも、この女はそういう使い方をしていない。この女はストールを背中に羽織るようにしている。なぜだ？」

「なぜよ？」私は自ら考えることを放棄したような反応。

「こう考えられねーかな」エルザは私の前に指を一本立てた。「この女は顔よりも、むしろ背中を隠したかった。そのためのストールなんじゃないか」

「なんで？　なんで犯人は背中を隠したいの？」

「そりゃ背中に見られたくないものがあったからさ。なんだと思う？」

エルザは一美のほうに視線を移して、自らの推理を語った。「それは、穴だ。あの花柄のワンピースの背中には目立つほど大きな穴が開いていた。そうだろ、沼田さん」

沼田一美は答えない。無言のまま微動だにすることなく、中空を見詰めている。

私は頭の中でイメージを浮かべる。背中に穴の開いた花柄のワンピース。ならば背中の穴の意味はなにか。たちまち私の脳裏に、もうひとつの光景がフラッシュバックする。

浴槽の全裸死体。背中には一本のナイフが突き立てられていた。

「まさか。背中の穴は、被害者がナイフで刺された際に、開いたもの？　てことは、つまり、ひょっとして——あの花柄ワンピを最初に着ていたのは、杉浦啓太？」

「そうだ」エルザはパチンと指を弾く。「つまり三〇四号室に入っていく女、この写りのいいほうの写真に撮られているのが、杉浦啓太ってわけだ」

「信じられない。杉浦啓太には女装趣味があったってこと？」

「そう。それが婚約者にもいえない彼の秘密だったわけだ。杉浦啓太は三〇四号室で誰か他の女と密会していたわけじゃない。彼自身があの部屋で誰でもない他の女に変身していたんだ。彼はそうやって密かに女装を楽しみ、ときにその恰好で外出して、他人にはいえない喜びを得ていたんだな。そして昨日の土曜日が、まさに外出の日だった。杉浦啓太は午後一時に男の恰好で三〇四号室に入り、可愛い洋服と黒髪のカツラとばっちりメイクで女装を完了。その後、ひとりで部屋を出ていった」

「それって、エルが居眠りしている間に——ってこと？」

「どうやら、そのタイミングしか考えられねえみてーだな」

エルザは堂々と腕を組み、重々しく頷く。私には開き直りのポーズと見えた。

「なに恰好つけてんのよ。でも、待って。女装した杉浦啓太が出ていった後は、三〇四号室は無人だったはず。でも、エルが単眼鏡で部屋を覗き見したとき、カーテン越しに人の気配があったって、確かそういってなかったかしら」

「そうだ。杉浦が出ていった後も、三〇四号室は無人じゃなかった。いたんだよ、合鍵を使って忍び込んでいた人物が、ひとりな」

そういって探偵は、目の前の依頼人を指差した。沼田一美は無言を貫いている。私は驚きの声をあげた。

「沼田さんが三〇四号室に？　でも、いつの間に沼田さんは、あの部屋に入ったの？　やっぱり、エルが居眠りしている間に偶然忍び込んだ？」

「その可能性もあるけど、たぶん違うな。彼女はあたしが屋上での張り込みを開始する、もっと前からあの部屋に忍び込んで、独自の張り込みをしてたんだと思う。婚約者とその恋人の密会現場を確実に押さえるために」

「じゃ、朝から？」

「そう、朝から！」

「夕方五時まで？」

「夕方五時まで！」

恐ろしいほどの執念。一美の婚約者に対する執着は、それほどまでに強かったのだ。

「沼田さんは押入れの中かどこかに身を隠して耳を澄ましていた。女の声が聞こえてくれば、その瞬間、飛び出すつもりだったんだろう。だが、あの部屋に杉浦啓太は現れても、密会相手の女性は現れない。当然だ。そんなの最初からいないんだから。そうこうするうちに杉浦は出掛けていき、三〇四号室は静まり返る。沼田さんはいったん隠れ場所を出て、部屋の中を捜索したんだろう。相手の女性の手掛かりを捜すために」

「それで、部屋の中に人の気配があったのね」

「そうだ。そうこうするうちに午後五時、束の間（つかのま）の趣味の時間を満喫した杉浦啓太が三〇四号室に帰ってきた。このとき沼田さんは、あたしと携帯で話していた。そして、その直後に悲劇は起こった。沼田さんと杉浦は、あの部屋でついに鉢合わせしたんだな。後の展開は、だいたい想像がつくだろ。なんせ女装癖を見つかった彼と、不法侵入を見つかった彼女だ。お互いがお互いの非を責め合う修羅場だ。二人は感情的になっただろう。摑み合いの喧嘩になったかもしれない。充分ありうる話だ。そして、それはついに最悪の事態に発展した」

　エルザはあらためて依頼人のほうを向き、静かな声で尋ねた。

「あんたは激昂のあまり我を忘れて、彼を刺してしまった。そうだろ、沼田さん」

　沼田一美はエルザの問いかけに、一瞬口を開きかけたが、その口許から明確な言葉が発せられることはなかった。やがて、彼女は再び貝のように口を噤んでしまった。

　エルザは構うことなく自分の推理を語り続けた。

「凶器のナイフは、部屋を飾っていたアンティーク道具の中にあったんだろう。もともと計画的な犯罪じゃない。偶然そこにあったものを利用しただけだ。出血は少なかったはずだ。ナイフが根本まで深く刺さったような場合、ナイフ自体が栓の役割をして、出血が抑えられることがある。杉浦啓太の死体は、まさにそのケースだった」

「つまり、彼の着ている花柄のワンピースは、それほど血で汚れたりしなかったってことね。だから、沼田さんは彼の死体から服を脱がせて、自らそれを着ることができた」

「そうだ。ただしナイフの刺さった背中の部分だけは、ハサミか何かで切り取るしかなかった。その穴を隠すために、彼女はストールを背中に羽織って部屋を飛び出した。もちろん、カツラやサングラスも死体から拝借したわけだ」

「その姿をエルが写真に収めたってのね。全然、収まっていなかったけど」

「うるさい」エルザはムッとした顔で話を纏めた。「とにかく、美伽もこれで判っただろ、花柄ワンピ女の正体が。部屋に入ってきたのが杉浦啓太。出ていったのが沼田一美。入ってきたのが被害者。出ていったのが犯人。その罠にまんまと嵌って、ぶんぶん振り回されていたのが、あたしたちってわけさ」

なるほど。エルザの推理は見事だった。平塚署の刑事が彼女に一目置く、その理由の片鱗を見た思いがする。だが、そうはいっても彼女の推理、最初から結論ありきではなかろうか。私は彼女に少し意地悪な質問を投げてみた。

「だけど、エル。三〇四号室に潜んでいたのが、沼田さんとは限らないわよ。他の誰かだった可能性もあるでしょ。なにせ、部屋を出ていく女の写真は、酷いピンボケで誰だか判別できないんだし。それに合鍵は、沼田さん以外の人が持っていても不思議はないわ」

「はあ、彼女以外に誰がそんな真似するってんだよ？」

エルザは面倒くさそうに短い髪を掻きあげた。「いいか、美伽、よく考えろ。犯人はなぜ被害者の服を自分で着たと思う？　ただの変装か。いや、そうじゃねえ。変装なら、部屋にある洋服の中から好きなものを選んで、いくらでも他人に成りすませばいい。だが、この犯人のやったことは、そうじゃない。この犯人はわざわざ花柄ワンピの女に成りすまそうとした。花柄ワンピの女というのは杉浦啓太の女装した姿であって、現実には存在しない、いわば架空の存在だ。つまり、犯人は自分が花柄のワンピースを着ることで、その架空の女性に罪をなすりつけようとした。それが、このトリックの本質だ」

本質、などという言葉を、このライオン娘はどこで覚えたのか。私はそれが不思議だ。

「いってることは判るけど、それで？」

「このトリックを成立させるには、前提条件が必要なんだよ。それは目撃者だ。早い話、誰かが花柄ワンピの女を見ていてくれないと、いくら成りすましたって意味ないだろ」

あ、そうか。私はたちまち腑に落ちた。エルザは高い鼻を誇示するように顔を上げる。

「な、判っただろ。目撃者はあたしと美伽だ。じゃあ、あたしたちがビルの屋上から三〇四号室を見張っている、そのことを知ってる人物は誰だ？　依頼人しかいねえじゃん」

シンプルに推理を語り終えたエルザは正面を向き、そこに座る依頼人に尋ねた。

「な、そうだろ、沼田さん？」

沼田一美はついに観念したというように、コクリと首を縦に振った。

沼田一美は涙を堪えながら、私たちに語った。

「すべて探偵さんのおっしゃるとおりです。私が杉浦啓太さんを殺しました。彼の服を着て、探偵さんたちの目を欺こうとしたのも事実です。最初から、そのようなトリックが頭にあったわけではありません。私はただ彼の女装した死体を他人に見せたくないと思ったのです。仮にも私の婚約者である男が、あんな恰好で大勢の目に晒される。そのことは私にとっても耐え難いことに思えたのです。私は彼の服を脱がせました。そしてそのとき、閃きました。私がこの服を着て部屋を出ていけば、この世に存在しない女に罪を被ってもらえると。私はそのアイデアに飛びついたのです。私は自分の服を脱ぎ、花柄のワンピースに着替えました。脱いだ服は赤いトートバッグの中に詰め込んで、持ち出しました。ストールを羽織った理由は、探偵さんが見抜いたとおりです」

「彼の死体を浴槽に運んだのは、なぜ?」エルザが尋ねる。

「裸の死体が部屋の中に転がっていれば、いかにも服を脱がされた印象を与えるでしょう。でも浴槽の中なら、裸が当然です。風呂に浸かっている最中に、誰かに刺し殺された。そんなふうに思ってもらえれば、それが最も理想的だと考えたのです」

依頼人は、短い告白を終えた。探偵もそれ以上質問はしない。もはや聞くべきことは何もない、といいたげな様子で、彼女は冷めた珈琲を口に運んだ。私には、もう一点だけ聞いておきたいことがあった。

「沼田さん、婚約者の女装趣味っていうのは、そんなに嫌でしたか？」

一美は痛いところを衝かれたというように顔を歪め、唇を震わせた。

「ええ、私には到底、理解できない趣味です。赤の他人ならいざ知らず、私の夫になろうという人が、まさかと。私は動転し我を忘れ、そして面と向かって彼を罵倒する言葉を吐きました。あとは、探偵さんのおっしゃったとおりの修羅場でした。もちろん殺す理由にはなりませんが」

力なく呟く一美。やがて彼女はハンカチで涙を拭うと、吹っ切れたように顔を上げた。それから、あらためてテーブルの上の白い封筒をエルザに差し出すと、「探偵さんにもうひとつお願いが」と神妙な顔でいった。

「ん⁉」エルザは不思議そうに顔を上げ、依頼人を見詰めた。「なんだい、お願いって？」

沼田一美は深々と頭を下げ、探偵に対する最後の依頼を口にした。

「どうか私を警察へ連れていってくださいませ」

沼田一美を平塚署へと送り届け、彼女の出頭を見届けた私たちは、『生野エルザ探偵事務所』に無事帰還を果たした。帰還といっても私の職場ではないのだが、それでも自分の部屋に戻ったようなホッとした気分を感じたことは事実だった。私はこの場所に少し馴染んだようだ。

9

エルザは冷蔵庫からビールのロング缶二本を取り出して、「上にいこうぜ」と私を誘った。上とは屋上のことらしい。つくづく屋上の好きな女だと、私は呆れる。だが実際に訪れた屋上は春の夜風が気持ちよく、見上げると闇に浮かぶ上弦の月が綺麗だった。

私たちは缶の縁を合わせて乾杯した。なにに乾杯しているのかは、どうでもよかった。ビールの最初のひと口を堪能した後、私は胸につかえていた質問を口にした。

「棚橋瞳は、要するに杉浦啓太のなんだったのかしら?」

「彼女は杉浦の幼なじみだ。と同時に、彼の女装趣味の良き理解者であり、協力者でもあったんだろう。杉浦は棚橋瞳の借りている三〇四号室を自分の衣装部屋、あるいは更衣室として利用することで、女装という密かな趣味を満喫できたってわけだ」

「杉浦が殺された後も、棚橋瞳は彼の趣味について、何も語らなかったわね」

「それが死んだ友人に対する彼女なりの友情の印だったんだろう。誰にも喋らない、という固い約束が二人の間にあったんだな。それに、棚橋瞳には絶対のアリバイがあった。だから、彼女はただ杉浦の秘密を守ることに専念できたんだな」

「なるほどね」私は手許の缶ビールをひと口飲んで、「ところで、エル、もうひとつだけ」

「まだあんのかよ。もうおおかた説明は済んだんじゃねーのか」

「いいえ、まだよ。これが最後の質問」私は友人を正面から見据えて聞いた。「あなた、なぜ依頼人の前で間違った推理を語ったの？」

エルザは一瞬ピクリと肩を震わせ、それから何事もなかったように缶ビールを傾けた。

「変なこというじゃんか、美伽。あたしの推理のどこが間違いだって？　犯人は沼田一美に間違いない。本人も認めてたじゃねーか」

「ええ、それは確かにあなたが推理したとおり。でも、動機が間違っていると思う」

エルザは試すように、横目で私を睨みつけた。「へえ、どう間違ってるんだい？」

「沼田一美は杉浦啓太の女装趣味を知り、それがきっかけで修羅場となり殺人へと発展した。あなたはそう話したわ。でも、沼田一美が婚約者の女装趣味を知ったとして、それほど激怒するとは思えないわ」

「それは、その場面になってみなきゃ判らないだろ」

「いいえ、判るわ。沼田一美は婚約者が他の女と密会していると思い込んでいた。さほど器量に恵まれていない三十二歳の女が、年下のイケメンを誰かに奪われるかどうかの瀬戸際よ。彼女は気が気じゃなくなって、それで探偵事務所の扉を叩いたはず。そして自らも身体を張って三〇四号室に忍び込んだ。その結果は、どう？　婚約者は女装趣味だった。それだけ。確かにガッカリする話よね。百年の恋も冷めたかも。だけど婚約者に他の恋人がいた、なんていう悲惨な話に比べれば、遥かにマシな結末だわ。腹を立てるどころか、ホッとして泣いちゃうくらい平和なオチだと思う。殺人に発展するはずがないわ」

　ウーンと呻き声をあげながら、エルザは自慢の茶髪を掻きあげる。特に否定する気はないらしい。私は確信を持って自分の推理を続けた。

「じゃあ、なぜ沼田一美は思わず刃物を振り上げるほど激昂したのか。彼女をそこまで追い詰める存在はなにか。それは女よ。婚約者を自分から奪おうとする女。実際には、そんな女はいなかったんだけど、彼女はそれが存在すると信じていた。そんな彼女のもとに、ついに女が現れた。花柄のワンピースを着た若い女。しかも自分よりも綺麗な女よ」

「綺麗な『女』ね……」

「そう。その姿を見た瞬間、彼女は我を忘れた。そして、その女に襲い掛かった。女は刺された、呻き声をあげた。そのとき、彼女は初めて自分の間違いに気がついた。自分が刺した相手が、女ではなく男。婚約者を奪おうとする恋敵ではなくて、婚約者そのものだったってことにね」

「なるほどね。つまり沼田一美は架空の女を殺したわけだ」

「そうともいえるわね。どう、こっちの推理のほうが正鵠を射てると思うんだけど」

「確かにな。でも、沼田一美はそんなことはいってなかったぜ」

「彼女はあなたが語った偽りの推理に、わざと乗っかったのよ。だって、間違いで婚約者を殺したなんて結末、たとえ真実でも彼女にしてみれば認めたくない話でしょ」

「ああ、まったくだ。あまりに悲劇的すぎて泣けてくるもんな」

　エルザはおどけた様子で両目を手でこすって、えーんえーん、と泣きはらす仕草。それから、ふと顔を上げると今度は急に真面目な顔になり、低い声で私にいった。

「けどよ、美伽。要するに同じことだろ。犯人は沼田一美だ。彼女は杉浦啓太を刺し殺した。彼女は罪を認めて出頭した。彼女が警察や裁判所でどんな動機を語るかなんて、あたしたちには、どーだっていーじゃん」

　投げやりにいうと、エルザは話を打ち切るように、喉を鳴らしてビールを飲んだ。

　おかげで私の質問に対する答えは曖昧にされてしまった。私はエルザが本気で間違えたのか、それとも依頼人のためにわざと間違えてあげたのか。それを知りたいと思ったのだ。だが私は結局、聞くのをやめた。聞いたところで、エルザは「どーだっていーじゃん」と答えるに決まっている。私は黙ってビールを飲んだ。

「そんなことより、美伽」いきなりエルザは獲物を狙う鋭い目つきで私を見た。「あんた、結構いいセンスしてるよ。見込みがある。いまの推理なんか最高だ。よし、決定」

「ん⁉」私はビールを傾ける手を止めた。「エル、いまなにを決定したの？」

「採用決定ってことさ。仕事、ほしいんだろ。明日からあたしの事務所にこいよ。な、頼むよ。この前もいったけど、探偵の仕事って、もともとひとりじゃ無理があるんだよ」

「ちょっと、勝手に決めないでくれる⁉」私は目を吊り上げて、真っ向から抗議した。「だいたい、なんで私が、あなたの探偵事務所で所長を務めなきゃならないわけ？」

「馬鹿かよ。所長はあたしだろ。駆け出しの美伽は、あたしの部下だっての」

エルザは互いの立場を明確にするように、自分の胸と私の胸を交互に指差した。

「要するによ、あたしが探偵、あんたは助手ってことさ！」

「つまり、あなたがライオン、私は猛獣使いってことね！」

「じゃあ、それでいいや」

そういって、私の乱暴な友人は豪快にビールを飲み干すのだった。

第二話　彼女の爪痕のバラード

1

六月に入って天候不順の平塚は、今日で三日連続の雨模様。空を覆う分厚い雲は、普段から冴えない地方都市の風景を、なおさら重苦しい雰囲気に包み込んでいる。真っ赤な太陽と青い空、きらめく海に遊ぶ美女、白い波と戯れるサーファーの姿。ステレオタイプな湘南のイメージは、穴を掘ろうが、草を掻き分けようが、どこにも見当たらない。

だが、それも無理はない。そもそも平塚は『西湘』と呼ばれ、『湘南』とは敢えて区別される微妙な位置。そのため『ギリ湘南』『湘南のあっち側』『湘南番外地』などと揶揄されることも多く、全国にその名を轟かせる湘南ブランドからは切り離された街だ。

そんな平塚に雨が降る。

不景気に喘ぐ平塚の街は、息を潜めるように静まり返っていた。

雨に霞む景色の中を、私は赤い傘をくるくる回しながら、ひとり職場へと向かう。白いブラウスにブルーのサマージャケット。膝上のスカートを揺らして歩く素敵なお姉さんの姿に、街を行く青少年たちの目は釘付けだ。と思った瞬間、タイトスカートがよく似合う、超セクシィなお姉さんが、私の真横を颯爽と追い越していく。青少年の視線を全部そちらに持っていかれた私は、ポッキリ心を折られたまま、なんとか職場にたどり着く。

私、川島美伽二十七歳の勤め先は探偵事務所だ。

平塚競輪場のすぐ傍にある雑居ビル『海猫ビルヂング』。その三階にて、探偵事務所は日夜密かに営業中だ。事務所の在籍者はわずかに二名。私はその中の貴重なひとりだ。つい先月、とある事件をきっかけに、探偵助手もしくは猛獣使いとして、この事務所に雇われた。そういうと、青少年ならずとも疑問を抱くに違いない。「探偵事務所になぜ若くて素敵な猛獣使いが必要なのか」と。だが、その問いに対する私の答えは実に単純。「探偵事務所に若くて凶暴な猛獣がいるから」だ。それ以外に答えはない。

探偵事務所に君臨する美しい猛獣一頭、『平塚の雌ライオン』の異名を取る彼女こそは、探偵事務所所長の肩書きを持つ女探偵だ。名前は生野エルザ。ゆえに事務所の正式名称は『生野エルザ探偵事務所』という。

鍵の掛かった入口の扉を開ける。勝手知ったるライオンの檻へと、私は一歩足を踏み入れた。広がるのは代わり映えしない事務所の風景だ。デスクや棚に山積みになった書類や雑誌が、来訪者の視界を遮る。奥にある衝立の向こうは、キッチンその他の水回りだ。全体に雑然とした室内は、互いにおもちゃの銃を持ち、身を隠しつつサバイバルゲームなどに興じるには、最適な環境かもしれない。つまり労働環境としては最低という意味だ。

そんな中、窓際に配置された応接セットのソファの上で、長々と横たわって寝息を立てる女ひとり。熟睡中の生野エルザだ。どんな猛獣にもいえることだが、睡眠中は観察の絶好の機会。私は彼女を起こすことなく、むしろ息を殺してその姿を眺めた。

デニムのショートパンツに白のTシャツ。赤いジャージを羽織っているのは、睡眠中に風邪を引かないための防寒対策などではなく、彼女本来のファッションセンスだ。足許は茶色いスウェードのショートブーツ。それをソファの肘掛(ひじかけ)に大胆に乗せている。靴を脱がずに眠るのは、万が一、睡眠中を他の肉食獣に襲われた場面を考えての用心か。だが、アフリカの大草原ならともかく、ここは神奈川県平塚市だ。靴ぐらい脱ぎなさいよ、と当たり前の感想を漏らしながら、私の視線は彼女の脚に移動する。

エルザの脚は長くてしなやか。けれど、細すぎることはなく適度な肉感がある。その肌は見るからに滑らかそうで、膝小僧さえも輝いて映る。同性の目にも魅力的に映る彼女の脚を眺めながら、うふ、触っちゃおうかなあ、と冗談っぽく呟きつつ、やがて本気で彼女の脚にちょっかいを出そうとする私は、最近ちょっと欲求不満なのかもしれない。

だが、私の悪戯な指先がエルザの玉の肌に触れようとする瞬間、不埒な私を咎(とが)めるように、いきなり彼女の右膝が突き上げられた。それは私の無防備な顎を見事打ち抜き、私の身体を遥か後方まで撥ね飛ばす。おそらくは無意識の攻撃だ。これが、いわゆる野性の勘というやつか！

蹴られた私は、ソファから離れた場所で顎を押さえて、ガクリと膝を突く。

エルザは寝ぼけ眼で身体を起こすと、不機嫌そうな顔と声で、私の姿を見下ろした。

「あれ、美伽、なにやってんだ、そんな恰好で？　コンタクトを捜す達川光男のモノ真似か？」

「ううん、違ふ。なんれもない」

なんでもない、の発音が難しいほどに私の顎は酷く痛む。「ひょっとところんらけ」

「ちょっと転んだだけ？　へえ、あんたが転ぶと、あたしの膝が痛むのか？　なんでだ？」

唇の端に意地悪な笑みを浮かべたエルザは、綺麗に膝を揃えてソファを降りる。ショートカットの茶色い髪を右手で掻きながら、私のもとに歩み寄るエルザ。近くで見ると、彼女の眸の色もまた、髪の毛と同じブラウンだと判る。彼女はその茶色い眸で、ようやく立ち上がった私の顔を射抜くように睨み付けると、いきなり容赦ない咆哮を浴びせた。

「やい、てめえ、美伽！　あんた、あたしになんかしやがっただろ」

「私が、エルに？　ううん、私はただエルを起こしてあげようと思っただけ」

「とぼけんじゃねーや！　ただ起こしてやるのに、なんで脚に触るんだよ。あたしはあんたをそんな娘に育てた覚えはねーからな。妙な気、起こすんじゃねーっての！」

いいたいことがありすぎて、私は心が整理できない。確かに妙な気は起こしたし、触ろうともしたけれど、実際には触っていないし、そもそもエルザに育てられた記憶はない。彼女と私は元をただせば高校時代の友人同士なのだ。

「なにさ、偉そうに」私は友人の胸を突きながら、「だいたい、いま何時だと思ってんの？　営業開始の直前までソファに横になってぐーぐー寝ているあんたが悪いのよ。脚ぐらい触られたって、文句いえないわよ」と、私は無意識に自白する。

はあん？　とエルザは尖った目つきで、自分の額を私の額に押し付ける。

「べつにいいじゃん、寝てたって。だいたい、探偵事務所はパチンコ屋じゃねーんだからよ。開店と同時に客がくるなんてことは、滅多にねーんだっての」

とエルザが言い放ったそのときが、まさに事務所の開店時刻、午前十時。するといきなり入口の扉が開き、「おはようございます」と律儀に朝の挨拶を口にしながら、若い男が現れた。通勤途中のサラリーマンを思わせる背広姿の男は、額をゴリゴリぶつけ合う美女二人を前に、緊張した口調で来訪の意を告げた。

「こちら、探偵事務所で間違いありませんか。わたくし、お願いがあって参りました」

私とエルザが思わず顔を見合わせたのはいうまでもない。滅多にないはずの午前十時の客が現れたのだ。

私は先ほどまで探偵が寝ていたソファを依頼人に勧めた。いや、彼が依頼人になってくれるかどうかは、まだ不明だ。過去の経験からいって『生野エルザ探偵事務所』の扉を叩いた客の多くは、十分以内に扉を蹴って出ていく。私は誠実で真面目そうな彼に、人並みの寛容さと人並み以上の忍耐力が備わっていることを願うしかない。

しかし、そんな私の思いを知る由（よし）もないエルザは、「美伽、お客さんにお茶を」と一方的に私に命じると、自分は赤いジャージのままで客の正面のソファに腰を下ろした。

「あたし、生野エルザ。よろしく」

テーブル越しにいきなり握手の右手を差し出す女探偵。彼女としては通常の挨拶だ。

大抵の客は、このタメ口と馴れ馴れしい態度にムッとくる。だが名刺を手にした彼は、ビジネスの教科書を無視した彼女の行為に戸惑ったのだろう。右手で彼女の手を握り返し、同時に左手で名刺を渡すという珍妙な振る舞いに出た。彼と彼女の両腕がテーブルの上で交差し、「X」の文字を形成する。エルザは「サンキュ」といって、左手の指先で名刺を受け取った。

「ふーん、山脇敏雄さんか。株式会社湘南食品工業、本社営業部。へえ、湘南食品ね。高級な和菓子とか作ってる会社だろ。聞いたことあるぜ。食べたことはねーけどな」

　短気な客なら、そろそろ帰り支度を始めるころだ。キッチンでお湯を沸かす私は、この沸騰間近なやかんのお湯が無駄にならないことを祈りながら、客の様子を観察する。いまのところ彼が扉を蹴って出ていく気配はない。山脇という男は気が小さいのか、心が広いのか、あるいはその両方だろうと思われた。エルザは名刺をテーブルに置いた。

「で、食品会社の営業マンさんが、探偵事務所になんの依頼だい？」

　しかし山脇は彼女の問いにすぐには答えず、背広のポケットから小さな銀色の物体を取り出した。ＩＣレコーダーだ。山脇はそれをテーブルに置いた。

「あの、これで会話を録音させていただいてよろしいでしょうか。このＩＣレコーダー、最近はメモ代わりに、いつも持ち歩いているんですよ。いえ、駄目なら駄目とおっしゃってください。無理にとはいいませんので」

　べつに構わないぜ、とエルザは鷹揚に許可を与えた。山脇は感謝の言葉を口にして、さっそくレコーダーの録音ボタンを押した。エルザは顔を前に突き出しながら、大きく口を開いて先ほどの質問を再度繰り返した。「あーあー、で、あんた、探偵事務所になんの依頼だい？」

「いえ、あの、探偵さん、これ最新式ですので、そんなに顔を近づけて大きな声を出さなくても、ちゃんと音は拾えますから。どうか普通に喋ってもらえますか」

「なんだ、そういうことは早くいえよ。あたしが馬鹿みたいじゃん」エルザは怒ったように機械から顔を離す。「んで、依頼ってのは？」

「はい。実は人を捜してもらいたいんです。女性なんですが、私の前から突然姿を消して、かれこれ一ヶ月ほども連絡が取れません。私は、彼女がなんらかの事件に巻き込まれたんじゃないかと心配で心配で。だけど、警察は真剣に取り合ってくれません。そこで、私は自ら彼女を捜し出そうと考えました。けれど、私には毎日の仕事がありますし、人を捜す技術も経験もありません。そこでプロの探偵に捜してもらえればと思ったんですが。いかがでしょうか、引き受けていただけますか」

「そりゃまあ、人捜しは探偵稼業の基本だから、もちろん引き受けるのは構わないぜ。だけど、いまの話じゃ事情がよく判んねえな。そもそも、そのいなくなった女は、あんたのなんなんだい。ひょっとして、コレかい？」

　エルザが突き立てる無粋（ぶすい）な小指を、私は湯呑みを載せたお盆で隠した。

「お茶を、どうぞ」

「あ、これは、どうもご丁寧に」

間一髪セーフ。心の中で汗を拭きながら、私はテーブルに三つの湯呑みを並べる。そのまま私はエルザの隣に座り、「探偵助手の川島です」と名乗ると、彼らの話に加わった。

「で？」エルザは山脇の眼前に、もう一度同じ小指を立てた。「その女はあんたのコレだよな？」

恋人、彼女、交際相手、呼び方は色々あるだろうに、なぜ小指を示して「コレ？」と聞くのか。私は彼女の小指をへし折りたい衝動を抑えるのに苦労した。だが山脇は戸惑いの色を浮かべながらも、席を立つような大人げない真似はしなかった。

「女性の名前は北村優菜さん。ええ、お察しのとおり私の恋人です」

ホントかよ、というエルザの小さな呟きが、私の耳にだけ微かに届いた。

「で、その北村優菜っていう娘は、なにをやってる人だい？」

「優菜さんは明石町のスナック『紅』で働いていた娘です。社用で『紅』を利用した際、私は優菜さんに出会い、その場で意気投合しました。それから半年ほど親しい付き合いが続いたんですが……」

「一ヶ月前に急にいなくなった、ってわけか」

「そうです。突然、店に現れなくなり、私の電話にも出なくなりました。もちろん、彼女から掛かってくることもありません。スナックのママさんに事情を聞くと、優菜さんは『なんの連絡もなく、いきなり店にこなくなった』とのことでした。そういうことは水商売ではよくあることだそうで、ママさんは特に疑問には思っていないようでした」

「正直あたしもそう思う。よその店に移っただけなんじゃねーか」

「それは違います。私は優菜さんの自宅を訪れ、彼女の母親にも事情を聞きました」

「へえ、母親は、なんて説明してくれたんだい？」

「それが、その……」山脇はふいに目を伏せた。「『優菜は家出しました』と、彼女の母親、典子（のりこ）さんにはそういわれました」

「家出？」エルザは腑に落ちない表情で聞く。「優菜って娘は、いくつだよ。十四歳か？」

「中学生がスナックで働いてるわけないじゃないですか。優菜さんは二十一歳です」

「いい大人じゃん。その歳で家出っていうか。あたしは十七で家を出たけど、あれも家出か？　美伽の親父さんは六十過ぎて家を出て、山に籠（こ）もったって聞くけど、あれも家出かよ？」

「違うわよ！　あれは『家出』じゃなくて『出家』――って馬鹿なこといわせないで！」

　エルザの頭を叩きながら、私は今度こそ山脇が「ふざけるな」と席を立ち、事務所を去っていくのではないかと心配した。だが、彼は悪ふざけともいえる私たちのやり取りを、真剣なまなざしで見詰めている。ふと時計に目をやれば、彼が事務所の扉を叩いてからすでに二十分が経過していた。彼の人並み以上の忍耐力は、すでに証明されたも同然だ。

私は沈滞した空気を払いのけるように「ゴホン」と咳払いして、山脇を見た。

「優菜さんが家出したときの状況について、典子さんはどうおっしゃっているのですか」

「実は優菜さんの両親は数年前に離婚しており、現在、優菜さんと同居するのは典子さんただひとり。その典子さんが五月の十日前後に三日間ほど旅行に出て家を空けたそうです。旅行から帰ってみると、優菜さんはいなくなっていたということです」

「そりゃ家出っていうより、失踪じゃねーか」

エルザは多少の興味を惹かれたように、身を乗り出した。「母親は失踪した優菜を捜そうとしていないのかよ」

「はあ、その点は色々事情があるようで。そもそも優菜さんはひとりっ子で、いまは母親と二人暮らし。ですが、典子さんの再婚相手になるかもしれない年下の男、つまり母親の恋人ですが、その男がいまでは北村家で典子さんと半同棲生活みたいな状態にあります。男は優菜さんに対しても、すでに父親のように振る舞っていると聞きました。高岡祐次という男です。いちおう名刺の肩書きは『不動産コンサルタント』だそうですが、実際のところなにをしているのかよく判らない男です。ただのヒモかもしれません」

「家出だな」エルザはいきなり断言した。「家出に違いねえ。あたし、そんな家にはいたくねえ」

誰もライオンの棲み家の話はしていない。

「確かに、あの家には優菜さんの居場所はなかったのかもしれません。だから、彼女はこっそり家を出ていった。それは充分あり得る話なわけです。母親もそれがよく判っているから、去るものは追わずの心境なのでしょう。ちなみに、母親が旅行中に優菜さんがいなくなったといいましたが、お察しのとおり、母親の旅行の連れは高岡祐次です」

「母親が若い男と旅先でよろしくやってる間に、娘は愛想尽かして出ていったわけだ」

ありそうな話じゃん、と呟きながらエルザは湯呑みの茶を啜る。

山脇は左右に首を振った。「それならなぜ私に連絡がないんでしょうか。一ヶ月以上も音信不通なんですよ。本当にただの家出なんでしょうか。仮に家出だとして、彼女はいまどこでなにをしているんでしょう？」

不安を訴える山脇を前に、エルザの口から思いもよらない発言が飛び出した。

「どこでなにをって？　そりゃ、あんたの知らない場所で、あんたの知らない男と、よろしくやってんじゃねーのかなあ。正直あたしはそう思うぜ」

「馬鹿、正直すぎるわよ、エル！」

私は慌てて彼女の口を塞ごうとするが、もちろんすべては手遅れだ。エルザの無神経極まりない言動は、今度こそ彼を決定的に怒らせ、すべての話をご破算にするに違いない。

事実、山脇は気分を害したように押し黙った。私は申し訳ない思いで目を伏せる。

するとエルザは真剣な顔を彼に向け、「でもよ、山脇さん」と初めて男の名を呼んだ。

「もし、そういう馬鹿みたいな結末に終わったとしても構わない、それでも、いなくなった彼女を捜したいって、あんたにそういう覚悟があるんだったら、その依頼、引き受けてやってもいいぜ。どーする、山脇さん？」

エルザの茶色い眸が男の顔面を見据える。試すようでもあり企むようでもある。そんな彼女の妖しい眸を、山脇は神妙な顔で見詰め返して、「よろしくお願いします」と頭を垂れた。

エルザは細い指先を軽快に弾いた。乾いた音が事務所に響き渡る。

「よし、きまった。北村優菜は必ずあたしたちが捜し出す。あたしと美伽に任せな。山脇さんの悪いようにはしねーからよ」

こうして、山脇敏雄は晴れて探偵事務所の依頼人となった。幾度の屈辱と理不尽な言葉の暴力に耐え、最終的に依頼を決意するに至った彼の精神力には、感服するばかりだ。

私たちは北村優菜捜索のための必須アイテムとして、山脇に対して彼女の写真を要求した。山脇は探偵に渡すための写真をあらかじめ用意していた。

「私が撮影したものなんで、あんまり写りはよくありませんが」

照れくさそうに山脇が差し出す写真を、エルザと私が両側から覗き込む。私の口から溜め息が、エルザの口から口笛が漏れた。

写真の中の彼女は、短い髪と日焼けした肌が活発な印象を与える、想像以上にかわいい娘だった。はにかむような笑みを湛えた眸が、真っ直ぐこちらを見詰めている。撮影者が山脇だとすると、なるほど北村優菜と山脇は恋人同士だったに違いない。そう思わせる、素敵な写真だった。

「へえ、なかなかのかわいい子ちゃんじゃねーか」冷やかすようにエルザがいう。

山脇は心底嬉しそうに目を細めながら、「ええ、私もそう思います」と頭を掻いた。

2

依頼人の登場が営業開始早々だったお陰で、私たちはその日の午後からさっそく家出人捜しに取り掛かることができた。六月の雨の中、エルザは五千円で売りに出しても売れ残りそうな、廃車寸前のシトロエンを懸命に走らせる。最初に向かった先は、北村優菜の自宅だ。

　北村家は母親と娘の二人暮らしと聞き、こぢんまりとした住居を勝手に想像していたのだが、実際の北村邸は両隣を威圧するように建つ立派な邸宅だった。路肩に停めた車の窓越しに、女探偵は大きな門を見詰めた。

「へえ、北村典子の別れた旦那は、よっぽど金持ちだったんだな」

　家は優菜の母親、典子が前夫から財産分与されたものだと、彼女はそう睨んだらしい。実際そうに違いないのだろう。だからヒモみたいな男が寄ってくるのだ、と私は思った。

　私は傘を持ち、車を降りる。エルザは、この程度の雨は平気、とばかりにTシャツの上に黒のベストを羽織っただけの恰好で車の外へ。この野生児め。私は心の中で呟きながら、彼女に自分の傘を半分差し掛ける。

　女二人、相合傘のまま門柱のインターホンの前へ。ボタンを押すと、スピーカー越しに女の声が応答した。北村典子だろう。いま、北村家に女は典子しかいないはずだ。すると探偵はいきなり私を押し退け、スピーカー目掛けて咬みつくように話しはじめた。

「あたし、生野エルザ。私立探偵やってんだけど、ちょっと話、聞かせてくんねーかな」

　馬鹿かよ！　私は隣の猛獣を傘の外まで突き飛ばし、スピーカーの前を奪回する。

「あの、失礼いたしました。私、『生野エルザ探偵事務所』という遠いところから参りました。川島美伽と申します。北村典子さんでいらっしゃいますね。私、とある方からの依頼で、優菜さんの行方を捜しているのですが、ご協力いただけないでしょうか」

『とある方とは、誰のことでしょうか』

スピーカー越しの声は、どこか冷たい響きだ。

「えと、それは……」

依頼人の名前を明かすべきか否か、迷っていると、先回りするように典子がいった。

『判っています。あの真面目そうな会社員の彼ですね』

判っているなら最初から聞くな、と私もついつい悪態を吐きそうになる。

そんな私の隣からエルザが口を挟む。「で、会ってくれるのかい。それとも駄目？」

『べつに、お会いしてお話しするようなことはございません。成人した娘が家を出ていったからといって、あまり騒いでほしくありませんので』

「じゃあ、捜さなくていいってことかい。優菜さんはあんたの実の娘なんだろ？」

一瞬、典子の声が詰まり、会話が途切れる。そのときスピーカーの向こうから典子とは違う声が微かに聞こえた。男の声だ。典子の年下の男、高岡祐次だろうか。だが詮索する間もなく、再び典子は冷淡にあしらうような言葉を返してきた。

『とにかく、赤の他人に捜していただかなくて結構です。娘はこっちで捜しますので』

「そうはいかねえ。あたしはあの真面目そうな会社員、えーと、名前はド忘れしちまったけど、とにかくあの男と約束したんだ。優菜さんを必ず捜し出すってな」

やる気は充分伝わるが、だったら依頼人の名前ぐらい憶えておいてほしいものだ。

『そうですか。では、どうぞご勝手に』典子は木で鼻を括ったような言い方。

それにカチンときたのか、探偵は突然声を荒らげる。「ああ、判ったぜ。そっちがそういうんなら、こっちはこっちで勝手に捜させてもらおうじゃねーか。あばよ、邪魔したな。若い男と、よろしくナニしてやがれってんだ、へん！」

エルザのあまりに乱暴な言動に私は蒼白になり、彼女をインターホンから引き離す。

「ちょっと、エル、どういうつもり？　いくらなんでも、言い過ぎよ」

「なーに、平気平気。だって通話はもう切れてるじゃん」

なんだ、そうなのか。ホッと胸を撫で下ろした私は、「まったく、あんたって娘は……」と乱暴な友人を軽く睨みつける。「で、これからどうするの？　北村家には入れてもらえないみたいよ」

「だったら違う線を当たるさ。その前に、このインターホン、ぶっ壊していこうぜ」

灰色の機械を目掛けて拳を握るエルザ。そんな彼女の頭に、私は傘の柄をぶつけた。

「やめなさいって、おかしな腹いせは！」

北村邸での情報収集を早々に諦めた私とエルザは、再び車に乗り込むと、平塚の繁華街にあるスナックを目指した。優菜が失踪する直前までバイトしていた店だ。それは閉店した大型スーパーから程近い、寂(さび)れた雑居ビルの地下にあった。店の名は『紅』だ。そういえば、以前この近所に『紅谷座(べにやざ)』という映画館があったことを、私は思い出した。

私たちは駐車場に車を停め、雨の繁華街でお腹がすくまで時間を潰(つぶ)した。『老郷(ラオシャン)本店』が守り続ける伝統の味、酢タンメンのすっぱい誘惑を振り切りつつ、やがて迎えた午後六時。私とエルザは開店と同時に一番乗りの客として、スナック『紅』のカウンターに陣取った。

カウンター越しに見るママさんは、月々の化粧代が馬鹿にならないと思われる五十代女性だった。茶色く染めたパーマヘアに、私は密かに長崎皿うどんを連想した。手許のメニューを覗き込みながら、「皿うどんはねーんだな」とうっかり呟く友人もまた、私と同じ連想を働かせたに違いなかった。

「まあ、いいや。焼きそばと焼きうどん、どっちがお薦(すす)めだい、ママさん？」

「焼きうどんだね。常連はみんなそっちを頼むよ」

「そうかい。じゃあ、ポテトサラダとマカロニサラダは？」

「ポテトサラダだね。うちの看板メニューだよ」

「判った。じゃあ、焼きうどんとポテトサラダ。美伽も同じでいいだろ」

勝手に二人前の注文を終えると、エルザはいきなりマイクを握り、店の片隅のカラオケマシンで浜崎(はまさき)あゆみを三曲熱唱。それからカウンターの席に戻ると「ところでママさん、この店で働いていた北村優菜って娘、憶えているかい？」といきなり本題を切り出した。

浜崎あゆみはなんだったのか、と若干疑問に思いながら、私もママさんの答えを待つ。

「ああ、憶えてるさ。いい娘だったね。うちの看板娘だったよ」

北村優菜を褒める彼女の口調は、ポテトサラダを薦めるときの口調とまったく同じものだった。

「実は、彼女の行方を捜してるんだ。といっても、警察じゃねーから安心してな」

「じゃあ、探偵だね。判った、あの人に頼まれたんだね。ほら、うちによくきていた真面目そうな会社員の、名前はド忘れしちゃったけれど、あの男の人、なんてったっけ？」

山脇さんでは？　と私が助け舟を出すと、彼女は「そうそう、その地味な人」と目尻に皺(しわ)を寄せながら手を叩く。依頼人の名誉のためにいっておくが、悪いのは地味な山脇敏雄ではなく、彼女たちの記憶力のほうだ。山脇敏雄はべつに憶えにくい名前ではない。

そうこうするうちに、私たちの前に香ばしい匂いを放つ焼きうどんと、小皿に盛られたポテトサラダが並べられた。醤油を利かせた焼きうどんもさることながら、純白のマシュマロを思わせる上品なポテトサラダは実に美味だった。ママさんの言葉に嘘はない。北村優菜もきっと彼女の言葉どおり、いい娘だったに違いない。そう確信させるに充分なポテトサラダだった。

　エルザはそんなポテサラを箸で摘みながら、「で、北村優菜はいつまでこの店で働いてたんだい？」

　ママさんは壁のカレンダーを見やる。茹でれば旨い出汁が取れそうな醤油色に染まったカレンダーだ。六月でこの状態なら十二月にはどうなっているのかと、別の興味が湧く。

「五月十日だね。十日までは普通に仕事していて、十一日以降プッツリこなくなったね」

「仕事を辞めた理由に心当たりは？」

「ないね。他にいい仕事を見つけたんじゃないのかい。それか、男だね」

「男っていうけど、優菜は山脇さんと付き合っていたんだろ？」

「そうだったみたいだね。だけど、若い娘の気持ちは判らないからね。突然、別の男と惚れあって、どこか遠い街へ駆け落ちしちゃったのかもよ」

　誰しも考えることは同じらしい。私はママさんの考えに真実味を覚えた。エルザは間を取るように焼きうどんをひと口啜る。焼けた醤油の甘い香りがぷんと匂いたった。

「ちなみに聞くけど、山脇さん以外に、優菜と親しかった客っていたのかい？」

「さあ、どうだったかねえ」

考え込むママさんの視線が、店の入口付近でピタリと止まった。「ああ、菅谷さん、いらっしゃい。久しぶりだね。ああ、そうだ、菅谷さんなら、なにか知ってるかもね」

入口に目をやると、そこには背広姿の男が立っていた。濡れた傘を邪魔そうに傘立てに差し、濡れた肩をハンカチで拭きながら、男は私たちのカウンターへと歩み寄ってきた。服装や年齢は山脇に近い。だが切れ長の目とがっちりした顎に特徴のあるその顔立ちは、山脇より遥かに男前に映る。ママさんはその男のことを、私たちに紹介した。

「彼、菅谷良樹さん。山脇さんの会社の同僚だよ」

そしてママさんはカウンター席に並んで座る私たちのほうを指差して、

「彼女、いなくなった優菜ちゃんを捜してる探偵さんだってさ。協力してあげてよ」

探偵？　と菅谷は切れ長の目をさらに細めてエルザを見やった。その視線はエルザにのみ注がれている。私は自分が透明人間にでもなったような気がした。菅谷はエルザの隣の席に座ると、まずはビールを注文し、それから彼女に向かって渋い低音を披露した。

「菅谷といいます。僕になにか協力できることがありますか？」

「あたし、生野エルザ。あんた、北村優菜のこと、よく知ってるのかい。だったら、教えてほしいことがあるにはあるんだけれど、ちょっとその前にさ、隣で膨れ面しているあたしのダチにも、いちおう挨拶してやってくんねーかな。彼女、こう見えて、なかなか嫉妬深いんでね」

「ああ、これは失礼しました。萱谷です。よろしく」

友人の配慮により、お情けで挨拶を受けた私は、腹立ち紛れに、

「よろしく、南牟礼美伽子よ」

と適当な名前を名乗る。どうせ本名を伝えたところで憶えてはくれないのだ。事実、萱谷良樹は私の名前を聞くだけ聞いたら、またエルザとの会話に戻っていった。友人との格差を思い知らされた私は、無性にビールが欲しくなった。

「あたしが知りたいのは優菜って娘の、交友関係なんだけどよ。彼女が山脇敏雄さんと付き合ってたって話は聞いてる。それ以外に、彼女と付き合っていた男、あるいは彼女に言い寄っていた男の心当たりはないかな？」

萱谷はママさんが差し出すビールのグラスを受け取り、ひと口飲んでから考え込んだ。

「山脇以外ですか。いや、付き合っているという意味では、優菜ちゃんには山脇しかいなかったと思います。彼女は二股かけるようなタイプではありませんでしたからね。ただし優菜ちゃんに勝手に好意を寄せて一方的に言い寄っていた男なら、ひとりいましたよ」

「へえ、誰だい、そいつは？」

「前島って男なんですが」そういって菅谷はカウンター越しに声を掛けた。「ママさんも知ってるよね、前島が優菜ちゃんを狙っていたこと」

「ああ、知ってるよ。前島誠二さんだね。父親が市議会議員やってるドラ息子さ。まあ、若いくせに、威張ってて気取ってて頭悪いくせに女好きで、しかも滅茶苦茶金遣いが荒くてね。お陰で、ウチは大助かりだったね」

「だったら、文句ねーじゃん」ママさんの意外に現金な一面を垣間見て、さすがのエルザも呆れ顔だ。「で、その前島って男はいまでもよくこの店にくるのかい？」

「あれ、そういえば、僕は最近見かけていませんね。——ママさんはどう？」

聞かれてママさんはふと首を傾げ、あらためて醬油色のカレンダーを確認する。

「そういや、前島さん、最近はまるでご無沙汰だね。ここ一ヶ月ほど姿を見せてないね」

ここ一ヶ月。すなわち優菜が失踪して以来、前島も姿を消しているということだ。

探偵は中腰になりながら、「その前島誠二って奴の、住所とか判んねえかな？」

菅谷はグラス片手に、「知りませんねえ」と首を振る。「僕は彼とは友達じゃないから」

ママさんは、「判るよ。名刺、あるからね」といいながら、しかしその名刺を探す素振りはまったく見せようともしなかった。「悪いね。お客さんの個人情報はスナックの守秘

「判った。義務でね」

「その割には結構喋ってたじゃん」と、エルザは皮肉っぽく笑みを浮かべた。「簡単じゃねーか」後はこっちで調べるよ。市議会議員の息子なんだろ。

エルザはママさんと菅谷良樹の協力に対して「とりあえず、サンキューな」と彼女流の礼を述べ、それから私に向かって「本日の業務は、ここまでにしよーぜ」と一日の労働の終わりを宣言した。

待ちかねたように私と友人は怒濤の飲み会モードに突入した。

私はハイボールのグラスを傾けながらポテトサラダをお代わりする。エルザは左手にビール、右手にマイクの戦闘態勢で、浜崎あゆみの四曲目五曲目を立て続けに披露する。次第に増えはじめた常連客は、そんな彼女にやんやの喝采を浴びせた。このままいけば、常連客は酔ったエルザからマイクを奪うのにひと苦労することだろう。そして私はトラになった雌ライオンをタクシーで事務所まで送ることになるはずだ。

古いシトロエンには、雨の駐車場でひと晩我慢してもらうしかない。

3

翌日、私とエルザはさっそく前島誠二の自宅を調べた。平塚広しといえども、市議会議員に前島某氏は一名しかいない。自宅はすぐに判明した。花水川(はなみず)沿いの住宅地だった。

「よし、いこーぜ」といって、事務所を飛び出したエルザは『海猫ビルヂング』の駐車場に愛車がないのを見て本気で驚く。「うわ、やべえよ、美伽。あたしのシトロエン盗まれちまった!」

誰があんなポンコツ盗むものか。私は酔いの抜けない友人の頭を小突き、それから二人して繁華街へと徒歩で車を迎えにいった。露天の駐車場でひと晩雨に洗われたシトロエンは、むしろ少し綺麗になったようだ。私たちは車に乗り込み、ようやく花水川方面を目指す。天気は久々に快晴で、昨日の澱(よど)んだ空が嘘のように、街は明るさに満ちていた。

そうして到着した前島邸は、政治家の家だけあって立派な門構え。長々と続く塀の向こう側に、大きな屋敷の二階部分だけが姿を覗かせている。エルザはさっそく車を降りると、門柱のインターホンのボタンに指を伸ばす。だが、昨日の経験から多少なりと学習した私は、彼女の指の前に掌で壁を作ってボタンを死守。エルザの指先が私の掌でぐにゃりと折れ曲がり、彼女の口から悲鳴が漏れた。「つきゆびしちまうじゃねーか、てめえ！」

「だって、エルがインターホンで会話したって、相手を怒らせるだけじゃない。そもそもインターホンって、言葉と声しか伝わらないでしょ。それだけ聞くと大抵の人は、あんたのことを粗野で乱暴で横柄でタチの悪い女だって、きっとそう思うにきまってるもの」

「誰が粗野で乱暴で横柄でタチの悪い女だよ。美伽がそう思ってるだけじゃんか」

「いいから、エルは車にもたれて自慢の脚でも見せびらかしてなさい。なるべく、いい女ぶってね。相手は政治家のドラ息子なんだから、言葉で話しかけるよりもその方が効果的だわ」

へえ、そういうもんかね、と不満そうに呟きつつも、エルザはシトロエンのボンネットにショートパンツのお尻をちょこんと乗せた。モデルのように軽く両脚をクロスさせ、自慢の茶色い髪を片手で掻きあげると、「こんなもんで、どうだい？」と生意気そうな高い鼻を上に向ける。

「素敵よ、エル」私は美しい友人に賞賛の拍手を送りながら、「まさか、本当にやるとは思わなかったわ」

「てめえ、美伽」エルザは長い脚を振り回して、「こっぱずかしい真似させんじゃねえ。だいたい、こんなんじゃドラ息子どころかドラ猫だって、寄ってくるわけねーじゃんよ」

まあ、それはそうだ。と思ったそのとき、いきなり門扉が開き、若い男が姿を現した。

「どうしたんだい、君たち。この僕になにか用かな?」

そう話しかけてくる彼は、まるで道行く美女は全員自分に用があると思っているかのようだった。顔立ちは端整な二枚目風。日焼けした肌にサラサラの髪。赤いポロシャツ姿がダサいといえばダサくもあり、似合うといえばよく似合う。見るからに金持ちのボンボンの雰囲気を漂わせた彼の視線は、一直線にエルザの脚に向けられている。私がエルザに授けたアイデアは、あながち間違ってはいなかったようだ。

「あんた、ひょっとして前島誠二さん? よかった。あんたに用があってきたんだ」

「へえ、そりゃ、嬉しいな。確かに僕が前島誠二だ。君、名前はなんていうんだい?」

「生野エルザだ。それじゃあ、さっそく本題に入りたいんだが、ああ、その前に彼女にも名前を聞いてやってくれねえかな。あたしのダチなんだけど、怒らせると超怖いからよ」

「やあ、これは申し訳ない。前島だ。君の名前は?」

「…………」二日連続の屈辱的な出来事に、私はすでに怒り心頭だった。こめかみのあたりをヒクヒクさせながら、今日の私は、「源五郎丸美伽子よ」と名乗る。もちろん、凝った偽名が誰かの笑いを誘うわけでもなく、すぐさま前島の興味はエルザに戻っていった。

「それで、この僕に用って、なにかな?」

エルザは単刀直入に切り出した。「あんた、北村優菜って娘、知ってるよな」

瞬間、前島の表情が強張った。唇から笑みが消え、目尻がぐっと吊り上がる。

「し、知ってるけれど、それがどうかしたのか。何者だ、君たちは？」

「ん、なに警戒してんだよ？　大丈夫、安心しなって。あたしたち、見た目は美人の女刑事に見えるかもしれねえけど、なにを隠そう警察とは全然違うから」

「べ、べつに刑事に見えちゃいないさ。そもそも、僕が警察を警戒するわけがないだろ。そんなことより、北村優菜がどうかしたのか」

「知ってるんだろ。彼女が家出したことぐらい。正確には失踪だけどよ」

「いや、知らない。初耳だ。最近、『紅』にはご無沙汰だったから、気が付かなかった。へえ、そうなのか。優菜さんが家出をね。ははあ、それで判った。君たち、彼女の行方を捜してるっていうんだな。ということは、君たちは優菜さんの友達だね？」

「まあ、優菜の友達の知り合いってとこだ。ところであんた、いやがる優菜に一方的に言い寄ってたんだろ。確かな筋から、そう聞いてるぜ」

「そ、それは悪意がある言い方だな。僕が優菜さんのことを気に入っていたのは事実だ。デートに誘ったこともある。それを一方的に言い寄っていた、と呼ぶなら確かにそのとおりだが、べつになんの問題もないじゃないか。そうだろ」

「そういわれちゃ、返す言葉もねーな」エルザは口をへの字に曲げて腕を組む。「ところで、あんた優菜の居場所に心当たりとかは、ないのかい？」

「いや全然。家出したこと自体、いま知ったんだ。どこにいるかなんて判るわけがない」

「とかなんとかいいながら、実はこの屋敷の中にいたりしてな」

エルザは冗談っぽく塀の向こうを覗き込む。前島は真顔で彼女の前に立ちはだかった。

「馬鹿をいうな。君たちは、なんの根拠があって僕を疑ってるんだ。失敬じゃないか」

正直、根拠があって疑っていたわけではない。敢えていうなら、いま目の前で見た前島の切羽(せっぱ)詰まった反応こそが、疑惑の最大の根拠だ。前島はなにか秘密を隠しているのではないか。だが、その秘密がなんであるかが、私には判らない。おそらくは、エルザにも判っていないだろう。だが、彼女はすべてお見通しといわんばかりに、余裕の笑みを浮かべると、「いこうぜ、美伽」といって前島にくるりと背中を向け、悠然と右手を振った。

「あばよ、邪魔したな、前島さん。あ、そうだ、最後にいっとくけどよ」

運転席の扉に片手を掛けながら、エルザは横目で鋭く彼を睨みつけた。

「あんた、女の脚ばっか眺めてると、そのうち転ぶぜ」

前島邸からの帰り際、エルザは袖ヶ浜(そでがはま)の海岸沿いの道に車を停めた。運転席で携帯を取り出し、依頼人である山脇敏雄に電話連絡。もちろんエルザが強調する点は、ただひとつだった。

「前島誠二って男が怪しいな。よく判んねえけど、なにか態度が変だった」

私はエルザが持つ携帯に、助手席側から耳を寄せた。山脇の声が微かに聞こえる。

『前島なら、私も優菜さんの店で何度か一緒になったことがあります。市議会議員の息子ですよね。あまり良い印象はありませんが、お店の売り上げには貢献していたようです』

「そうかい。ひょっとしたら、そいつが北村優菜の駆け落ち相手かもって、当たりをつけていたんだが、残念ながらそうじゃなかった。奴は自分の家にいやがったからな」

『そうですか。でも、残念ながらっていう言い方は変ですね。あの男が優菜さんの駆け落ち相手じゃないなら、それは結構なことですよ。私はむしろホッとしました』

「いや、安心するのは、まだ早いな。優菜の失踪と前島とは、繋がりがあるかもだ」

『どんな繋がりでしょうか？』

「それは」と言い掛けた言葉を、エルザは呑み込んだ。「だから、あたしもよく判らないんだよ。とにかく、前島の周辺を詳しく調べてみる。それで、なんか判るかもだ」

『そうですか。では、私は優菜さんの自宅を調べてみることにします』

「自宅って、あの不愉快な母親の住む家のことか？　へえ、あんた、あの家に入れてもらえるのかよ。あたしたちは昨日、門前払いされちまったってのに。どういう違いだ?」

『なに、タイミングさえ良ければ、大丈夫ですよ』

「タイミングって?」

『典子さんが、ひとりのときを狙うんです。ちゃんと話をすれば、優菜さんの部屋にも入れてもらえます。私も、過去に一度入れてもらいました。失踪の手掛かりを摑もうとしてね。そのときは、結局なにも見つかりませんでしたけれど』

「へえ、そうなのか。そういや、昨日は典子の傍に男のいる気配があったな」

『高岡祐次ですね。彼がいるときは、駄目です。絶対、入れてもらえませんよ。高岡は優菜さんが家を出ていって、むしろ清々しているような奴ですからね』

「なるほど。彼にしたら、変に優菜の行き先を捜索してほしくないってわけだ」

エルザは納得した様子で頷いた。「判った。じゃあ、そっちはあんたに任せた。なんか面白いもんが見つかったら、あたしにも連絡してくれよな」

『ええ、もちろん。今日は夕方四時ごろ、北村邸にいってみようと思っています』

「ん、だけど、あんた仕事はいいのかよ?　夕方四時なら、勤務時間中だろ」

エルザの素朴な勘違いに、電話の向こうの山脇が弾けるような笑い声を立てた。

『なにいってんですか、探偵さん、今日は日曜日ですよ。普通の会社は休みですから』

「ああ、そうかい」エルザは卑屈に呟いた。「悪かったな、こっちは普通の会社じゃなくてよ。——じゃあ、なんか進展があったら、また電話する。そいじゃ、あばよ」

『はい、それでは、また』

しばしの別れと近い日の再会を期する言葉が交わされ、エルザと山脇は携帯での通話を終えた。だが結果的に、それが依頼人から探偵への最後の挨拶となった。

月曜日の朝、山脇敏雄は死体となって発見された。

4

そのとき、私とエルザは探偵事務所にいて、出前の中華丼と野菜炒め定食で昼食をとっていた。事務所の片隅では、点けっぱなしのテレビがお昼のニュース番組を垂れ流していた。そのニュースは、唐突に私たちの耳に飛び込んできた。

『……次のニュースです。今日午前十時ごろ、平塚市の相撲川の河川敷にて、男性が水辺に倒れて死んでいるのを、通りがかった近くの住人が発見し一一〇番通報しました。死亡した男性は、平塚市に住む山脇敏雄さん二十八歳。山脇さんは川で溺れ死んだものと見られ、警察では事故または自殺と見て、捜査を続けています……』

淡々と原稿を読み上げる男性アナウンサー目掛けて、激昂したエルザの罵声が飛んだ。

「んな馬鹿な！　そんなわけあるか、なんかの間違いだ！」

瞬間、画面の中のアナウンサーが顔を引き攣らせ、「も、申し訳ありません」と怒れる探偵に向かって頭を下げた。「先ほど、『相撲川』とお伝えいたしましたが、正しくは『相模川』の誤りでした。お詫びして訂正いたします」

「そこじゃねえ！」アナウンサーの謝罪は、なおさら彼女を怒らせた。「山脇は殺されたんだ。事故なんかじゃねえ。ましてや、自殺なんか絶対するわけねーじゃんか！」

だが、アナウンサーはエルザの叫びを無視し、次の原稿へ。エルザはリモコンのボタンを押して、不愉快なアナウンサーの姿を目の前から抹殺した。事務所に重い沈黙が舞い降りた。

「ま、間違いないよね。いま山脇敏雄さんって、いってたよね」

確認する私の声は震えていた。

「ああ、確かにな」エルザはすっくと立ち上がり、昼食時間の終了を宣言した。「とにかく、飯食ってる場合じゃねえ。いってみようぜ、美伽、相撲川の河川敷だ！」

「相模川よ、エル、何年、平塚に暮らしてんの！」

どっちだっていいじゃん、と叫び声をあげながら、私の乱暴な友人は扉を壊すほどの勢いで探偵事務所を飛び出していった。

現場となった相模川の河川敷はすぐに見つかった。それは河口からやや内陸に入った地点で、私たちの事務所からも、そう遠くはない場所だった。昼間は犬を散歩させる人やジョギングに汗を流す人、ワーと歓声をあげながら無意味に走り回る子供たちなどが目につく、のんびりした憩い(いこ)いの空間だ。しかし一転、夜になると人通りは絶え、たちまち犯罪者たちの活躍の場となりかねない、まあまあ危険な場所ともいえる。

そんな河川敷の水辺付近に、多くの捜査員が群がって、働きアリのようにせわしなく動き回っている。どうやらそこが山脇敏雄の死体発見現場らしい。

私たちは、離れた土手に車を停め、窓越しに現場の様子を眺めていた。

「せっかくきたけど、近寄れる雰囲気じゃないわね」

「ああ、近寄ったところで、もう山脇の死体は別の場所に運ばれてるだろうしな」

するとそのとき捜査員のひとりが、ふいにこちらの様子に視線を留めた。土手に停まった古すぎるシトロエンが怪しく映ったのか、それとも狭い車中で両手を合わせながら現場を拝(おが)む美女二人の姿が、いかにも奇妙に思えたのか。その背広姿の刑事は河川敷を一直線に横切ると、私たちの車へと小走りで駆け寄ってきた。接近するに従い、その刑事の顔に見覚えがあることに気付く。先月の事件の際、平塚署の取調室で私に対して特別な興味を示していた若い刑事だ。長身のその刑事は、身体を折り曲げながら運転席の窓を拳でノックした。

エルザは無表情を装いながら、窓を開けた。「ん？　なんか用か、宮前刑事」

宮前と呼ばれた刑事は、「それはこっちの台詞だ」と逆に問い返した。「君こそ、いったいなんの用だ、生野エルザ。いきなりこんな場所に現れて、どうした。社会見学か？」

「べつに用なんかない。偶然、通りかかっただけさ。誰か死んだのかい？」

「知ってるくせに」と呟きながら、宮前刑事は続けた。「会社員の男が川で溺れ死んだんだ。発見されたのは今朝だが、川に落ちたのは昨日の夜中のようだな」

「現場はあの場所で間違いないのか」エルザは顎で目の前の河川敷を示す。

「死体発見現場はあそこだが、川に落ちたのはもう少し上流なのかもしれないな。しばらく川を流れて、この場所で川岸に引っ掛かった。そんなところだろう。まあ、誤って川に落ちた事故か、あるいは入水自殺ってとこだな」

「殺人事件っていう可能性はないのかよ」

「そりゃ絶対ないとは言い切れないが、わざわざそれを疑う根拠も特にない。それとも君、なにか特別な情報を知っているとでも？　だったら、知っていることを話してもらいたいな」

宮前刑事は興味を惹かれた様子で、窓から車内に顔を突っ込んでくる。他人の手にした獲物を横から頂戴しようと企むハイエナの目だ。エルザは警戒感を露にしながら、

「いや、べつに。じゃあな、宮前刑事、あたしはいくところがあるからよ」

エルザは刑事との会話を遮断するように右手で窓を閉め、左手でサイドブレーキを戻す。急発進する車の中、私はエルザに対して、いくつかの疑問と不満を口にした。

「ねえ、あの宮前刑事って、どういう人？　エルと親しいみたいだけど、私たちの味方なの？　だったら、もうちょっと彼から情報聞き出せなかったの？」

「聞き出せないこともない。だけどその場合、こっちの情報も向こうに渡さなくちゃいけなくなる。あたしと宮前は、そういう関係だ。敵でも味方でもない。ただし今回の事件に関しては、いまのところ、こっちの持ってる情報のほうが断然多いはずだろ」

「そっか。現時点での情報交換は、探偵側が損ってわけね」

しかし、損も得もないのでは、と私はふと思った。依頼人は死んだのだ。北村優菜の捜索に成功したとしても、それに対価を支払うべき山脇敏雄はもういない。山脇殺しの真犯人を見つけたところで、その人物がなにかを補償してくれるわけでもないだろう。こうなった以上は、すべての情報を警察に渡し、自分たちはこの事件からキッパリ手を引く、と

いうのが最善の策だと私は思う。だが、この探偵はそうは考えていないらしい。

「そういえばエル、いくところがあるって、いってたわよね。なにか当てがあるの？」

「ある」エルザの目は真っ直ぐ前を見据えていた。「北村優菜の家だ」

5

二日ぶりの北村家は、前回訪れたときと変わらぬ姿でそこに建っていた。私たちの前に立ちはだかる門柱と、そこに備え付けられたエルザの天敵、インターホンも一昨日と寸分変わらない。

「だけど、一昨日とは状況が違う。こないだは家出娘の捜索を断られて、おとなしく引き下がったが、今日は絶対家に上がらせてもらうからな。よーし、頼んだぜ、美伽！」

「任せてちょうだい、エル。この『インターホンのエキスパート』川島美伽様に！」

殺人事件ということもあってか、すでにおかしなテンションに陥っている私は、インターホンのボタンを親の敵のように強く押す。スピーカー越しに聞こえてきたのは、一昨日と同じ北村典子の声だ。とりあえず高岡祐次が出なかったことにホッと息を吐きながら、私は灰色の機械に口を寄せる。

「あの、わたくし『生野エルザ探偵事務所』から参りました、川島美伽と申します。先日は、言葉遣いの荒いうちの所長が常識に欠ける振る舞いをいたしまして、大変失礼をいたしました。実は、うちの所長は帰国子女のため、日本語、特に敬語を話す能力が徹底的に欠けております。無い袖は振れないものと、ご了承くださいませ。ところで、本日あらためてお願いに伺いましたのは、ぜひとも北村優菜さんの捜索にご協力を……」

澱みなく喋る私の肩を、背後からエルザが指先で突っつく。片手で二度ほど振り払い、三度目で顔を上げ、「なによ、いま大事なところ」と声を荒らげると、意外にも私の前に見知らぬ婦人の顔があった。突然現れたその顔に一瞬私は、あんた誰？　と真顔で聞きそうになる。

だが聞くまでもない。北村家の門前に現れた彼女こそは、優菜の母親に違いなかった。

「北村典子です。どうぞ、中へお入りください」

山脇敏雄は昨日いっていた。高岡祐次が不在のタイミングを狙えと。べつに狙ったわけではないけれど、どうやら私たちは絶好のタイミングで北村家を訪問できたようだ。

私たちは典子に案内され、屋敷のダイニングに通された。典子は手早く人数分のお茶を淹れると、ダイニングテーブル越しに私たちと向き合って座った。娘の優菜が二十一歳なら、典子はたぶん四十代かそれ以上。と、勝手に計算していたのだが、実際に目の前に座る彼女は三十代半ばを思わせる若々しさだった。若い恋人ができるのも頷ける美貌だ。

「山脇さんが亡くなったこと、お昼のニュースで知りました」

典子は不安げな表情を私たちに向けた。「いったい、なにが起こっているのですか。私は娘が家を出ていったのは、この家に居づらくなったからだと思っていました。山脇さんは、そんな娘の居場所を捜そうとしているようでした。その山脇さんが、なぜこんなことに?」

それは私にも……と無難に首を振る私の横で、エルザが真剣な顔を典子に向ける。

「山脇さんは事故や自殺じゃない。殺されたんだ。娘さんのことを嗅ぎ回られると困る奴が、きっといるんだろう。そいつが山脇さんを殺した。てことは、娘さんは単なる家出じゃないってことだ。判るだろ?」

典子は答えない。探偵の言葉の意味を噛み締めるように、じっと手許を見詰めている。

エルザはそんな彼女の心の隙間に入り込むように、乱暴ながら静かな口調で質問した。

「昨日の夕方、山脇さんがこの家にきたよな。彼を家に上げてやったんだろ?」

「ええ。山脇さんは確かにいらっしゃいました。娘の部屋をもう一度調べてみたいというので、家に上がってもらい、二階の娘の部屋に案内しました」

「そのとき彼の様子に変わったところは、なかったかい? 以前と違うところとか」

「それが……ええ、確かにありました。とても、変なことが……」

典子は自分の湯呑みを見詰めながら、そのときの様子を語った。「山脇さんは午後四時の少し前にうちにやってきました。私は、『一時間だけなら』という条件付きで娘の部屋の捜索を許したのです。ところが、彼はものの十五分で二階から降りてくると、『お邪魔しました』と一方的に礼をいって、帰ってしまったのです」

「十五分で帰った？　そのとき、山脇さんはなにかいっていなかったか。お邪魔しました、以外になにか大事なことを」

「いいえ、なにも。ただ、いまにして思うと、あのときの彼の顔は酷く青ざめていたようでした。なにか、とても恐ろしいものを見たかのような、そんな険しい表情でした」

そうか、といってエルザはしばし黙り込む。そして、湯呑みのお茶を一気に飲み干すと、すっくと立ち上がり、典子に対してまるで命令するかのように、ひとつのことを強く要求した。

「頼む。今度はあたしたちに娘さんの部屋を捜索させてくれ」

私たちは典子に案内されて二階の一室に通された。そこはフローリングの洋室だった。中央に椅子とテーブル、一方の壁際にベッドと本棚、もう片方の壁際には小型の液晶テレビとミニコンポなどが置いてある。入口の扉のすぐ隣にはスライド式のドアがある。造り付けのクローゼットのドアだ。開くと、そこは溢れんばかりの洋服類で一杯だった。

ベッドの上には、なぜか全身真っ赤なウサギの抱き枕。椅子の上には丸いピンクのクッション。いかにも年頃の女の子の部屋らしく、小物類にはピンクや赤が目立つ。

エルザはベッドの枕元に置かれた時計の針を確認した。プラスチックの黒猫が文字盤を抱いたファンシーな目覚まし時計だ。時計の針は午後三時を示していた。

「長居はしねえ。一時間ほど調べさせてほしい。あたしたちに任せてもらえるかい？」

「はい、ご自由に。ただし他の部屋は、どうかご覧にならないでください」

ああ、約束する、といって探偵は深く頷く。典子は、お願いします、と丁寧に一礼して部屋を出ていく。私は彼女の出ていった扉を見やりながら、呟くようにいった。

「あの人、本当は優菜さんのこと心配してるのね。若い恋人の手前、自由に捜せないだけで」

だったら別れりゃいいんだ、と私の乱暴な友人は身も蓋もない言葉を吐く。だが、そう簡単にはいかない大人の事情があるのだろう。

とにかく、いまは真実を突き止めるのが先だ。

私たちは、さっそく部屋の捜索に取り掛かった。家具、小物、本や雑誌、手紙やノートなど、部屋の中のあらゆるものを確認する必要がある。だが、捜索の手を動かしながら、私は根本的な疑問にぶち当たる。そもそも私はいったい何を捜せばいいのか、と。

「ねえ、エル。昨日、山脇さんがたった十五分で捜索を打ち切ったのは、それ以上捜索する必要がなかったから。つまり、彼はなにか重要な手掛かりを摑んだってことよね」

「たぶん、そうだ」エルザは本棚の本を片っ端から手に取りながら答える。「てことは、あたしたちもそれと同じ手掛かりを摑める可能性はあるってことだ」

「でも、手掛かりといっても、どんな手掛かりよ。漠然としすぎてるわ」

「たぶん決定的なやつだ。それ一個で、ひとりの人間を破滅させられるぐらいの、爆弾みたいな証拠。それを手に入れたからこそ、山脇は速攻で消されたんだ、犯人の手でな。美伽も薄々気付いてるよな、北村優菜がすでにこの世にはいないってことぐらい」

　私は心臓を鷲摑みにされた思いだった。その可能性は探偵事務所で山脇の話を聞いた直後から、頭の片隅にあったものだ。前島誠二の怪しい態度を見たときに、その懸念は膨らみ、山脇が殺された時点で確信めいたものに変わった。北村優菜はすでに殺されている。その動かぬ証拠を摑んだ山脇は犯人の手によって口を封じられた。話の辻褄は合う。

「だとすると、山脇さんは見つけた証拠を、この部屋から持ち出してるんじゃないかしら。犯人の前に突きつけるために。だったら、私たちにはもう捜し出せないわよ」

「確かにな」と頷きながらエルザは手許の本を棚に戻す。「でも、そこは信じるしかねえだろ。奴の人柄を」

「人柄？　山脇さんの？」

「ああ。他人の部屋から、勝手になにか持ち出すようなタイプには見えなかっただろ」

それもそうね、と私は納得し、いかにも真面目そうな山脇の顔を思い出す。確かに、いまは疑っているときではない。いつかは警察も山脇の死と北村優菜の失踪とを関連付けて考えるときがくる。そのとき警察は優菜の部屋を徹底的に調べ上げるだろう。私たちが、この部屋を自らの手で調べられるのは、おそらくいまだけだ。貴重な時間を無駄にはできない。

それからしばらくの間、私たちは黙々と手を動かし、足を動かし、視線を走らせた。だが、収穫は皆無だった。犯人を示すような手掛かりは部屋のどこにも見当たらなかった。壁や床に犯人の名前が血文字で書かれている、などという劇的な展開もない。

さすがのエルザの顔にも焦り(あせ)の色が浮かんでいた。視線は殺気を帯び、唇は乾いている。

「畜生！　山脇が十五分で捜し出せたものが、なんであたしたちには見つかんねーんだ」

時計の針は、すでに私たちの捜索が約束の一時間に迫りつつあることを示している。部屋にはすでに西日が差しはじめていた。

まずい、このままだと時間切れだ。

そう思った直後、部屋にノックの音が響いた。典子だ。

「私に任せて。なんとか時間延長を交渉してみる」

「頼んだ。延長料金なら多少は払うからよ」

カラオケボックスやラブホテルじゃあるまいに。私は溜め息を吐きながら、扉を開けてひとり廊下に出た。後ろ手に扉を閉めて、目の前の典子に精一杯の愛想笑いを向ける。典子はおずおずとした口調で、約束の時間がきたことを私に告げた。

「ええ、はい、それは重々承知しているのですが……」

「ご苦労なさっている様子ですね」

「ええ、日本語の苦手なうちの所長は先ほど『長居はしねえ』などと根拠のない強がりを申しましたが、現実には大苦戦でして、いましばらくのお時間をいただけないかと、所長自らそのように申しているのでございますが、いかがでございましょうか……ねえ？」

私は手にしたハンカチで額の汗を拭く過剰な演技。

典子は申し訳なさそうに目を伏せる。

と、そのとき私の耳に飛び込んできたのは、扉の向こう側から響く大きな叫び声だ。

さながら獲物を見つけたライオンの咆哮。もちろんエルザに違いない。私は慌てて踵を返すと、扉を開けて、部屋の中を覗き込む。私の背後から典子も部屋の様子を窺った。

「どうしたのよ、エル、なにがあったの？」

部屋の中央でエルザは、先ほどとはガラリと一変した姿を見せていた。憑き物が落ちたようなすっきりとした表情。殺気立った視線は和らぎ、茶色い眸は普段以上に澄みきった輝きを放っている。乾いていた唇にも、いまは潤いが戻っていた。

いったいなにが起こったのか、と私は目を瞬かせる。だが、彼女にこれほど劇的な変化をもたらす出来事があるとするなら、それはひとつしか考えられない。

「見つけたのね、エル！」

私は期待とともに、彼女のもとに歩み寄る。

「ん、見つけたって、なんのことだ、美伽？」

あさっての方角を見やりながら、エルザはとぼける。そして、ふと彼女は真剣な眸を典子に向けると、有無を言わせぬ口調で彼女に忠告した。

「典子さん、今夜この屋敷にはいないほうがいいぜ。きっと危ないことが起こるからよ」

6

そして、その日の夜――

月明かりが差す暗い部屋に、ふいに空気の揺らぎが生じた。入口の扉が開かれたのだ。時刻は午後九時を過ぎたばかりだ。しんと静まり返った部屋の中に、何者かが身を躍らせる。そして扉の閉まる音。あたりは再び静けさに包まれる。無事、侵入を果たしたその人物は、全身、闇に溶け込むような黒ずくめの衣装を身に纏っていた。

侵入者は警戒するように部屋の様子を眺め回すと、明かりを点けることなく、真っ直ぐにベッドへと歩み寄った。侵入者は緊張しているのか、その息遣いは意外に激しい。

そのとき、部屋中に満ちた緊張を一気に解き放つように、凛とした声が闇に響いた。

「よお、あんた。他人の部屋から、なに勝手に持ち出そうとしてんだよ」

造り付けのクローゼットのドアが開く。深い闇の奥から姿を現したのは、生野エルザだ。右手に持った愛用のエモノを自らの肩に預けながら、ゆらりと一歩前に踏み出す。彼女のエモノは、使い込まれた木刀。彼女は急な乱闘騒ぎに備えて、常に車のトランクの中にそれを隠し持っているのだ。木刀の表面は歴戦の激しさを物語るように、多くの傷と汗

と血で汚れている。エルザは侵入者の前にその木刀の先端を真っ直ぐ向けると、

「泥棒はまずいんじゃねーのかい、あんた。それとも——」

彼女は刃物のような鋭い視線で相手を見据えた。「どうしても盗まなくちゃならないほど、大事なものなのかい。その、あんたの手にしているものは」

侵入者は唸り声を発したかと思うと、手にした物体をエルザ目掛けて投げつけた。エルザは木刀を手にしたまま、その物体を胸元で抱えるようにキャッチ。エルザはその物体をいったんベッドの上に放ると、あらためて怒りを露にしながら、野獣の咆哮とともに手にした木刀を振り下ろす。風を切る木刀の音が、闇に響く。侵入者は間一髪で攻撃をかわすと、再びエルザに正対する。その右手には窓辺の月明かりを受けて輝く、一本のナイフが握られていた。それが、敵のエモノというわけだ。

エルザと謎の侵入者。両者は奇声を発して、互いの得意とする武器で相手に襲い掛かる。二人の身体が闇の中で交錯し、攻守は激しく入れ替わった。やがて、振り下ろしたエルザの一撃が空振りに終わった瞬間、敵の鋭い蹴りが、木刀を握る彼女の手を直撃。木刀はエルザの手を離れて宙を舞い、サッシの窓ガラスを破壊した。

愛用のエモノを失い丸腰になったエルザに、敵はナイフ片手に容赦なく襲い掛かる。エルザは怯(ひる)むことなく、得意の足技で応戦。カウンターで放ったローキックは、相手のふく

らはぎを直撃。敵は慌てて、彼女との間合いを取る。エルザは、もう一発お見舞いするよ、とばかりに右脚を軽く持ち上げ、敵を威嚇する素振り。敵は、彼女の蹴りのタイミングを計ろうとするように、視線を彼女の脚の動きに集中させる。

　そんな相手の行動を見透かすように、「おい、あんた」とエルザがいった。

「女の脚ばっか見てると、転ぶぜ――なあ、美伽」

　突然名前を呼ばれ、私は咄嗟に自分の役目を思い出した。

　暗くて狭い闇の中、私は自分のエモノを握り締め、無理な体勢から渾身の力でそれを振るう。私に与えられたエモノ。それは長さ二メートル弱の物干し竿だ。ベッドの下に隠れた私が、それを一気に振り抜くと、竿の先端はものの見事に敵の両脚をなぎ払い、その身体を横転させた。形勢は逆転した。

「ナイス、美伽！」エルザはベッドの下の私に向かって親指を立てる。

「油断しないで、エル！」と私は友人に叫ぶ。

　判ってる、と頷いたエルザは、あらためて倒れた敵に向き直り、間合いを計る。次の瞬間、彼女はまるでバレエでも舞うかのように長い脚を綺麗に腰の高さで回転させた。惚れ惚れするほど残酷な、中段回し蹴りが炸裂。彼女の爪先は、立ち上がりかけた敵の側頭部を捉え、相手の脳を揺らした。敵は再び床に崩れ落ち、そのまま二度と起き上がることになかった。

エルザは敵の握ったナイフを奪い、完全な勝利を自分の物とした。

私はベッドの下から、恐る恐る這い出した。「やりすぎじゃないの、エル?」

「なーに、ライオンは一匹のウサギを捕まえるにも、全力を尽くすっていうだろ」

「ウサギにたとえる割には、結構苦戦してたじゃないの。——ああ、それにしても!」

私は手にした物干し竿を見ながら、あらためて不満を口にした。「私のエモノ、恰好悪すぎ」

「そんなことねえって。最強の武器じゃん。今度から美伽のこと、『物干し竿のエキスパート』って呼ばせてもらうぜ」

ゴメン、それだけはお断りするわ。そう呟きながら私は月明かりの中で目を凝らす。私は敵の姿を初めて間近で確認した。黒い服を着た男だった。

男は荒い息の間から、悔しげに言葉を発した。

「畜生……そういえば、もうひとり女が……いたんだったな……」

「そうよ。忘れてたでしょ、この私の存在を。憶えてる、私のこと?」

「お、憶えてるさ」男は吐き出すように私の名前を口にした。「み、南牟礼、美伽子……」

「え、その名前?」私は愕然として凍りつく。源五郎丸じゃなくて、そっち!?

驚いた私は、慌てて壁際のスイッチに手を伸ばす。部屋の明かりを点け、煌々と輝く光の下で、あらためて男の顔を確認する。切れ長の目とがっちりした顎に特徴のある端整な顔立ち。それは間違いなくスナック『紅』で出会った彼、菅谷良樹だった。

私は悲鳴のような声をあげ、エルザに向き直った。「嘘でしょ、この人が？」

「ああ、間違いねえ。すべては菅谷良樹のやったことさ。山脇さんを殺したのは彼だし、一ヶ月前に、この部屋で北村優菜を殺したのも彼だ。――そうだろ、おい！」

エルザに問い詰められて、菅谷は観念したように黙ったまま首を縦に振った。菅谷が自らの罪を認めた瞬間だった。

だが、私は容易にいまの事態を理解することができない。私は前島誠二がこの事件の真犯人だと、いまのいままで信じて疑わなかったのだ。だが、事実はそうではなかった。犯人は菅谷良樹。そのことをエルザは知っていたのだろうか。だとすると、いったい彼女はどのようにして、菅谷良樹こそが真犯人であると、確信するに至ったのか。どのような手掛かりをもとに、いかなる推理を駆使して、この意外な真実にたどり着いたのか。私はそれを知りたいと願った。

そんな私の思いに答える代わりに、エルザはベッドの上から一個の物体を拾い上げ、それを私に手渡した。それは、先ほど暗闇の中で敵、すなわち菅谷良樹が密かに盗もうとしていた物体だ。いま明かりの中で見て初めて判った。それは黒猫が文字盤を抱く、例のファンシーな目覚まし時計だった。なぜ、菅谷はこんなものを盗もうとしたのか。

その疑問に答えることなく、エルザは一方的に私に命じた。

「時計の裏側にアラームの針を動かすツマミがあるだろ。それを回してみな」

私はいわれるままにツマミを回した。アラームの設定時刻を示す赤い針が動き出す。それは現在の時刻に接近していき、やがて文字盤の『9』を示す短針とピタリ一致した。

そのとき、私の両手の中で声がした。知らない女の囁(ささや)き声だ。

「……スガヤヨシキに……やられた……」

私は驚きと恐怖のあまり、手にした目覚まし時計を落っことしそうになった。

時計が喋った。ボイス機能付きの目覚まし時計だ。だとすると、ここに吹き込まれているのは、誰の声なのか。

該当者はひとりしか考えられない。

「な、判っただろ、美伽」

エルザは私が持つ時計を見やり、それから床に横たわる男の姿を見詰めた。

「犯人は菅谷良樹なんだよ。殺された北村優菜がそういってんだから間違いねーじゃん」

7

私たちは携帯で典子を北村邸に呼び戻した。今夜、北村邸に賊が忍び込むことを予想したエルザは、あらかじめ典子を家から遠ざけたのだ。典子は高岡祐次のアパートにいたらしい。連絡を受けた典子は再び北村の家に舞い戻り、エルザから二つのものを受け取った。床に転がったままロープでぐるぐる巻きにされた菅谷良樹と黒猫の目覚まし時計だ。

「警察には連絡しといた。じきに平塚署の連中がくるから、宮前って刑事にそれを渡しといてくれ。『使い方が判らないときは、生野エルザに連絡しろ』っていってな」

「目覚まし時計の使い方ですか。それぐらいは、私でも判りますが」

何気ない典子の言葉に対して、エルザはおどかすように声を低くした。「いや、あんたは使っちゃ駄目だ。何も触らないでそのまま警察に渡してやってくれ。いいな」

典子は気おされたように頷く。「判りました。宮前刑事ですね。それで、あなたは？」

「あたしたちは、これで失敬する。いまから警察に関わると、今夜のビールを取調室で飲まなきゃならなくなるだろ。そんなのは御免だからよ。――いこうぜ、美伽」

パトカーのサイレンは、すでに遠くの空に響きはじめていた。私たちは飛び込むように車に乗り込み、追われるように北村の家を後にした。典子は門前に出て、深々としたお辞儀で私たちを見送った。

遠ざかる彼女の姿を確認しながら、私はホッと溜め息を吐き、運転席の友人を向いた。

「上手く逃げたわね、エル」

「なんのことだよ」

「優菜さんが殺されているってこと、結局、典子さんにいわなかった」

「それは警察の仕事だろ」エルザの視線は真っ直ぐ前を向いたままだ。「それに、典子さんだって、もうとっくに判ってるよ。覚悟はできてる、そんな顔だったぜ」

確かに、そうだと思う。典子はたぶん気付いていただろう。捕まった菅谷良樹が単なる泥棒ではなく、娘を殺した張本人であることに。でなければ、この猛獣のように野蛮でガサツな女探偵に対して、彼女があれほど深く頭を下げる理由はないのだ。

エルザは黙って車を走らせた。

車は探偵事務所ではなく平塚の繁華街へと向かっていた。

数分後、私たちはシトロエンを駐車場に停め、スナック『紅』へと続く階段を下った。

店内はいい具合に閑散としていた。ただ一名だけの男性客はカウンターの端の席で、壁にもたれて居眠りをしていた。皿うどんヘアのママさんは、手持ち無沙汰な様子でぼんやりと醤油色のカレンダーを眺めている。彼女は私たちのことを覚えていてくれた。

「待ってたんだよ、あんたたちを。山脇さん、死んだんだってね。ありゃ殺しだね」

「ああ、でも犯人は捕まったよ。ついさっきな」

エルザはメニューを見ることもなく、「焼きうどんとポテトサラダ、それにビール」とママさんに告げた。

同じのを、と私もエルザの注文に乗る。ママさんはさっそくフライパンを火にかける。ポテトサラダとビールは、すぐさま私たちの前に並んだ。私たちは黙って互いのグラスの縁を合わせた。

祝杯とは呼びづらい苦いビールの味を噛み締めながら、エルザが口を開く。

「北村優菜は五月十日まで、この店に出ていた。てことは、萱谷良樹が彼女を殺したのは、翌日の十一日のことだろう。未明か、真っ昼間か、夕方か、それは判らないけどよ」

カウンターの中でうどんを焼くママさんの肩が敏感に反応した。背中で聞いているのだ。常連客の名前が意外な形で出たので、さぞや彼女は驚いたことだと思う。

「動機はなにかしら。痴情の縺れとか？」

私はカウンターの向こうに呼びかける。「どうなの、ママさん、萱谷良樹が優菜ちゃんに関心を持っていたって可能性はありそうかしら？」

「あるね。たぶん萱谷さんは山脇さんよりも先に、優菜ちゃんに目をつけてたね」

　余計なことはいわず聞かれたことだけ答えると、彼女は再びフライパンに向き直った。

　例えばこういうことじゃねえか、と前置きしてエルザはひとつのあり得るストーリーを語った。

「犯行の日、北村家には優菜しかいなかった。母親は恋人と旅行中だった。萱谷は北村家を訪れ、優菜に無理矢理交際を迫った。だが山脇と付き合っている優菜は、それを断る。二人の間で諍い(いさか)が起こり、その挙句、カッとなった萱谷は優菜を殺した」

「首を絞め(し)たとか？」

「いや、それじゃあ優菜はメッセージが残せない。たぶん、刺殺じゃねえかな。今日だって、奴はナイフを使ってただろ。それが奴の愛用の武器なんだよ」

「そうね。萱谷は優菜を刺した。自らの死を悟った優菜は、最期の力を振り絞り、犯人が萱谷だというメッセージを残した」

「ああ。ボイス機能付きの目覚まし時計を使ったダイイング・メッセージだ」

「ん⁉　だけど変よ、エル。萱谷は目覚まし時計を操作する優菜に、気付かなかったのかしら」

「気付かなかったんだろうな。たぶん萱谷は優菜を刺した後、恐怖のあまりいったん現場から逃げたんだろう。優菜が死んだかどうか、確かめもせずに。その隙に乗じて、優菜は死に際のメッセージを残し、そして息絶えた。その後で、菅谷はこのままではまずいと考え直して、現場に舞い戻った。菅谷は彼女の死体を自分の車に積み込み、それから現場に残った血痕やその他の痕跡を綺麗に拭き取ってから、現場を後にした。彼は現場に何も残さず立ち去ったつもりだった。しかし残っていたんだな、優菜のメッセージが音声となって目覚まし時計の中に。しかもアラームの設定はずっとオンのままだった」

「アラームがオンに。ということは、ひょっとしてあの時計は、ずっと――?」

「そう。あの目覚まし時計は、この一ヶ月の間、午前と午後の一日二回、アラームの設定時刻がくるたびに、優菜の最期の声を繰り返し繰り返し再生し続けていたってわけさ」

　エルザの語る真実に、私は思わずポテトサラダを喉に詰まらせそうになった。

「ちょ、ちょっと待って。誰もこの一ヶ月の間、そのメッセージに気付かなかったの?」

「そうだ。アラームの設定時刻は四時だった。このスナックの開店時刻が午後六時だろ。優菜は午後四時に起きて、六時にこの店に出る。それが彼女の生活サイクルだったんだな。つまり、優菜の声が再生されるのは、午前四時と午後四時の二回だ。午前四時のメッセージを受け取る奴は、まあ、普通いないよな。可能性があるのは、午後四時だ。その時間にピンポイントで優菜の部屋にいた奴だけが、彼女のメッセージを受け取ることができる。だが、そんな奴は、この一ヶ月間、ひとりもいなかったんだよ」

　がらんとした女の子の部屋の中、スガヤヨシキの名前を壁に向かって虚しくささやく目覚まし時計。その寒々とした光景を思い描いて、私はぞっとした。午前四時にはまだ明けきらない闇の中で。午後四時には西日の差す光の中で。あの黒猫の目覚まし時計は、一ヶ月もの間、ひたすらに真実を訴え続けていたというのか。

「だが、そこへついに優菜のメッセージを受け取る相手が現れた。山脇敏雄だ」

「そうか。山脇さんが昨日、北村家を訪れたのは午後四時の少し前だったわね」

「そうだ。そして彼は優菜の部屋で、偶然に彼女のメッセージを聞いた。彼は一瞬ですべてを悟ったはずだ。これが、いわゆるダイイング・メッセージであること。優菜が単なる失踪ではなく、おそらくはすでに殺されているということ。その犯人が同僚の菅谷良樹だということ。そうして、真実を知った山脇はものの十五分で北村の家を飛び出していった。復讐の鬼となってな」

「なんで復讐って決め付けられるのよ。山脇さんは復讐に燃えるタイプじゃないわよ」

「確かにな。だけど、ただ単に真実を明らかにしたいだけなら、彼は警察に駆け込んでもいいし、あたしに相談してもよかったんだ。そうしなかったってことは、やっぱり菅谷への復讐を考えてのことだと思う。山脇は菅谷を夜の河川敷に呼び出して、彼の罪を告発した。その際、目覚まし時計のメッセージのことも、たぶん菅谷に喋っただろう」

「どうして？　なにもいわずに、いきなり襲い掛かったかもしれないじゃない」

「そんな真似はしない。だって、それだと殺された優菜の死体がどこにあるのか、判らなくなるだろ。山脇はそのことだけは絶対に菅谷の口から聞き出す必要があった。だから、山脇は菅谷の前で決定的な証拠を示して、彼の口を割らせようとしたはずだ」

「決定的な証拠？　黒猫の目覚まし時計なら、優菜の部屋に置きっぱなしだったわよ」

「ああ、彼は目覚まし時計そのものを持ち出してはいない。ただ、その音声だけを持ち出したのさ」

「あッ、判った。ＩＣレコーダーね。山脇さんは、それをいつも持ち歩いていた」

「そうだ。山脇はＩＣレコーダーに録音した優菜のメッセージを菅谷に聞かせた。そしてそれが彼女の部屋の目覚まし時計に吹き込まれていたことを説明した。そうすることで、観念した菅谷に優菜の死体の在り処を吐かせようとしたんだ。しかし――」

「しかし山脇さんは菅谷の逆襲に遭い、川に突き落とされて溺れ死んだ。それが山脇さんの死の真相ってことね」

「そういうことだ。そして話は今日の出来事に移る。あたしと美伽は北村の家を訪れ、午後三時から一時間弱、優菜の部屋を捜索した。そこで捜索時間の延長を交渉するため、美伽は廊下に出ただろ。あのときが、ちょうど午後四時だったわけだ」

「そのときエルは聞いたのね。目覚まし時計から流れる優菜のメッセージを」

「ああ、聞いた。山脇敏雄に続く、二人目ってわけだ。あたしも山脇と同じように、一瞬ですべてを察した。菅谷良樹が優菜と山脇の両方を殺したこと。そして菅谷にとって、この目覚まし時計が致命的な証拠の品だということ。そこで、あたしは確信したんだ。この目覚まし時計が優菜の部屋にまだ存在しているということは、近い将来、ていうか今夜にも菅谷はそれを奪いにくるに違いないってな」

「それで、二人して夜の待ち伏せってわけね。なるほどなるほど」

納得した私は盛んに首を縦に振りながら、突然むんずと彼女の胸倉を掴む。「そこまで判ってるなら、なんでこの美伽様にひと言教えてくれなかったのよ。この意地悪ライオンめぇ！」

「教えてやったじゃんか。賊がくるからタイミングを見て、物干し竿で相手の足を払え。それで事件解決だって。実際そのとおりになっただろ。文句いうなよ、助手のくせに」

「助手のくせにとはなによ。インターホンひとつ、まともに扱えない野蛮人のくせにー」

私は隣の友人に痛烈な罵声を浴びせ、手にしたビールを勢いよくひと飲みした。

「だいたい、今夜の待ち伏せは無意味よ。だって、犯人が菅谷だってことは、エルにはもう判っていたし、その証拠もあった。だったら敢えて危険を冒す必要ないじゃない。警察にいって、捕まえてもらえばそれで終わりのはず。なんでそうしなかったのよ」

「はあ、なにいってんだ、美伽？　そんなの決まってるじゃんか」

エルザは不満げに口をへの字に曲げた。「だってよ、警察や裁判所は殺された北村優菜や山脇敏雄の事件については、調べもするし裁きもするだろーよ。でも、彼らは依頼人を殺された私立探偵の恨みつらみに関しては、なんにもやっちゃくれねーんだぜ」

「え、それが理由？」私は思わず唖然となった。「だから、自分でオトシマエを？」

「そうさ。そうしねえと、探偵の立場ってもんがねえじゃん。だから今夜のあれは、探偵であるあたしにとって、絶対必要な待ち伏せだったんだよ。無意味なんかじゃねえ」

エルザが熱く語る屁理屈に、私は呆れるのを通り越して、むしろ感心する思いだった。

そもそも依頼人が死んだ時点で、この事件がエルザにとって一円にもならない仕事だということは判っていた。それでも彼女が事件に関わり続けたのは、真実を突き止めたい、真犯人を捕まえたいという、探偵の溢れる正義感と使命感のなせる業だと、私は勝手にそう思い込んでいた。

だが、どうやら現実は、少し違っていたらしい。エルザは自分の依頼人を殺した相手に対して、自分の手もしくは自分の脚で、きつい一発をお見舞いしてやりたいと、一心にそう願っただけだったのだ。そして実際、彼女は見事な蹴りの一撃を菅谷に見舞った。果たしてライオン娘の気は済んだのだろうか？

呆れ顔の私と、得意顔のエルザ。

そんな私たちの間に割って入るように、「お待ちどおさま」と、ママさんが焼きうどんの鉄板を二つ並べた。出てくるまで随分時間を要した焼きうどんは、案の定、焼き過ぎて黒焦げになった代物だった。背中を耳にして私たちの様子を窺っていたママさんは、話に気をとられるあまり、得意の焼きうどんをしくじったのだ。

「お代はいらないよ。無理して食べろとはいわないけどね」

私とエルザはげんなりした顔を互いに見合わせた。考えてみれば、今回の事件はママさんにとっても大きな痛手だ。看板娘を失い、常連さんを二人一気に失った。焼きうどんを失敗するのも、無理のない話だ。今日のところは、大目に見るべきかもしれない。

私たちは目の前に並んだ黒焦げ焼きうどんを、多少無理してお腹に詰め込んだ。焦げた焼きうどんは苦かった。ビールもうどんも、なぜか今夜は妙に苦い。ポテトサラダのひんやりとした甘さだけが、せめてもの慰めだ。

結局、私たちはビールを一杯ずつ飲み干したところで、『紅』を後にした。

帰り際、ママさんの「またおいで」の声とエルザの「またくるよ」の声が、店の玄関で重なった。ママさんは安堵の笑みを浮かべたようだ。私もなぜかホッとする思いがした。

　階段を上がり外に出ると、さっきまで明るかった月は、分厚い雲に隠れていた。ビール一杯とはいえアルコールを口にした以上、車では帰れない。シトロエンには、また駐車場で一泊してもらうことにして、私たちは歩いて我らが探偵事務所を目指す。

　暗い歩道をふらふら歩く道すがら、私はエルザに暇潰しのような質問を口にした。

「ところでさ、前島誠二って男は、なんだったの？　いかにも怪しげな態度だったくせに、結局、彼は北村優菜の事件にはいっさい関わっていないじゃない。だったら、なんであんなにオドオドしてたのよ。わけ判んないわ」

「あたしだって、判んねーよ。でも、たぶん前島の中には、なにか優菜に対して後ろめたい記憶があったんだろ。例えば以前、優菜を無理矢理モノにしようとして、彼女に張り倒されたことがある――みたいな隠された事件がよ。だから奴は必要以上に、あたしたちを警戒し、かえって疑惑を招いた。そういうことだったんじゃねーのかな」

「いかにも、ありそうな話。結局、小心者のお坊ちゃまだったのね、前島って男は」

　小さな疑問にケリをつけた私に、続けて先ほど抱いた素朴な疑問をエルザにぶつけた。

「ねえ、エル、蹴ってみて気は済んだの？」

「いいや。だけど、やらないよりかはマシ」

蹴られた菅谷が聞いたら、なんというだろうか。そんなことを思いながら、私はこの瞬間自分の胸に生じた偽らざる気持ちを友人に伝えた。「ねえ、エル。今度もし同じような状況になったときは、お願いがあるんだけど」

「——ん?」

「あたしにも、一発犯人にお見舞いさせてよね。物干し竿じゃなくて、自分の拳か脚でガツンと強烈なやつを」

だって、あたしだって探偵事務所の人間なんだから。

そう呟く私に向かって、私の乱暴な友人は、「じゃあ、そんときは頼むぜ」

そういって綺麗に片目を瞑って見せるのだった。

第三話　ひらつか七夕まつりの犯罪

1

男は、勝手知った自分の家の玄関のように、扉をいきなり開け放った。「邪魔するよ」と申し訳程度の挨拶のみを口にして、私たちの事務所に足を踏み入れる。

ソファに寝ころんだ恰好で女性誌を眺めていた生野エルザは、「ん⁉」と顔を顰めると、入口に佇むワイシャツ姿の若い男を横目で一瞥。強気な表情で唇を尖らせると、

「誰も邪魔していいって、いってねーぜ」

と憎まれ口を叩き、また手許のページに視線を戻した。

彼女の中では、突然の来訪者よりも、むしろ雑誌の特集記事に対する興味のほうが勝ったらしい。確か、特集記事のタイトルは「この夏、オトコを落とせる湘南の穴場スポットBEST5」だったはずだ。私もその記事を三度読んだから、間違いない。ちなみに、その記事によると穴場の第一位は「湘南平のテレビ塔」なのだとか。だが、そこは地元平塚では有名なバカップルの聖地であり、もはや穴場ではないと私は思う。

「判った。邪魔はしないから、追い出さないでくれよ。外は暑くてかなわない」

アウェーの風さえ心地よい、といわんばかりに男は堂々と事務所の中へ歩を進める。

パソコン相手に報告書を作成中だった私は、嵐の予感を覚え、静かに画面を閉じた。

寝そべった体勢から身体を起こしたエルザは、ソファに座り直すと、ショートパンツから覗く長い脚を男の前で器用に組んだ。そして茶色い眸を雑誌のページに向けたまま、

「んー、なんだ、宮前、なんか用か?」と声だけで男に尋ねた。

エルザの態度に不快感を露にしながらも、その若い男、神奈川県警平塚署の宮前刑事は、おとなしく彼女の正面のソファに腰を下ろすと、「実は君に聞きたいことがあってきたんだ」と辛抱強く口を開いた。「昨日起こった殺人事件にまつわる話なんだが。ところで昨日の殺人事件について、名探偵の耳には、なにか情報が届いているかな?」

名探偵と呼ばれた生野エルザの職業は、まさしく正真正銘の私立探偵。『名』の冠に値するか否かはともかく、平塚署の人間も一目置くほどに認められた存在であることは事実のようだ。

「昨日の殺人事件ねえ。さあ、知らねーな」エルザは男の子のように短くした茶髪を右手で掻き上げながら、「へえ、第二位は湘南海水浴場か。フツーじゃん」と、記事に向かって不満を呟く。

すると次の瞬間、エルザの顔の前に男の腕が伸びたかと思うと、彼女の手から女性誌を

取り上げる。宮前刑事は奪い取った女性誌をテーブルに叩きつけるように置くと、

「第一位は『湘南平のテレビ塔』だ。そんなことより、俺の話を聞けよ」

この男は、なぜ女性誌の特集記事に精通しているのか。私はその点を若干疑問に思ったが、まあ、世の中には女性誌を愛読する男性刑事も皆無ではないということだろう、と心中密かに納得するしかなかった。

ところで私は『生野エルザ探偵事務所』に在籍する所員、川島美伽。お茶くみと来客への応対、書類の作成、そしてなにより野性味溢れる女探偵の暴走を食い止めるためのブレーキ役が、私の主な職務。つまりは探偵助手だ。なんなら猛獣使いと呼んでもらっても構わない。

なにせ生野エルザは歴代の名探偵並みの優れた観察力と推理力、そして野生動物並みの鋭い直感と反射神経、さらにスケバン高校生並みのやさぐれた行動形態を併せ持つ、平塚イチの名物探偵だ。この美しい猛獣を野放しにすることは、街の平和と安全を乱すことに繋がりかねない。高校時代からの友人である私が、彼女の事務所で監視の目を光らせる所以だ。

事実、この場面においても私は自分の役割をけっして忘れてはいなかった。

「なんだー、この野郎ぉー、BEST5の第一位を勝手に発表すんな、馬鹿ぁー」

血相変えて宮前刑事に摑みかかるライオン娘を、私はコンマ五秒の早業で羽交い絞めにして、猛獣使いとしての職務を全うした。私はおとなしくなった彼女をソファに座らせると、すぐさまもうひとつの大切な職務である、お茶くみに移る。テーブルの上に三人分の麦茶を並べ、彼女の隣に腰を下ろすと、野獣の檻の中のように殺伐としていた探偵事務所にも落ち着いた雰囲気が蘇り、人間同士の会話ができる環境が整った。

「で、あらためて聞くけどよ、いったいなんの用なんだ、宮前？　湘南平がどうかしたか。テレビ塔が爆破されたってか」

「誰もテレビ塔の話なんかしてない」宮前刑事は不満そうに唇を歪めた。「昨日の殺人事件の話だといってるだろ。その様子だと、なにも知らないようだな。新聞、取ってないのかよ」

「馬鹿にするな。新聞ぐらい取ってるさ。ただ滅多に読まないだけだ」

探偵は事務所の一隅を横目で見やった。読まれることのないまま、なんとなく積み上げられた新聞の山がそこに聳えている。私は立ち上がり、山の頂にのっかった真新しい新聞を取り上げると、社会面を開いた。なるほど、平塚を舞台にした殺人事件の記事が、わりと大きく紙面を割いて報じられている。私は見出しの活字を声に出して読み上げた。

「なになに、『大学講師が刺殺。七夕祭りの平塚で惨劇』――あら、この被害者、いい男」

「どれどれ、『お祭り会場、一時騒然』か。――はん、べつに珍しい顔じゃねーじゃんか」

こんなのは、どこの大学にだってひとりや二人はいるぜ、といいながらエルザは新聞に載った被害者の写真を指で弾く。写真の下には「松村栄作(まつむらえいさく)さん」という被害者の名前があった。

「で、この男、いつどこでどういうふうに殺されてたんだ?」

エルザが真顔で聞くと、宮前刑事は疲れた老人のように肩を落とし、失望を露にした。

「せめて目の前にある新聞を一読して、最低限の情報を得ようとは考えないのか、君は」

「面倒くせーじゃん。それより、目の前にいる刑事に直接聞くほうが早い。なあ、美伽」

エルザの発言はまさにものぐさなライオンそのものだが、正直私も同じ気持ちだった。殺人事件の情報は刑事に聞くほうが早くて詳しい。新聞を読むなんて、かったるい。

「判った。新聞は仕舞ってくれ。俺が詳しく話すから」

話が判るというべきか、諦めが早いというべきか。宮前刑事は請(こ)われるままに事件の詳細を自ら語りはじめた。

「新聞にあるとおり、被害者の名前は松村栄作。湘西(しょうせい)女子大の経営学部の講師で年齢は三十八歳。二枚目か否かはさておくとして、学生には結構人気の講師だったようだ」

私とエルザは麦茶を啜りながら、黙って彼の話に耳を傾ける。宮前刑事は語り続けた。

「そんな松村栄作が殺害されたのは、昨日の夕方のこと。場所は七夕祭りで賑わう会場から少し外れた県道六十一号だ。道路がJR東海道線の真下をくぐる恰好になっている。交通量は多く、騒音も激しいが、人通りは少ない場所だ。その歩道で松村栄作は何者かにナイフで腹を刺されて死んでいた。ほぼ即死だったと思われる。発見したのは、偶然通りかかった通行人の男性だ。彼が死体を発見したのは、ちょうど午後六時。おそらくはその数分前が、実際の犯行時刻と見ていいだろう」

「なんで午後六時の数分前だって断言できるんだよ。十分前かも知れねーじゃんか」

「あのな。いくら人通りが少ないからって、十分にひとりしか通行人がいない、みたいな閑散とした道路じゃないんだよ、県道六十一号ってところは。それに、発見者が死体を見つけたとき、傷口から流れ出る血液は、まだまだ路上に広がり続けていたそうだ」

「なるほど。刺されて間がないってわけだ。で、捜査は進んでるのかい？」

「ああ、重要な容疑者が浮上した。湘西女子大に通う学生だ。その女子大生は松村栄作と男女の仲だったらしいんだが、別れ話がこじれてトラブルになっていたらしい。その女子大生が松村栄作と激しく争っている様子を、多くの学生が目撃している。もっとも、だからといってその女子大生が即犯人ということにはならないわけだが、とにかく話を聞いてみる必要はある。それで、つい先ほど彼女のアパートに出向いて、直接話を聞いてみた」

「それで、その女子大生はなんだって？」

「うむ、彼女がいうには」宮前刑事は眉間（みけん）に深い皺（しわ）を刻みながら、言葉を続けた。「どうやらその娘にはアリバイがあるらしいんだな。昨日の午後六時前後のアリバイが。しかし、このアリバイというのが実に変わっている」

「変わってる？　午後六時に平塚球場で始球式でもやってたのかよ」

「いや、そこまで変わったアリバイじゃない。彼女がいうには、その時刻、彼女はとある探偵に尾行されていたらしいんだな。その探偵というのは女の二人組で、ひとりは明るい茶色のショートヘア、睨みつけるような鋭い視線、白いTシャツに黒いベスト。デニムのショートパンツから、まるで見せびらかすように長い脚を覗かせていたそうだ」

「へえ、じゃあ、もう片方の女は、どうだって？」

「うむ、彼女がいうには、もう片方の女は極めて地味な女で、特別な印象はないらしい」

宮前刑事の言葉に私は愕然となり、いますぐ生野エルザの探偵助手を辞めたくなった。前々から気付いていたが、私の友人はとにかく容姿が派手で、隣にいる私は彼女のおかげで大きな不利益を被っている。要するに、二人の間には埋めようのない格差があるのだ。

心中穏やかでない私をよそに、宮前刑事は言葉を続けた。

「彼女の話を聞いて、俺はすぐにピンときた」

彼は自分の目の前で組まれた探偵の脚を眺めながら、指を一本立てた。「それほどまでに目立つ女探偵、しかも地味な相棒を引き連れているといえば、この街に、ひとりしかいない」

「いやあ、別人なんじゃねーかな、その探偵」

「んなわけあるか」若い刑事は吐き捨てるように断言し、彼女の鼻面を指差した。「君だよ、君、生野エルザ。他にいないだろ。で、実際のところ、どうなんだ。君は昨日の夕方、女子大生を尾行していたのか。だったら正直にそういうんだ」

「うーん、昨日の夕方かぁ。そういや、若い女を尾行していたような気もするけどよ」

誤魔化すように短い髪を掻き上げるエルザ。茶色い眸の奥に悪戯っぽい光を宿す彼女は、私に顔を向けて肩をすくめた。

「あんまり憶えてねーよなぁ、美伽」

「よーく憶えてるじゃないの、エル」

エルザは昨日の出来事を話したがらない。なぜならそれはプロの探偵としては恥ずかしい、悲惨な失敗の記憶だからだ。

私は嫌がる探偵に成り代わり、昨日の記憶を宮前刑事の前で語りはじめた。

2

七月といえば七夕。七夕といえば、なんといっても平塚が世界に誇る一大フェスティバル『湘南ひらつか七夕まつり』だ。豪勢な七夕飾りの下、普段やる気を見せない商店街の面々が、ここぞとばかりに張り切って、飲み物、食べ物、おもちゃに雑貨、金魚や銭亀に至るまで、売って売って売りまくる真夏の祭典。開催期間中に百五十万人以上を集めるこの巨大イベントは、その規模の大きさと知名度から『日本三大七夕祭り』のひとつに数えられている。

ちなみに『日本三大七夕祭り』とは、あの有名な仙台(せんだい)の七夕祭りと我らが平塚、そして最後のひとつは現在調査中、なのだとか。謎めいた三大くくりだが、要するに『湘南ひらつか七夕まつり』が、少なくとも上から二番目には入る大イベントであることは間違いない。ちなみに祭りの正式名称では、「平塚」と「祭り」を平仮名表記にするのがお約束。ついでにいうなら、平塚が湘南であるか否かは微妙なはずなのに、『湘南ひらつか』と言い切るあたりが、なんだかいじらしい。

そんな『湘南ひらつか七夕まつり』は昨日の金曜日に初日を迎えた。街に充満する浮かれた気分。だが、祭りの熱気もどこ吹く風。その日、私とエルザは平塚市高浜台（たかはまだい）の一角で、息をひそめながら地道な探偵業務に勤（いそ）しんでいた。

高浜台は平塚の市街地から離れた、海岸に近い閑静な住宅街。七夕祭りの喧騒（けんそう）も興奮も、ここまでは届かない。袖ケ浜から吹きつける風に、わずかに潮（しお）の匂いが感じられるばかりだ。

私たちは空き家の陰に身を隠しながら、前方に聳える鉄筋アパートの二階の端、二〇一号室に目を凝らしていた。すでに夕刻ながら、夏の太陽はまだまだ明るく私たちを照らしていた。

時計の針が午後四時半を回ったころ、その二〇一号室の扉が開いた。

姿を現したのは純白のワンピースにトートバッグを抱えた若い女。うりざね形の整った顔だちで、エルザとよく似た茶髪のショートヘアだ。彼女の名前は悠木茜（ゆうきあかね）。この春に大学を卒業し、現在は塾の講師として生計を立てる二十三歳。独身で彼氏が一名いる。なにゆえ、私が彼女のプロフィールを完璧に把握しているのかといえば、彼女、悠木茜こそが今回の依頼人だからだ。

悠木茜はアパートを出ると、真っ直ぐ私たちのいる空き家へと歩を進めた。そして彼女はその敷地に飛び込むなり、私たちに向かって早口に捲（まく）し立てた。

「それじゃ、後のことはお願いします。私は出掛けますが、ちゃんとあの娘を見張っててくださいね。頼みましたよ」

「ああ、判った判った。ちゃんとやるってば」エルザは前のめりになる依頼人を片手で数センチ押し戻した。「で、元山志穂(もとやましほ)はまだあの二〇一号室にいるんだな？」

「ええ、います。見張られているとは、夢にも思っていないはずです。絶対目を離さないでくださいね」

元山志穂は悠木茜と同じ二〇一号室をシェアして暮らすルームメイトだ。そもそも二人は湘西女子大の先輩後輩の間柄。先輩である悠木茜が卒業した現在も一緒に暮らすほどだから、本来仲はいいはずだが、そんな二人の間にいまは不穏な空気が流れているという。

それというのも、悠木茜には武田誠二(たけだせいじ)という彼氏がいるのだが、どうも元山志穂は後輩の身でありながら、この先輩の彼氏と密かに会っているらしいのだ。いや、正確にいうと「元山志穂は武田誠二と密かに会っているのではないか」という疑いを、悠木茜が抱いているのだ。あくまで悠木茜の一方的な疑念であって、事実かどうかはまだ判らない。

そこで悠木茜は動かぬ証拠を摑むべく『生野エルザ探偵事務所』の扉を叩いた。そして名探偵の誉(ほま)れ高い生野エルザに、元山志穂の行動を見張るよう依頼したというわけだ。

「志穂はきっと出掛けるはずです。間違いありません。だって今日は七夕祭りの初日ですもの」

「よし、判った。後はあたしと美伽に任せな」

探偵が自信ありげに胸を叩くと、悠木茜は「よろしくお願いしますね」と言い残し、空き家の敷地をこっそり裏口から出ていった。

依頼人の背中を見送った私は、いまさらのように友人に素朴な質問を投げた。

「ねえ、エル、なぜ悠木茜は武田誠二のほうに見張りを付けないのかしら。彼氏の浮気を突き止めたいのなら、彼氏を見張るほうが簡単でしょうに」

「まあ、理屈は美伽のいうとおりだけどな。でも、その場合、万が一見張りがバレたときに、彼氏と気まずくなるじゃん。だから、彼氏を見張るんじゃなくて、ルームメイトのほうを見張るんじゃねーか？」

「それもそうか。でも、それって、最初から私たちの張り込みが失敗することを見越した発想よね。なんか悔しくない？　それに、夫や婚約者が浮気してるっていうならともかく、単なる恋人の浮気調査のために、女子大を卒業したての娘が探偵まで雇うなんて、なんだか変じゃないかしら。そう思わない、エル？」

「さあな。きっと親が金持ちなんだろ。あるいは、金に代えられない女の意地があるとかよ」

「ふーん、そんなもんなのかしら。悠木茜さんって、おとなしそうな女性に見えるけど」

と、そんな会話を口にしながら待つこと約三十分。時計の針が午後五時ちょうどを示すころ、私たちの視線の先で、再び二〇一号室の扉が開いた。

私とエルザは咄嗟に空き家の陰に身を隠す。開いた扉から姿を現したのは、悠木茜とよく似た背格好の若い女。ただし、こちらは白いワンピースではなく、黒いTシャツ姿だ。前面には赤い花のような鮮やかな図柄がプリントされている。下半身はダボッとした太いデニムだ。肩からは小さなショルダーバッグを下げている。ファッションはまるで中学生男子のお出掛けといった感じだが、その顔立ちは、ほっそりとして大人びた印象。切れ長の目が少し意地悪そうな印象を与える。長く魅力的な栗色の髪は、黒いTシャツの背中に、無造作(むぞうさ)に掛かっている。

探偵は手許の写真と栗毛の美女の姿を見比べながら、「よし、元山志穂だ。間違いねえ」

エルザは獲物を見つけた獅子(しし)のごとく、さらに鋭さを増した視線で元山志穂を見詰める。そうとは知らない彼女は、私たちが息を潜める空き家のほうへと、ずんずん歩を進めてくる。私たちは荒れ放題になった庭の植え込みの陰に身を隠し、彼女をやり過ごそうとした。

が、元山志穂はなんらかの気配を感じたのだろうか。私たちがいる空き家の前で、ふと立ち止まると、キョロキョロと周囲の様子を窺う仕草。いきなり訪れた正念場だ。

私とエルザはジッと息を殺して、荒れ庭の草木に必死で同化しようと試みる。

その努力が功を奏したのか、元山志穂は再び真っ直ぐ前を向いた。そして彼女は肩から下げたバッグの中から、サングラスを取り出した。芸能人がよく用いるような大きな茶色いサングラスだ。彼女はそれを掛けると、私たちの存在に気が付かないまま、また歩きはじめた。私とエルザは植え込みの陰で、ホッと胸を撫で下ろした。

「危なかったわね、エル」

「ああ。だけど、仕事はこれからだ。いこーぜ、美伽」

探偵は足音を忍ばせながら、軽快な身のこなしで空き家の敷地を出た。私もエルザの後を追うように歩き出す。この日の追跡は、こうして始まったのだった。


私たちは前を進む黒いTシャツの背中から、ある程度の距離をとりながら慎重に彼女を追った。

元山志穂の様子には、尾行者を警戒するような素振りは特に見られない。後ろを振り返ることもせず、ただ栗色の長い髪を揺らしながら軽やかに歩く。悠木茜がいったとおり、彼女は自分が見張られているとは、夢にも思っていないはずだ。

アパートを出て一分ほど歩道を歩くと、彼女は小さな公園に差し掛かった。公園の隅に小さな箱型の建物がある。公衆トイレだ。彼女はその公衆トイレの建物の角を曲がった。一瞬、私たちの視界から黒いTシャツの背中が掻き消える。

「マズいわ。逃げられたかもよ」

慌てて駆け出し、勢いよく建物の角を曲がろうとする私。その背中を、エルザの右手がむんずと捕まえた。私の着ているシャツの背中がびろーんと伸び、襟(えり)ぐりが喉元にぐっと食い込む。なにすんのよ、エル。シャツ代、弁償してもらうからね！

だが、私が抗議の声をあげるよりも先に、エルザが人差し指を私の唇に押し当てた。

「慌てるな、美伽。こういうときは焦って飛び出しちゃ駄目だ。角を曲がった目の前に彼女がいたら、どーすんだよ」

「あ、そっか、ごめん」私は自分の軽率な行動を素直に詫びた。

エルザは建物の角から半分だけ顔を覗かせて、前方を確認。私も恐る恐る、彼女の背後から首を伸ばす。

すると、角を曲がった遥か前方に、黒いTシャツの背中があった。元山志穂だ。すると私たちが見守る中、元山志穂はいったん歩みを止めて、肩に下げたバッグの中からなにかを取り出した。それは、コンパクトに収納された薄手のパーカーだった。紫外線対策や冷え性対策として、女性が夏場に着用するケースが多い。元山志穂はそのパーカーを、その場でTシャツの上に羽織った。鮮やかな紫色のパーカーで、色合いが若干ヤンキーっぽい。紫外線や冷え性の問題ではなく、これは単にお祭り会場で盛り上がるための、彼女流のイベント・ファッションではないか、と私は考えた。

いずれにせよ、彼女のチョイスは私たちにとって好都合だ。黒いTシャツの女は、お祭り会場にいけば、掃いて捨てるほどいるに違いない。逆に紫色のパーカーの女はそう多くはいないはずだ。エルザも私と同様の考えをしたのだろう、

「へへ、あたしたちツイてるじゃん」

口笛でも吹きそうなほどの上機嫌で、探偵はパーカーの背中を再び追いはじめた。

元山志穂の紫色の背中は、いままでと変わらない様子で前方を進み続けた。その歩く方角から見て、彼女は明らかに七夕祭りの会場を目指しているようだった。

「目的地がお祭り会場なら、彼女がここから車に乗ったりする可能性はない。彼女は、このままずっと歩いて市街地までいくはずだ。だとすりゃ、尾行するのは難しくはない」

「問題は、お祭り会場で彼女が武田誠二と一緒になるか、どうかってことね」

私たちはそんな会話を交わしながら、前方を歩く元山志穂の背中を追った。

JR平塚駅の構内を突きぬけ、駅の北口へと出ると、そこはまさしく街の中心地。普段からそこそこの賑わいを見せる平塚の繁華街だが、この日の賑わいはまた格別だった。巨大な笹竹から吊るされた豪勢な七夕飾り。道端に並ぶ屋台。路上を闊歩する若者や家族連れ。ケバい化粧の浴衣（ゆかた）ギャルに、ジャージ姿のヤンキー、ルーズソックスの女子高生からショートパンツの私立探偵まで、ありとあらゆるファッションが通りを行き交っていた。

「凄い人出ね。人ごみにまぎれて、彼女を見失ったりしないかしら」

「彼女の着てる紫色のパーカーは特に目立つから、たぶん大丈夫だと思うがな」

確かに、白っぽい服や浴衣姿が目立つ群衆の中、黒いTシャツに紫のパーカー、そして茶色いサングラスという元山志穂の装いは、他の女性たちとは一線を画すものだ。これなら間違って他人の背中を追いかける心配はなさそうだった。

「けど念のため、少し距離を詰めようぜ」

「大丈夫？　近づきすぎて気付かれたりしないかしら」

「なーに、平気だって。これだけ大勢の人がいるってことは、あたしたちの姿もバレにくいはずだからよ」

それもそうね、と私は頷き、前を歩く元山志穂との距離を半分ほどに縮（ちぢ）めようとする。と、そのとき突然、元山志穂が後ろを振り返った。

やばい！　そう思った次の瞬間、エルザは素早くしゃがんで、靴紐を結びなおす仕草。

私は逆に頭上に目をやり、「うわあ、綺麗な七夕飾りねー」と空々しい感想を口にする。

すると、私たちの迫真の演技が奏功したのか、元山志穂はまた何事もないかのように歩きはじめた。それを見て、私たちもすぐさま尾行に戻る。

「ハイビスカスだったな」歩きながらエルザがボソリと呟く。

なんのこと？　と一瞬首を捻ってから、私は友人の言葉をようやく理解した。

「ああ、彼女のTシャツにプリントされた赤い花ね。あのTシャツ、沖縄土産かしら？」

「そうかもしれねえな」

呟くエルザ。その目は前方を歩く紫の背中からけっして逸らされることはなかった。

元山志穂は祭りのメインストリートともいうべき、湘南スターモールを市民プラザ方面へと進む。だが、その足取りには、特に目的があって歩いているという様子はなかった。

道路沿いに並ぶたこ焼きやじゃがバターの屋台、頭上にぶら下がる七夕飾り。そういったものを、ぼんやりと眺めて歩くだけだ。

「ねえエル。彼女ひょっとして、祭りの雰囲気を味わいにきただけなんじゃないかしら」

「いや、まだ判んねえぜ。はふ、待ち合わせまでの時間潰しなのかも、はふ」

「なに、はふはふ、いってるのよ——って、ちょっと、あんた！」振り返った私は、眼前の友人の様子に目を丸くした。「なに自分だけ、牛肉の串焼き、食ってんのよ。ずるーい」

「馬鹿、あたしがただ単に食欲に負けて、こんなもん食ってると思うのか。違うよ。これはカムフラージュの一種だ。こうしてりゃ、祭りを楽しむヤンキー二人組に見えるだろ」

「そう見られちゃ、あたしが迷惑よ。ヤンキーはあんたひとりで、あたしはまともなんだから。でも、まあいいわ。とにかく、あんただけいい思いはさせない。あたしもなんか買ってくる」

「待てよ、美伽」駆け出す私を呼び止めるエルザ。そして彼女は振り返った私に五百円玉を一個握らせ、綺麗に片目を瞑った。「あたしのも頼む。チョイスはあんたに任せた」

判ったわ、エル、任せて！　と頷きながら、私は立ち並ぶ屋台へと駆け出していった。


数分後、私とエルザは焼きトウモロコシを齧りながら、前をいく紫のパーカー娘を追っていた。そんな私たちの姿は結局、お祭りグルメを堪能するヤンキー二人組にしか見えなかったはずだ。カムフラージュとしては完璧。だが女子としては失格のような気がする。

一方、元山志穂は背後の私たちに気づく様子もなく、ふいに人だかりのする店頭へと足を向けた。そこでは「宝箱売り」が人気を集めていた。「宝箱売り」とは何か。それは、中身がなんだか判らない怪しい小箱を、「宝箱」と称して一個三百円という絶妙な価格設定で売りつけるという、巧(たく)みな商売だ。売り場の中央では、茶髪の青年が台の上に立ち、「中身は買ってのお楽しみ」とメガホン越しに叫びながら、消費者の射幸心(しゃこうしん)を煽っている。

私は自分の時計を確認した。時刻は午後五時四十分だ。

元山志穂は「宝箱」が山積みになったワゴンを眺めはじめた。大きなサングラスを頭の上でカチューシャのようにしながら、しげしげとワゴンの中を覗き込む様子。やがて、彼女はその中から選びぬいた一個を手にして、台の上の青年にお金を差し出した。

そのとき、茶髪の青年と彼女との間で、なにがしかの会話が交わされたようだった。会話の中身は、もちろん判らない。だが、間もなく彼女はひとりで売り場を離れていった。彼女は「宝箱」の中身を確認することなく、箱のままそれをショルダーバッグの中に納め、カチューシャにしたサングラスを、また目許に掛け直した。

その様子を眺めながら、エルザがゆるゆると首を左右に振る。

「ふっ、可哀相な女。『宝箱』の中身は所詮、三百円相当の文具や雑貨だというのに」

「そんなの、開けてみなきゃ判んないでしょ。千円の商品券かもしれないいんだし」

一個、買ってみようかしら、などと呟きながら、またトウモロコシを齧る私。だが、そんな私たちの前で買い物を終えた元山志穂が、くるりとこちらを振り向く。今度は私が靴紐を結び、エルザがわざとらしく七夕飾りを眺めた。「やっぱ、平塚の夏は七夕だよなー」

そんな私たちの傍を、サングラスをした元山志穂が平然と通り過ぎていく。横目で確認すると、確かに彼女のTシャツの花柄はハイビスカスだ。彼女をやり過ごした私たちは、また追跡者となって彼女の背後にへばりつくのだった。

それから十分程度の間、元山志穂は人波に漂うがごとく歩き続けた。だが、そんな彼女もついにお祭りグルメのチープな魅力に負けたのか、ふと一軒の屋台の前で足を止めた。私は再び時計を確認。時刻は午後五時五十五分だった。

そこは市民プラザの傍に立つチョコバナナを売る屋台だった。屋台の庇(ひさし)には、なぜか『門司港名物(もじこう)』の文字。台の上にはノーマルな茶色いチョコバナナ以外に、ピンクやブルーのチョコでコーティングされた変わり種チョコバナナが並んでいる。

それを売っているのは、見るからにテキ屋といった風貌の二人組だ。ひとりは黒いシャツを着た大柄な男、もうひとりは白いシャツの小柄な男。服の色と体格は正反対だが、人相の悪さは二人とも似たり寄ったりだ。

元山志穂はサングラスを再び頭の上でカチューシャ状態にして、ガラスケースの中のチョコバナナを覗き込む。迷った挙句、彼女は普通のチョコバナナを選択。白い服の小柄なテキ屋に小銭を払った。ここでも、彼女はテキ屋との間で二言三言、短い会話を交わしたようだった。

　私はそんな彼女の背中を離れた場所から眺めながら、隣の友人に尋ねた。

「ねえ、テキ屋と女子大生の間で、どんな会話してるのかしら。想像つく？」

「さあな。きっと『青いチョコバナナって誰が買うの？』みたいな会話じゃねーか」

　確かに、それは一度聞いてみたい質問ではある。だが、もちろんテキ屋の二人組に質問している余裕はない。元山志穂はチョコバナナ片手に再び歩き出す。頭の上にあったサングラスは再び彼女の目許を隠していた。

　人ごみを縫うように歩く元山志穂は、少し歩く速度を速めたようだった。先ほどまでとは明らかに違う、明確な意思を感じさせる足取りだ。

「おっ、いよいよ待ち合わせの場所に案内してもらえそうな雰囲気じゃん」

　彼女が高浜台のアパートを出てから、すでに一時間近くが経過している。お祭り会場を舞台にした追跡劇も、どうやら最終局面を迎えつつあるようだ。私たちはあらためて気を引き締め、食べ終えたトウモロコシの芯をゴミ箱に捨てると、前をいく女子大生に意識を集中する。

　元山志穂は真っ直ぐ前を向きながら、迷いのない足取りで進む。いつしか、彼女は祭りの会場を離れ、国道一号沿いの歩道を歩いていた。

やがてたどり着いたのは、国道一号と県道六十一号が交わる大きな交差点。そこに五階建てのビルがある。元山志穂は、そのビルの前で立ち止まり、二階を見上げた。ビルの二階には、有名なファミレスチェーンの店が大きな看板を掲げている。

どうやら、彼女の目的地はここらしい。時刻はちょうど午後六時だった。

そう思った直後、元山志穂は上の階へと続く階段を勢いよく駆け上がっていった。

「はん、待ち合わせの場所はファミレスか。よーし、いこーぜ、美伽」

私の肩をポンと叩き、勢いをつけて薄暗い階段を駆け上がるエルザ。だが一階の踊り場を直角に曲がった直後、彼女の口から「うっ」という呻き声。エルザの足がピタリと止まり、後に続く私は彼女の背中に「ぐっ」と額をぶつけた。

「なによエル、急に立ち止まんないでよね」

不満を訴えながら前を向く私の視界には、立ちすくむエルザの背中。その向こう側には、女子大生元山志穂の姿があった。紫色のパーカーのポケットに両手を突っ込み、口許に意地悪な笑みを浮かべる彼女。先ほどまで目許を覆っていたサングラスは、またしても頭上でカチューシャ状態だ。露になった切れ長の目から、彼女は険しい視線を私たちに投げかけた。

「ちょっと、あんたたち、なにあたしのことコソコソつけまわしてんのさ」

私とエルザは返す言葉もなく、互いに気まずそうな顔を見合わせるしかなかった。

3

「おいおい、焦って飛び出しちゃ駄目なんだろ。いってる本人が飛び出してちゃ、世話ないな」

宮前刑事はエルザの軽率な行動を咎めるように唇の端で笑う。女探偵は昨日味わった敗北の味をあらためて思い出したのか、ムッとした表情で腕を組んだ。

「うるさい。ちょっと油断しただけだ。くそ、いま思い出しても忌々しい。あの女、あたしたちの尾行に、とっくの昔に気がついてやがったんだぜ」

「ま、そのルックスじゃ無理もない」宮前刑事は探偵の茶色い髪を眺めながら、「で結局、元山志穂はそのファミレスで武田誠二と待ち合わせしていたのか」

「いいえ」と私が首を振った。「そのファミレスで彼女を待っていたのは、女友達が三人。元山志穂は彼女たちと合流して、また祭りで賑わう街へと出掛けていったの。私たちは、その様子を遠くから見送ったってわけ」

なるほど、というように宮前刑事は頷いた。

「ちなみに、話の中に出てきた時刻は正確なものと考えていいのかな」

「ええ、正確よ。私は常に時計を見ながら、記録を取っていたんだから間違いないわ」

「ふむ、そうか。ところで繰り返しになるけど、大学講師松村栄作が県道六十一号の路上で刺殺されたのは、午後六時の数分前だ。そのころ、元山志穂はどこで何をしていた？」

「いったはずよ。その時刻、彼女は屋台でチョコバナナを買い求めていたわ」

元山志穂が屋台で買い物をしたのは、正確には午後五時五十五分のことだ。「それから彼女はファミレスに向かったの。ファミレスに着いたのが午後六時ちょうどよ」

「そうか。だが、どうも気になる。その屋台にしてもファミレスにしても、犯行現場からはそう離れていない。屋台の場所から現場まで、徒歩十分弱。現場からファミレスまで徒歩五分ってところだ。彼女がほんの十五分程度、君たちの目を盗んで、犯行現場に駆けつけるという可能性は本当にないんだろうか。どうだ。絶対ないっていえるかい？」

「…………」絶対か、と問われて、私は思わず口ごもる。

だが、私が口を開くより先に、隣の友人が強気に断言した。「ああ、絶対間違いねえ。犯行の時刻、元山志穂はあたしたちの監視下にあった。あたしと美伽が証人だ」

「ということは、彼女の主張するアリバイは真実だと、そう君は認めるんだな」

「そうだ。べつに、あの女のお役に立ちたいわけじゃねえけどよ。だが自分が見たことを信じるなら、そう考えるしかない。あの女が、あたしたちの監視の目を盗んで、こっそり大学講師を殺しにいけるわけはない。そうだよな、美伽？」

聞かれた私は一瞬ドキリ。どう答えていいか判らないまま、結局のところ、無言で頷いたのだった。

アリバイの裏取りを終えた宮前刑事は、「邪魔したな」と言い残して、探偵事務所を去っていった。閉まった扉に向かって「ホントに邪魔だぜ」と憎まれ口を叩いた探偵は、緊張が解けたように再び「ぐたあーっ」とソファに寝そべった。ライオン娘の投げ出す長い脚を眺めながら、私は先ほどから胸につかえていた疑問を彼女に向かって投げかけた。

「ねえ、エル、さっきはなんで、絶対間違いねえ、なんていったの？　あなたらしくもない物言いだわ。そもそもあんた、絶対と鰯（いわし）の頭は信じないはずじゃない」

「んー、鰯の頭は信じないこともねえけどよ。それはともかく、昨日の夕方、元山志穂はずっとあたしたちの目の前を歩いていた。これは動かしようのない事実だろ」

「あら、そうとは限らないんじゃないの？」

私はひとつの可能性を指摘した。「昨日、私たちが見張っていた、あの黒のＴシャツに紫パーカーの女、あれは本当に元山志穂だったのかしら。実は私たち、元山志穂だと思い込みながら、全然別の女の背中を追っていたのかも。そして、私たちが偽者の背中を追いかけている間に、本物の元山志穂は憎き大学講師に怒りの刃を向けていたのかも」

「へえ、じゃあ、本物の元山志穂とそれによく似た偽者が、どこかでこっそり入れ替わっていたってわけだ。あたしたちの目をすり抜けるようにして。だけど、そんなこと、可能か？」

「簡単じゃないけれど、チャンスはあったと思う。例えば、元山志穂が道路の角を曲がるようなとき、彼女の身体は一瞬、私たちの視界から姿を消すことになる。そういったタイミングを利用すれば、本物の元山志穂と偽者が入れ替わることは可能だったはずよ。例えばアパートを出てすぐ、公園のトイレの角を曲がった場面とか」

「なるほどな」エルザはむっくりとソファの上に起き上がると、悪戯っぽく私に片目を瞑ってみせた。「やっぱ、美伽も、そう思うか」

「なんだ」私は友人の子供っぽい仕草に拍子抜けした。「エルも、同じ考えなのね」

「まあな。——てことは、たぶん宮前も似たような可能性を考えてるはずだ」

確かに、そうに違いない。考えてみれば、私が思いつく程度のありふれた可能性だ。本職の探偵や刑事が思い浮かべないはずはない。だが、それならば、なぜ宮前刑事はその点について、エルザを深く追及しなかったのだろうか。

そこまで考えたとき、私には彼女の口にした『絶対』の意味がやっと判った気がした。

「そうか。だから、『絶対間違いねえ』なんていったのね。宮前刑事が入れ替わりの可能性を口にするより先に、あなたがキッパリそれを否定した。だから、宮前刑事はアッサリと引き下がるしかなかった。それがエルの狙いだったのね」

「んーまあ、それもあるにはあるんだけど、よッ」

曖昧に言葉を濁したエルザは、勢いをつけてソファから立ち上がった。デスクの上の財布と携帯を手にし、パンツのポケットにそれをねじ込む。

「どうしたのよ、エル。これからどこか出掛けるの？」

だが、友人は私の問いに答えることなく、壁際に掛かった数種類の帽子の選別を始めた。間もなく、庇の大きな赤いキャップを選んだ彼女は、それを頭上にのせた姿で、鏡に向かってポーズを決める。こうして外出の準備を万端整えた女探偵は、傍らでキョトンとする私を、明るい笑顔で誘った。

「美伽、チョコバナナ食いにいこーぜ」

4

いざ出掛けてみると、祭り二日目の人出は昨日の夕暮れ時を遥かに上回るものだった。これからサタデーナイトを迎えようとする平塚の街は、まさにお祭り騒ぎ。週末のひと時を過ごす家族連れや、娯楽に飢えた地元の若者たち、市外から訪れた観光客なども入り交じり、もはや七夕そっちのけの大騒ぎだ。天上で逢引中の織姫と彦星も、きっとこの街の上空だけは避けて通るに違いない。

そんな浮かれた街の中心街、湘南スターモールを私とエルザは西へと向かう。祭りの三日間、屋台は基本同じ場所で営業しているはずだから、昨日見かけたチョコバナナの屋台も、昨日と同じ市民プラザの傍にあるはずだ。

そう思って心当たりの場所に足を運んでみたのだが、さすが『日本三大七夕祭り』のひとつというべきか。とにかく出ている屋台の数が、半端ではない。まるで、日本中のテキ屋がこの街に集結したかのような光景だ。特にチョコバナナなどは定番中の定番なので、一本の通りに似たような屋台がいくつも見られる。こうなると、どの屋台が昨日見かけた屋台だったか、それを見分けるのは至難の業に思われた。

「でも、大丈夫」と友人は自信を覗かせながら、通りを見渡す。「昨日の屋台、商品には特徴はなくても、屋台と売り手にはかなり特徴があった」

「そっか。白と黒のオセロゲームみたいな凸凹コンビだったわね」

「それに、どういう意味か知らねえが、屋台の庇に『門司港名物』って書いてあった」

二つの手掛かりを元に、捜すこと数分。私たちは、お目当ての屋台にたどり着くことに成功した。そこでは、今日も黒い大男と白い小男が仲良く二人並んで『門司港名物』のチョコバナナを売っていた。売り手の顔が男爵芋みたいにいかついためか、あるいは競合屋台が多いためか、売れ行きは芳しくないようだ。三色のチョコバナナを並べたガラスケースを前にして、白黒コンビは若干暇を持て余しているようにすら見える。

ならば、むしろ好都合とばかりに、エルザは二人の屋台にゆっくりと歩み寄る。だが、エルザが声を掛けるより先に、凸凹コンビのほうが目ざとく彼女の存在を認識した。

「そこの、おねぃさん。どないです、チョコバナナ、一本買いまへんか」

黒いほうのテキ屋が野太い声を発すると、続けて白いほうが甲高い声を張り上げる。

「そや。べっぴんさんには、チョコ増量中でっせ」

口調は意外にもコテコテの関西風だ。べつに、この二人が『門司港名物』というわけではないらしい。エルザは男心を刺激する気さくな笑顔を武器に、テキ屋二人に接近した。

「へへ、お兄ぃさんみたいなイケメン二人にべっぴんさんといわれちゃ、仕方がねーな。よーし、おねぃさんたちが、二本買ってやるよ。えーっと、どれがいいかなー」

選択肢は茶色とピンクとブルーだけだ。いったい、どこに迷う余地があるというのか。

「よし、じゃあ、あたしは茶色にすっから、美伽はブルーのやつな」

「なんでよ！　ブルーのチョコバナナなんて気色悪い。私、絶対、嫌。ピンクにして」

「ピ、ピンクでいいのかよ⁉　ブルーと大差ないと思うぜ、気色悪いって意味じゃ」

「そうかしら。全然違うでしょ」ピンクのバナナは結構お洒落だと私は思う。

「そ、そうか」意外なところで互いの価値観の相違を思い知り、友人はショックを受けた様子。だが、いまは議論している場面ではない。「まあ、美伽がそれでいいっていうんなら、べつにいいや。じゃあ、お兄ぃさん、茶色とピンクのやつ、一本ずつおくれ」

エルザがいうと、黒い服の男がガラスケースの中から注文の品を取り出した。

「はいよ、二本で四百万円や」「あちゃー悪いな、一千万円札しかねえや」「ほんなら、お釣り六百万円や」「あんがとよ、お兄ぃさん」「まいど、おおきに」

「…………」これが平塚で交わされる会話だろうか。まるでここだけ別世界、もしくは新世界のようだ。

ともかく、私たちはそれぞれの色のチョコバナナを受け取った。ひと口齧ると、口の中にチョコの濃厚な甘みとバナナのこれまた濃厚な甘みが生温かく混じりあって、そうそう、確かにチョコバナナって、こんな微妙な味だった、と昔を懐かしく思い出す。

だが感傷に浸(ひた)っている場合ではない。本題はむしろこれからだ。探偵はテキ屋の二人に尋ねた。

「ところで、ひとつ聞きたいんだけどよ、チョコバナナって門司港名物なのかい？」

それは本題ではないでしょ、エル。私は思わず友人を横目で睨む。だが、確かに少し気になる問いなので、横槍(よこやり)は入れずに彼らの答えを聞く。するとテキ屋の二人は、よくぞ聞いてくれました、とばかりに屋台の向こうで身を乗り出した。

「門司港名物なんはチョコバナナやなくて、バナナの叩き売りや。なあ、シロくん」

「そや、俺ら、この間まで花園組(はなぞの)でバナナの叩き売りしててん。なあ、クロちゃん」

クロちゃんとシロくん、見た目の色合いでそう呼び合う二人は、ここぞとばかりに商売道具のハリセンを取り出すと、それでバシバシと台の上を叩きながら、「さあさあ、お立ち会い、御用とお急ぎでない方は……」とフーテンの寅(とら)さんばりにテキ屋の口上を披露した。路上を歩く平塚市民が一瞬「ザワッ」となる中、エルザが密かに私に耳打ちする。

「花園組ってのは確か、北九州にある弱小のテキ屋組織のことだ」

「ふーん、要するに九州で食えなくなったヤクザが平塚で出稼ぎ中ってことね」

　ともかくテキ屋コンビとの距離が縮まったところで、やっとエルザが本題に移った。

「実はよ、お兄さんたちに聞きたいことがあってきたんだ。いや、門司港名物の話じゃなくて、昨日の夕方の話だ。昨日の午後六時のちょっと前、正確にいうと午後五時五十五分なんだが、そのころにこの屋台で若い女の客が買い物していったはずなんだ。紫色の薄手のパーカーを着た女子大生だ。思い当たる節、ねーかな？」

　エルザのこの漠然とした問いに、当然のごとくテキ屋の二人は揃って首を傾げた。

「さあ。紫のパーカーっていわれても、この人出やから。なあ、シロくん」

「そやな。写真でもあるんなら、思い出すかもしれへんけど。なあ、クロちゃん」

　そうくると予想していたのだろう。エルザは短いパンツの尻ポケットから一枚の写真を取り出した。依頼人、悠木茜から預かった写真だ。そこにはピンクのTシャツ姿で微笑む元山志穂の上半身が写っている。エルザがその写真を男たちの前に示すと、意外にも彼らの口から即座に反響があった。

「なんや、おねぃさん、この娘のこと、いうてたんか。なるほど、判った。それやったら、確かに昨日の夕方、六時ちょっと前にここにきたで。なあ、シロくん」

「そういや、あの娘、紫色のパーカーを羽織ってたわ。なあ、クロちゃん」

「でもってパーカーの下は花柄のプリントされた黒いTシャツやった。なあ、シロくん」

「そや、赤い花や」

「そや、緋牡丹や」

違うだろ。あれはどう見ても沖縄に咲くハイビスカスだ。しかしまあ、赤い花といえば緋牡丹と思い込むあたりがヤクザらしいところか。そんな二人にエルザは素朴な疑問をぶつける。

「この写真の彼女、確かに昨日の夕方に、ここにきたんだな。でも、変だな。これだけ大勢のお客がいて――まあ、この店はそんなに流行っていねえみたいだけど――それでも、お客は次々にくるんだろ。なんで、この娘のこと、そんなにハッキリ憶えてるんだよ？」

「そら、知り合いやもん。この娘、女子大生のミホちゃんや。よう知ってるわ」

例によって黒いほうの男が「なあ、シロくん」と相方に同意を求めると、白いほうの男が「そや、ミホちゃんや」と繰り返し頷く。テキ屋のコンビネーションは驚くほど完璧だった。

「惜しいわね」と私が口を挟む。「女子大生ってのは当たりだけど、名前が少し違ってる」

「ああ。でも、なんでだ？」エルザも首を傾げた。「そもそもテキ屋と女子大生って、どこでどうやって知り合うんだよ。学園祭か？」

「学園祭、ちゃうわ」黒いほうが答えた。「知り合ったんはガールズバーや。ミホちゃんは錦町の『エデン』でバイトしてた女の子で、俺とシロくんは最近その店に通っとった」

「へえ、ガールズバーでバイトね。そりゃ初耳だ。でも、それで判った。ミホってのは、きっとその店での源氏名だな。この写真の娘の名前はミホじゃねえ。志穂っていうんだ。まあ、ミホでも志穂でも、どっちだっていいや。要するに、この写真の娘が、昨日の午後六時の少し前に、この屋台にきたってわけだ。間違いねーんだな？　ちゃんと顔も見たんだな？」

「ああ、間違いはあらへん――」

「ちゃんと顔も見たけどや――」

いまさらのように男たちの目に疑惑の光が宿った。白黒の二人は揃ってガラスケースから身を乗り出さんばかりの臨戦態勢をとり、凄むような視線を探偵に向けた。

「ちょっと待ちーな、おねぃさん。あんた、いったい何者や。なに調べてんねん？」

「そや。俺らの商売にいちゃもんでもあるんか。おねぃさん、ひょっとしてデカかいな？」

その瞬間、エルザの野性の本能、あるいは私立探偵としてのプライドに火が点いたらしい。眉間にひび割れのような深い皺を刻みながら、「はあぁん？　誰が、デカだってえ？」と両肩を揺さぶりながら、歪めた顔を相手に突き出すと、「てめえら、このあたしが警官に見えんのか、おら、どこに目ン玉つけてやがんだ」と、粗暴なライオン娘はテキ屋に向かって、凄む、睨む、そして吠える。両者の間にガラスケースがなければ、確実に彼女の膝小僧は、男たちの股間を狙っていただろう。「おらおら、やんのか、おら！」

私の乱暴な友人は目の前のハリセンを手にし、威嚇するように台の上をバシンと叩く。テキ屋たちはライオンに睨まれたシマウマのようにブルブル震えながら、確実に三歩後ずさりした。

「い、いいえ、俺らはただ、おねぃさんが、どういうお人なんやろなーと思っただけで。なあ、シロくん」

「そ、そやそや。お、おねぃさん、なんやタダ者やないみたいやし。なあ、クロちゃん」

「なんだ、口ほどにもねえ奴らだぜ」そう呟きながら、エルザは落胆したように息を吐く。私はホッと胸を撫で下ろした。そしてエルザは手にしたハリセンを男たちに返しながら、「心配すんな」といって自らの正体を告げた。

「あたしたちはデカじゃねえ。ただチョコバナナを食べにきただけの女さ。なあ、美伽」

悪いが一緒にしないで欲しい。私はチョコバナナを食べたがる乱暴な友人に、くっついてきただけの普通の女なのだ。

白黒コンビの屋台を離れた私とエルザは、その足で「宝箱売り」がおこなわれている一角へと移動した。売り場は、一個三百円でお宝ゲットを夢見る大勢のお客さんで、今日も大いに賑わっていた。昨日と違うのは、台の上でお客を煽っているのが、中年のおじさんだという点だ。昨日見た茶髪の青年はというと、今日は商店街の路上に立ち、メガホン片手にお客の呼び込みをやっていた。青年はエルザの姿に目を留めると、

「ああ、そこの彼女も、どう？　一個三百円の運だめし。やっていかない？」

テキ屋の二人といい、茶髪の青年といい、なぜ男たちは私ではなくエルザに向かって声を掛けるのだろうか。私の姿は彼らの目にボンヤリ霞んで見えるとでもいうのだろうか。

それはともかく、声を掛けられたエルザは、これ幸いとばかりに彼に歩み寄り、写真を見せながら質問をおこなった。内容はやはり、昨日の元山志穂の足跡調べだ。

「昨日の夕方、午後五時半過ぎ、正確には午後五時四十分ごろに、この女が黒いTシャツに紫のパーカーを羽織った恰好で、ここにやってきたはずなんだけどよ。憶えていないかい？」

聞かれた青年の答えは明快だった。

「ああ、憶えてるよ。この娘なら昨日の夕方ここにきて、『宝箱』を一個買っていったぜ。確かに、黒いTシャツに紫のパーカー姿だったな。え、なんで憶えてるのかって⁉

だって、この娘、元山志穂だろ。前から知ってるよ」

青年の言葉を耳にした途端、エルザはすべてを理解したとばかりに深く頷いた。

「そうか。あんたもガールズバーの常連客か。見かけによらねえな」

「なんだよ、ガールズバーって⁉　勝手に決めつけるな。俺と元山はもともと高校時代の同級生だ」

気色ばむ青年に、探偵は「そうか、すまん」と自分の早合点を謝罪した。それから私たちはお詫びのしるしにと、「宝箱」をお互い一個ずつ購入して七夕の運だめし。エルザの箱からは変な色のボールペンが、私の箱からは今年のスケジュール帳が出てきた。

「今年のって、もう七月じゃないよ！」

半年分は完全に無駄となるスケジュール帳を手に、憤然となる私。その姿を哀れむように見詰めながら、友人は「な、所詮、こんなもんなんだって」と肩をすくめるのだった。

5

それから、しばらく後。夕暮れが迫り、さらに人通りが増したお祭り会場の片隅にて。

私はガードレールにお尻を乗せた姿で、スイーツの王道、イチゴのカキ氷を手にしていた。隣のエルザもカキ氷を食べているが、彼女のそれは捻りの利いた宇治抹茶ミルクだ。

「なにかあると思ってきたけれど、結局、なにもなかったわね。ただ屋台の定番スイーツを堪能しただけ。まあ、それはそれで悪くないけど」

私は呑気にピンクの氷をスプーンですくって口に運ぶ。冷たい感触が舌先から脳天に突き抜ける。私は思わず顔を顰めて、ぎゅっと目を瞑った。

――これよ、これ。これこそ夏の醍醐味ってやつよ！

だが、氷の刺激を堪能する私の隣では「本当に、なにもなかったのかな？」と友人が不満げな顔で緑色の氷を見詰めている。私はこめかみを押さえながら彼女を見やった。

「なにもなかったじゃない。証人は何人もいるのよ。まず私とエルが証人だわ。私たちは昨日の夕方、元山志穂がアパートを出てからファミレスにたどり着くまで、ずっとその姿を監視していた。確かに紫のパーカーの背中ばかり見ていたから、顔はよく見ていなかったわ。サングラスも掛けていたしね。だから、誰か別人が彼女と入れ替わった可能性があるんじゃないか、と私たちは疑った」

「そうだったな」

「だけど、それも杞憂だった。テキ屋のクロちゃんとシロくんは、紫のパーカーを着た彼女が写真の中の元山志穂と同一人物だと断言した。茶髪の青年も似たような証言だったわ。しかも、彼らの前であの女はサングラスをカチューシャのように頭にのっけて、素顔を晒していた。ならば、彼らが揃って見間違えるはずはない。私たちが見張っていた女は、やはり元山志穂で間違いないのよ。誰かと入れ替わったりしていない。ということは、私たちの監視下にあった元山志穂には、大学講師を殺害するのは不可能。そうでしょ、エル。他にどんな考え方があるっていうのよ」

「他の考え方か。そうだな」エルザは緑色の氷の山をスプーンで崩しながら、「じゃあ、こういうのはどうだ。元山志穂はやはり祭りに向かう途中で誰かと入れ替わった――」

「だから、それは無理だって」

「まあ、よく聞けよ。その入れ替わった相手が、元山志穂と同じ顔だったとしたら、どうだ？　テキ屋の二人や茶髪の青年が本物の元山志穂と見間違えるほどに、そっくりだったとしたら？　その、そっくりな偽者が元山志穂として祭り会場を練り歩いている間に、本物が別の場所で大学講師を殺害することは可能だったはずだろ」

「はあ、本気でいってるの、エル!?　そんなに都合よくそっくりさんなんて、いるわけないじゃない。元山志穂に双子の姉妹でもいたっていうのなら、話は別だけど――ん!?」

双子の姉妹。その可能性はゼロだろうか。そう思いながらスプーン山盛りの氷を口に含む私。と、次の瞬間、首筋から後頭部にかけて、キーンと飛行機が急上昇するような刺激が走り、それと同時に私の脳裏にひとつの名前が浮かんだ。

「ひょっとして、ミホ……元山志穂の双子の姉妹は、元山ミホっていうんじゃ……」

「判らない。だが可能性はある。ついでだ。ちょっといって、調べてみよーぜ」

「うん、でも、ちょっと待って……いまはまだ、頭が……」

私はキーンと激痛の走る後頭部を右の拳で叩きながら、顔を顰めるのだった。


カキ氷を食べ終えた私とエルザは揃って錦町へと向かった。祭りのメインストリートから、ほんの少し外れただけで、そこは普段どおりの風景が広がる寂れた街角だ。ガールズバー『エデン』の場所は、すぐに判った。古びた雑居ビルの地下だ。店に続く階段の手前では、すでに客引きらしい黒服の痩せた男が、ぼうっと突っ立っている。ガールズバーの客引きは基本、男にしか声を掛けないので、今回はこちらから声を掛けるしかない。

エルザは男のほうへと歩み寄ると、私を指差しながら、いきなりこう切り出した。

「ねえ兄さん。この娘、あたしのダチなんだけどさ、ここで働きたいっていってんだ」

いってない、いってない。ガールズバーで働きたいなんて、私は思ったこともない。

「へえ、この娘がかい」痩せた男は仏頂面で、私の全身を眺め回すと、「まあ、悪くはないけれど、年齢がちょっとね。うちの女の子は若さと元気が売りなんだ」と、まさかまさかの門前払い発言。

　まるで望んでもいないお見合いに親の都合で引っ張り出された挙句、超不細工な相手の男にボロクソにいわれたみたいな、そんな気分だ。私は衝撃のあまり自分を見失った。

「ま、待ってください。私だってまだまだ全然若いです、ピッチピチです。頑張って働きますから！」

　なぜか必死で頭を下げる私に向かって、男はさらに追い討ちを掛けるように、「そっちの彼女なら、即ＯＫなんだけどね」といって、私の隣に立つ探偵を指差した。

「あたし⁉　けど、あたし、美伽と同い歳だぜ」

「いいのいいの」男は軽薄な笑みを浮かべて右手を振る。「年齢なんか関係ないって」

　その瞬間、ついに私の堪忍袋の緒がぶち切れた。「どっちなのよ、ちょっと！　年齢が重要なのか、年齢は関係ないのか、ハッキリさせてもらおうじゃないの、このぉ！」

　するとエルザは、「まあまあ、そう興奮すんなって」と私の肩を摑みながら、客引きの男に尋ねた。「ところでよ、ここで働いてたミホって女の子のこと、知らねーかな？」

「ミホ⁉　ああ、現役女子大生のミホちゃんね。知ってるよ。人気者だったな。でも、もう辞めちゃったぜ。あんたら、ミホちゃんの知り合いかい？」

「ん、まあ、知り合いの友達の仕事関係って、ところかな」エルザは適当な答えでお茶を濁すと、「で、そのミホって名前なんだけどよ、それって源氏名かな。それとも本名？」

「ミホは源氏名さ。本名は確か志穂だったと思う。自分でもよく間違えてたからな」

「ふーん、ミホちゃんは、志穂ちゃんか。べつに双子の姉妹ってわけじゃねーんだな」

「姉妹って、なんのことだ。ミホちゃんは確かひとりっ子のはずだよ」

「そうか。ちなみに彼女、この店、なんで辞めたんだい。人気あったんだろ」

「さあね。いろいろあったんだろ」

と、そこまで答えて男は少し喋りすぎたと後悔したらしい。急に険しい表情を浮かべると、警戒するような鋭い目でエルザを睨みつけた。「あんた、やけにミホちゃんのことを知りたがるな。何者だ——あ、さてはあんた、探偵か！」

「デ……」デカじゃねえよ！　の台詞を用意していたエルザは、男が口にした意外な正解に口ごもる。結局、彼女は男の質問には答えないまま、私の肩をちょっと強めに叩いた。

「もういい。用事は済んだ。いこーぜ、美伽」

6

それから私たちは錦町から程近い、明石町の馴染みのスナック『紅』に顔を出した。

カウンター席に腰を下ろした私たちは、パーマヘアのママさんに焼きうどんとポテトサラダを注文。最強の二品を晩飯としながら、ビールのジョッキを傾けた。アルコールが入ったということは、今日の仕事はこれにて終了、という意味だ。

もっとも、今日の私たちのいくつかの行動が、果たして仕事と呼べるものなのか否か、私自身にもよく判らない。平塚恒例、七夕祭りの雰囲気を味わっただけのような気もする。私はポテトサラダのひんやりした食感を楽しみながら、隣のエルザに顔を向けた。

「結局、元山志穂にミホっていう名前の双子の姉妹がいるっていう線も、考えすぎだったみたいね。ということは、これでもう完璧ね。元山志穂には昨夜の夕方六時前のアリバイがある。彼女は大学講師を殺していない。――良かったわね、エル」

「ん、良かったって？」

「だって、エルは自分が殺人犯のアリバイ工作に利用されたんじゃないかって、疑っていたんでしょう？　だから、こうやって元山志穂の足跡を洗い直してみた。違う？」

友人は焼きうどんを飲み込みながら、私の問いに頷いた。

「ああ、美伽のいうとおりだ。知らないうちに他人の犯罪の片棒を担(かつ)がされるなんて、探偵としては不名誉だからな」

「でも、元山志穂は殺人犯じゃなかった。昨日の私たちの尾行は、探偵としては通常のお仕事に過ぎなかった。そういうことでしょ。だったら、なにも問題ないじゃない」

「うん、いわれてみれば、美伽のいうとおりだ。なにも問題はねえ」

そういってエルザは手許のジョッキをぐっと傾けた。だが言葉とは裏腹に、彼女の胸の内には、なにか納得できないものが渦(うず)を巻いている。そんな様子が彼女の浮かない表情からありありと感じられた。

その胸のもやもやが、探偵の飲みになんらかの影響を与えたのだろうか。エルザはママさんの顔が強張(こわば)るほどの酒豪っぷりを発揮した。ビールの次は焼酎、さらにウイスキー、日本酒と様々なアルコール類が彼女の口に流し込まれていく。

数時間後、私は酒量次第でライオンもトラになるという事実を知ったのだった。


私とエルザが探偵事務所に奇跡の生還を果たしたのは、日付が変わった深夜のことだった。「べろんべろん」に酔っ払った友人を、「べろん」程度に酔っ払った私が抱きかかえながら、事務所の隣にある彼女の居室に運びこむ。ベッドの上に寝かしつけてやると、さっきまでトラだった彼女は、今度はネコのように丸くなってスヤスヤと安らかな寝息を立てはじめた。寝息は間もなく、野生動物らしい鼾(いびき)へと変わった。私の豪快な友人は、寝ている間もとてもうるさい。

　一方、大仕事を成し終えた私の身体も既に限界だ。いまさら自宅に帰る意思はない。私は事務所へ移動すると、普段エルザが我が物顔で占拠しているロングソファの上にゴロンと横になり、そのまま寝てしまった。

　だが、私の安眠は突然に破られた。

　時計を見ると、午前三時。隣室から聞こえていたライオンの鼾は、いつしか聞こえなくなっていた。代わりに聞こえてくるのは、階下から響いてくる「ドスン」「バスン」という重低音だ。探偵事務所の下の階には潰れたゲームセンターがある。現在では古いゲーム機が廃業当時のままに放置されている廃墟同然の空間だ。私は無人のゲームセンターで、夜な夜な幽霊たちがコインゲームに興じる様を思い描き、肌が粟立つのを感じた。

「怖い、でも、見たい、でも、怖い、でも、見たい……」

　相反する欲求を抱え、ソファの上で悶々とする私。だが、結局は怖いもの見たさの好奇心が恐怖に勝った。幽霊が果たしてどんなゲームを好むのかも、興味深いところではある。いや、そもそも幽霊など、このビルにいてもらっては困る。

　私はソファの上から起きだし、足音を忍ばせながら事務所を出た。暗い階段をひとり二階へと下りる。謎の重低音は、もうすぐ傍だ。二階にたどり着いた私は、恐る恐るかつてゲーセンだった空間の入口に立つ。扉に手を掛け、それを手前に引いた瞬間、私は目の前の意外な光景に思わず絶句した。

月明かりの差す闇の中。ゲームに興じているのは幽霊でもヤンキーでもなく、一匹の雌ライオン、生野エルザだった。「ドスン」「バスン」の重低音に混じり、彼女の荒い息遣いと若干の酒の臭いが暗闇の中に感じられる。

探偵は壊れたパンチングマシーンに向かい、一心不乱に拳を叩きつけているのだった。

7

それからのことは正確な記憶がない。気が付くと日曜の朝は明けていて、私はソファの上で曖昧な目覚めを迎えた。エルザは向かいの椅子に座り、新聞を飲みながら珈琲を読んでいた。いや、違う。珈琲を飲みながら新聞を読んでいた。

「よお、おっはよー、美伽」

私はロングソファの上で身体を起こし、「おあよう、えう」と爽やかな朝の挨拶。

おはよう、エル、と自分ではそういったつもりなのだが、寝起き、しかも二日酔いのせいか、私の挨拶は普段の発音ではなかった。今朝の表情で比べれば、昨夜飲みすぎてトラになったのは川島美伽のほうだと、誰もがそう思うに違いない。昨夜あれだけ飲んだエルザだが、今朝の表情は私より晴れ晴れとしていた。二日酔いの様子もない。

　では、私が午前三時に見た、あの悪夢のような光景は、彼女がアルコールを抜くためにおこなった軽い運動だったのか。それともあれは正真正銘、私の見た悪い夢だったのだろうか。

　だが結局、それを聞き出せないまま、日曜の朝はだらだらと過ぎていった。

　やがて時計の針が十時に差し掛かるころ、エルザは昨日と同様に壁の帽子を選びはじめる。出動の気配を察した私は、慌てて外出の支度を整えた。数分後、阿吽の呼吸で事務所を飛び出した私とエルザは、階段を足早に駆け下りていった。

「今日はなに？　チョコバナナ？　焼きトウモロコシ？　それともカキ氷？」

「ついてこいよ。くれば判る」

　友人は多くを語らずに、平塚駅方面に向かって歩き出す。目的地が七夕祭りの会場であることは間違いないようだ。二人で歩く道すがら、エルザは何気ない口調で私にいった。

「美伽はソファの上でグーグー鼾かいて寝てたから気付かなかったろうけど、実はあたし夜中によ……」

「え、ちょっと待って！」私は彼女の聞き捨てならない台詞に即座に反応した。「鼾かいてた？　私が？　嘘でしょ？」

「嘘じゃねーよ。鼾、凄かったぜ。あたし、夜中に目が覚めたもん」

「………」嘘。信じられない。衝撃の事実に内心震えながらも、私は彼女の話の続きを促した。「そ、それで、夜中に目覚めて、なにをしていたの、エル?」

「あたし、ベッドから起き出してな、ひとりでずっと事件について考えてたんだよ」

考えていたのか、あれで。私には欲求不満の雌ライオンが、パンチングマシーンを親の敵のようにぶん殴っているようにしか見えなかったが。しかしまあ、考える姿勢は人それぞれだ。拳を使って考えるやり方も、この世の中にはあるのだろう。要は、彼女がなにをどう考えたのか、それが問題だ。

「それで、なにか新しい考えでも思いついたの?」

「ああ、ひとつ浮かんだ考えがある。ちょっとした質問だ。昨日、聞いとけばよかったんだが、思いつかなくてな。祭りがもう一日あって、助かったぜ」

ということは、目指す相手は祭りが終われば、街を去っていくはずの人間。なるほど彼らか、と私は見当を付ける。だが、彼らには昨日、聞くべきことはすべて聞き終えた気がする。なにか聞きそびれた質問があっただろうか。考えながら歩くうちに、私たちは例の屋台へと到着した。庇の部分に『門司港名物』と書かれた、チョコバナナの屋台だ。

「よお、繁盛してるかい? 昨日はすまなかったな」

エルザが陽気に声を掛けると、屋台の奥でクロちゃんとシロくんが鉄砲玉の襲撃を受けたヤクザのように、いきなりパニックを起こした。

「うわ、またきよったんか！　いや、またきてくれはったんですか、おねぃさん」

「今日は、なんの用やねん！　いや、今日はなんの御用でっしゃろ、おねぃさん」

弱いテキ屋の二人は、気色悪い愛想笑いで、野蛮な女探偵を迎えた。エルザのほうが上位の存在であると、昨日の段階で認識できているようだ。

そんな彼らにエルザは、涼しい笑みを向けた。

「そう卑屈になるなよ。今日は喧嘩しにきたんじゃねえ。昨日の質問の続きをしにきたんだ。悪いけど、ひとつ答えてくれねーかな」

「は、はあ、構いまへんけど、なんですか、質問の続きって？」と、クロちゃんが聞く。

「金曜日の夜のことだ。午後六時の少し前、この屋台に元山志穂がやってきたよな？」

「元山志穂⁉　いや、その時間にきたのは、確かミホちゃん……」

「だから、そのミホちゃんが志穂ちゃんだっていってんだろ。面倒くせーなぁ！」

エルザに一喝されて、クロちゃんはビクリと背筋を伸ばした。

「え、ええ、きました。あれは確かに志穂ちゃんやった。間違いありまへん」

「彼女は黒いTシャツに紫のパーカーを着ていた。そうだよな？」

「そうです。黒いTシャツは緋牡丹の花柄でしたわ」

「そうか。まあ、Tシャツの柄は赤い花なら、なんでもいいや」

探偵は投げやりにいうと、あらためて真剣な表情を二人のテキ屋に向けた。

「で、ここからが今日の質問だ。いいか。その元山志穂がやってきたその少し後——たぶん十分ぐらい経ったころなんだが——同じように黒いTシャツに紫色のパーカーを着た別の女が、ここにやってこなかったか？　その黒いTシャツには、やっぱり元山志穂と同じように、赤い花柄がプリントされていたはずなんだがよ」

え？　私は彼女の質問の意図が掴めずにキョトンとする。だがテキ屋の二人には、思い当たる節があったらしい。クロちゃんとシロくんは、互いにいかつい顔を見合わせながら、目と目で頷く仕草。それから二人は前を向き、探偵の質問にこう答えた。

「ええ、確かにきました、黒いTシャツに紫のパーカー着た女が、もうひとり。なあ、クロちゃん」

「そや、おねぃさんのいうとおり、その娘の黒いTシャツも赤い花柄やった。なあ、シロくん」

するとと白い服を着た小柄なテキ屋は大きく頷き、いきなり決定的な証言を口にした。

「ああ、間違いないわ。確かに、あれは赤い花。真っ赤なハイビスカスやった！」

8

それから数時間が経ち、いつしか真夏の太陽もとっぷりと暮れたころ。

私とエルザは高浜台の一軒のアパートを訪れた。一昨日の夕方に二人で張り込んだアパートだ。依頼人悠木茜とその後輩、元山志穂が共同で暮らす部屋二〇一号室へと向かう。室内には明かりが見える。二人が在宅であることは、確認済みだった。

エルザは大きなバッグを抱えながら扉の前に立ち、呼び鈴を鳴らす。しばらくして扉が開いた。顔を覗かせたのは悠木茜のほうだった。

やあ、と気さくに片手を挙げるエルザ。その姿を見るなり、悠木茜の表情が強張った。

「ちょ、ちょっと、なんで？　こ、困ります、勝手にこられちゃ――」

「あれ、お邪魔だったかい？　でもよ、あたしが話をしたいのは、悠木さんじゃなくて、そっちの彼女のほうなんだよ。――いるんだろ、元山志穂さん」

エルザは廊下の奥からこちらの様子を窺っている女子大生に呼びかけた。元山志穂は険しい顔で玄関先に現れると、「あたしに、なんの用よ」と強気な眸で探偵に問い掛けた。

「大事な用だ。とりあえず、中に入れてくれねえかな。それとも、このまま玄関先で話そうか。あたしたちの会話、ご近所に筒抜けになるよ。それでいいのかい？　あたし、あんたの重大な罪を告発しにきたんだけどよ」

探偵はにこやかな笑顔でさらりと脅(おど)し文句を口にする。

元山志穂は一瞬で顔色を変えた。

「わ、判ったわ。とにかく、入りなさいよ。話だけは、聞いてあげるから」

私たちは玄関を入り、二人が共同で利用する広めのリビングに通された。悠木茜と元山志穂は微妙な距離で並んで立ち、私たち二人を冷たい視線で見詰めていた。

「座んないのかい？　じゃあ、あたしが座るよ」

エルザは壁際に置かれた二人掛けのソファに腰を下ろし、傍らに大きなバッグを置いた。私は隣に座る度胸はないので、エルザの傍らに佇み、成り行きを見守ることにする。

微妙な沈黙が、リビングを支配した。待っていてもお茶ひとつ出てくる気配はない。その代わりとばかりに、元山志穂がいきなり問い掛けてきた。

「どういうことよ、あたしの重大な罪って？　ひょっとして、例の事件のことかしら。うちの大学の講師、松村栄作が殺害された事件。知ってるわよ。あたしのことを疑って、宮前っていう若い刑事が話を聞きにきたから」

「そうらしいな。で、あんたは宮前刑事にアリバイを語った。偽のアリバイをな」

悠木茜の表情が恐怖に凍りつく。エルザは彼女の不安を煽るように、傍らの大きなバッグを引き寄せ、ファスナーを開けた。悠木茜は命乞いでもするように、震える声で叫ぶ。

「あ、あたしは単なる共犯者よ。あたしは志穂の犯行を助けてあげただけで——はッ」

思わず墓穴を掘った悠木茜は、口許を右手で押さえて後悔の表情。やがて彼女は緊張と恐怖に耐えられなくなったのか、リビングの出口を目掛けて脱兎のごとく駆け出した。

「美伽！」

エルザが叫ぶよりも先に、私は出口の扉の前に立ちはだかる。「へへ、残念でした」

「——な、なによ、あんたたち！」

逃げ場を失った悠木茜は、強張った顔に悔しさを滲ませると、意を決したように再び探偵へと向き直った。一戦交える覚悟を決めたらしい。彼女は自らの恐怖心を振り払うかのように、奇声を発しながらエルザに向けて突進を試みる。エルザはバッグから取り出したエモノを右手に握って、応戦の構え。次の瞬間——髪振り乱して突進する悠木茜の顔面に、エルザの水平に振り抜いたハリセンが「バチコ〜ン！」と炸裂した。まさに火の出るようなハリセン・チョップ。哀れ、かつて依頼人と呼ばれた女は、女探偵のキツーイお仕置きを顔面に受けて、へなへなと床に崩れ落ちていった。すべては一瞬の出来事だった。

意表をついたハリセン攻撃は、肉体的なダメージはともかく、精神的には相当なダメー

「偽のアリバイですって？　とんでもない。確かなアリバイだわ。他ならぬ、あなたたち二人が証人じゃないの。あたし、気付いていたのよ。金曜日の夕方、七夕祭りに出掛けたあたしの後を、あなたたちはずっと尾行していた。そのあたしが、どうやって同じ時間に別の場所で松村栄作を殺せるってのよ。そんなの不可能だわ」

堂々と身の潔白を主張する女子大生の前で、探偵もまた堂々と首を横に振った。

「いや、あたしたちはあんたの後をずっと尾行していたわけじゃない。あたしたちは、あんたの後をつけているつもりで、実際はあんたとは別の女の後をつけていたんだ。別の女っていうのは、あんたの同居人、そしてあたしたちの大切な依頼人である、悠木茜のことだけどよ」

エルザの言葉に、悠木茜は完璧な無表情で応える。エルザは構わず続けた。

「金曜日の夕方、悠木茜がこの部屋を出たとき、彼女は白いワンピース姿でトートバッグを担いでいた。だが、彼女はあたしたちと別れた後、そのまますぐ傍にある公園に向かい、そこの公衆トイレの個室で着替えたんだ。トートバッグの中には黒いTシャツとデニムのパンツ、茶色いサングラスと小さなショルダーバッグ、それから忘れちゃいけない、ロングヘアの栗毛のカツラが一個入っていたはずだ。悠木茜はそれらを素早く身につけ、元山志穂になりきった。脱いだワンピースはトートバッグに詰めて、公園の植え込みにでも隠しておいたんだろう。そして悠木茜は、元山志穂がくるのを待った」

探偵は元山志穂へと視線を移して続けた。

「それから間もなく、あんたはその公園にやってきた。あたしたちに尾行されながらだ。そして、あんたは公衆トイレの角を曲がった瞬間に、そこで待ち構えていた悠木茜と入れ替わった。あんたはトイレに身を隠し、悠木茜は元山志穂のフリをしながら、何事もなかったかのようにあたしたちの前を歩き続けた。あたしたちは黒いTシャツを着た悠木茜の背中を元山志穂だと思い込んで、馬鹿みたいに尾行を続けた。しばらくすると、悠木茜はショルダーバッグの中から、紫色の薄手のパーカーを取り出し、それを羽織った。あたしたちは、その紫色の背中を目印に、なおも悠木茜の背中を追い続けた。それが元山志穂であると信じ込んだまま――」

「へえ、面白いわね」元山志穂は強気な姿勢を崩すことなく聞き返す。「それじゃあ、なに？　あたしは悠木先輩に自分の替え玉を演じてもらい、その隙に松村栄作を殺しにいったというのね。でも、それは違うわ。だって目撃者がいるもの」

「知ってる。テキ屋のクロちゃんとシロくんだろ。それと『宝箱売り』の茶髪の青年も」

「なんだ、ちゃんと調べてるのね。だったら、あなたの推理が間違いだって判るはずよ。もし、あなたの推理が事実なら、金曜日の午後六時ちょっと前――たぶん午後五時五十五分ごろだと思うけど――その時刻に屋台に現れたのは、あたしじゃなくて悠木先輩だってことになるわよね。だけど、いくら似たような恰好をして、カツラまで被ったとしても、所詮、悠木先輩は悠木先輩。あたしとは全然違う顔よ。正面から間近で顔を見れば、二人を見間違えるはずはないわ」

元山志穂はそれだけのことを一気に捲し立てると、勝ち誇るようにエルザに尋ねた。

「で、あの屋台の二人は、なんて証言したのかしら」

「二人はあんたの写真を見るなり、確かにこの娘が屋台にやってきた、と証言した」

「ほら、見なさいよ。やっぱり、二人の屋台を訪れたのは、このあたしだわ」

「そうだ。確かに、あんたは午後六時少し前にあの屋台を訪れた。だが、それは午後五時五十五分じゃない。その十分ほど前、午後五時四十五分ごろのことだ」

「な、なにをいっているの？」

元山志穂の表情に不安が覗く。エルザはそんな彼女を鋭く睨みつけた。

「あんたは公衆トイレで悠木茜と入れ替わった後、すぐに大学講師を殺しにいったわけじゃない。これは、そんな単純なトリックじゃない。あんたは悠木茜と入れ替わった後、紫色のパーカーを着用し、すぐに車かバイクか自転車か、とにかくなんらかの手段を用いて、ひと足早く祭り会場へと移動した。そして、そこであんたはなにをしたか」

「…………」

「あんたは悠木茜が、これからおこなう行動を、十分ほど先んじておこなった。いや、むしろ、あんたがおこなった行動を、十分遅れでやってくる悠木茜が忠実になぞった、というべきかな。まあ、どっちだって同じことだ。要するに、金曜日の夕方、七夕祭り会場では、似たような黒いTシャツに紫色のパーカーを羽織ったデニムパンツ姿の女二人が、似たような行動を十分程度の間隔で、おこなっていたってわけさ」

「ま、待って！」

探偵の説明にストップを掛けたのは、他ならぬ私だった。「それって、どういうこと？　金曜日の夕方、お祭り会場で私たちが見ていたのは、要するに……どっち？」

「だからぁ、あたしたちが尾行していたのは悠木茜のほうなんだって！　ここにくるまでに、美伽には何べんも説明してやっただろーが。鳥頭かよ、おめーは！」

「だって何度聞いても、混乱するんだもん。ねえ、あなたたち、理解できる？　ああ、そうか、あなたたちは自分で考えて実行したんだから、理解できてるわよね、当然」

どうやら理解が追いついていないのは、私ひとりらしい。私は泣きそうな気分だ。

「えーっと、要するに悠木茜が屋台を訪れたのは午後五時五十五分よね。私たちはその場面を背後から目撃し記憶した。で一方、元山志穂が屋台を訪れた――ってテキ屋の二人が証言しているのは、実は午後五時四十五分なのね。そうなのね、エル？」

「そういうこと。つまり、あたしたちが目撃した場面と、テキ屋たちが証言した場面は、一見同じ場面のように見えながら、実際は違う場面だ。両者には十分間程度のズレがあった。『宝箱売り』の場面も同様だ。あたしたちの目撃した場面と、青年の証言する場面は、やはり十分程度ズレている。そして、この時間のズレを利用すれば、元山志穂が離れた場所にいる松村栄作を殺害することは、充分可能になる」

エルザは再び元山志穂のほうに向き直り、説明を続けた。

「もし、あの屋台を午後五時五十五分に訪れたのが、あんただったら、確かにあんたが松村栄作を殺すことは不可能だ。殺しにいく時間的な余裕もないし、そもそもあたしたちの監視の目があるから動きが取れない。だが、あんたが屋台を訪れたのは、午後五時四十五分。しかも監視の目はない。これなら話は別だ」

「…………」元山志穂は黙って探偵の話を聞いている。

「あんたは屋台での買い物を終えると、すぐさま犯行現場まで急いだ。屋台と現場とは徒歩で十分弱。ちょっと急げば午後五時五十二、三分には現場に到着することが可能だ。そして、あんたはそこに呼び出していた松村栄作をナイフで殺害する。それからすぐに、女友達が集まるファミレスへと急ぐ。現場からファミレスまでは、徒歩五分。午後六時前にたどり着けるだろう。そこであんたは、トリックの最後の仕上げをおこなった。替え玉を務めてくれた悠木茜との二度目の入れ替わりだ。あんたはファミレスの階段の踊り場で、悠木茜を待つ。午後六時ちょうどに悠木茜は階段を上がってやってくる。そこで二人は再び入れ替わった。あんたは踊り場に立って、後からやってきたあたしたちを罵倒する。泡を喰ったあたしたちは、二人の入れ替わりに気づかない。あんたはすぐに踵を返し、ファミレスの店内に入っていく。一方、役目を終えた悠木茜は、そのまま階段を駆け上がって三階へと逃げて姿を消した。——以上が、あんたの用いたアリバイトリックってわけさ」

ひと通りの説明を終えたエルザを前に、元山志穂は反論の手掛かりを探すように、しばし沈黙を守る。やがて、暗い顔を上げた彼女は、喉の奥から唸るような低音を発した。

「証拠は？　あんたのその推理が事実だという、証拠はあるっていうの？」

「ないこともないぜ。例のクロちゃんとシロくんだ。二人は、あんたが屋台にやってきた後、十分ぐらい経って、似たような黒いTシャツに紫のパーカーを着た女がやってきたのを憶えていた」

「ふん。ヤクザ者のテキ屋の証言なんか、なんの証拠になるっていうのよ」と元山志穂は見過ごせない差別的発言。「だいいち、祭りの会場なんだから、紫色のパーカーを羽織った女だって、他にきっといたはずよ。だったら、偶然似たような服を着た女が同じ屋台を利用しただけかもしれないじゃない」

「そうだな。確かに、その可能性は否定できねえ」

エルザの発言に、元山志穂は呆れたというように両手を腰に当てた。

「はあ、なにいってんのよ。あんた、馬鹿じゃないの。だいたい、あんたのやってることは変よ。他人の行動を勝手に調べて回ったり、あやふやな証言を元に、他人のことを犯罪者呼ばわりしたり。あんた、いったい、何様よ。ひょっとしてデカのつもり？」

「デカじゃねえよ」

エルザはソファから猛然と立ち上がり、正面の女子大生を見据えた。「あたしは見てのとおり、この街でいちばんべっぴんの私立探偵さ。だから、あんたが逃げようが隠れようが自首して出ようが、あたしの知ったこっちゃない。自分を無実と信じるなら、明日も仲良く友達と手を繋いで、大学にいけばいいんじゃねーか。ただし――」

探偵は女子大生の傍らに佇む、もうひとりの女に猛獣のように鋭い視線を向けた。

「おめーは、別だぜ、悠木茜。なにしろ、おめーはあたしの依頼人だからな。あたしはおめーの依頼を引き受け、おめーの指図で行動し、そしておめーに裏切られた。このオトシマエは、おめーに引き受けてもらうよりほかはねえ。覚悟しな、悠木茜！」

「か、覚悟ですって。なによ、オトシマエって。あ、あたしをどうする気なの」

素振りはなかった。

「あ、あたしの負けだわ。すべてあなたが推理したとおりよ……」

共犯者の告白を目の当たりにしては、もはや主犯である元山志穂にも抵抗の余地はない。彼女は自らの犯行の動機をうちあけた。

「全部、あの男が悪いのよ。あたしがバイトしていたガールズバーは、裏では店の女の子に売春まがいのことをやらせている違法な店だった。あの男はそんな店であたしが働いていることを偶然知り、あたしを呼び出して問い詰めた。あたかも相談に乗るような親身な態度でね。あたしは懺悔するような気持ちで罪を告白したわ。『もうしません。お店も辞めます』ってね。そしたら、あの男は急に態度を豹変させて、こういったの。『警察にも実家にも黙っていてやる。その代わり俺のいうとおりにしろ』って。それ以来、あたしはあの男の言いなり人形になった。無理矢理、関係を強いられながら、人前では恋人同士のように振る舞うことを命じられたわ。お店での仕事も続けるようにいわれた。もちろん、稼いだお金は全部あの男に吸い取られていったわ……あの男は鬼よ……悪魔よ……」

元山志穂の涙ながらの告白には、かなり同情の余地がありそうに思えた。だが、これは私立探偵が聞いてどうなる話でもない。告白の続きは、平塚署の取調室に場所を移しておこなわれるべきだろう。

私はエルザに尋ねた。「で、どうすんのよ、これから?」

「仕方がねえな。後のことは宮前に頼もうぜ。あたしはもう、気が済んだからよ」

エルザは携帯を取り出し、宮前刑事の番号をプッシュする。その姿を眺めながら、私はあらためて気づいた。彼女が宮前刑事に対して、絶対とはいえない曖昧な出来事を、『絶対間違いない』などと断言した訳。結局、彼女は自分が依頼人に騙されているのか否かを、自分の手で確かめたかったのだ。警察にゆだねるのではなく、探偵である自分の手で。そして、彼女はそれを明らかにした。残念ながら依頼人は黒だった。

渾身のハリセン・チョップは、騙された探偵の鬱憤を少しは晴らしたに違いない。


やがて宮前刑事がアパートの一室に現れると、エルザはいままでの経緯をかいつまんで話し、彼の肩をポンと叩いた。「じゃあ、後は任せたぜ。せいぜい、てめーの手柄にするんだな」

「おい、待てよ、俺にはまだよく事情が呑み込めないんだが……アリバイがなんだって?」

呆気に取られる宮前刑事を残して、私とエルザは逃げるようにアパートの一室を飛び出した。外に出ると、昼間の熱気も少しは冷めて、涼しい夜風が気持ちよく流れていた。

住宅地の薄暗い道を歩きながら、私は胸にわだかまる疑問点についてエルザに尋ねた。

「悠木茜は元山志穂と公衆トイレの角で入れ替わった。その直後、悠木茜はショルダーバッグから紫のパーカーを取り出し、それを羽織った。なぜ、そんなふうにしたのかしら」

「なに、理由は簡単さ。入れ替わりの直後は、最も気付かれる危険が高い。そこでパーカーを一枚着れば、背中の印象が変わるだろ。そうすりゃ人が入れ替わったことが、バレにくくなるじゃねーか」

「なるほどね。じゃあ、もうひとつだけ質問」

私は友人の前に指を一本立てて聞いた。「要するに、元山志穂のTシャツは黒地に赤い牡丹、悠木茜のTシャツは黒地に赤いハイビスカスだったわけよね。なんで、二人は違う花柄にしたのかしら。入れ替わりトリックをやるなら、まったく同じ柄のほうが良かったんじゃないの？」

「確かに、結果的にはそっちのほうがバレずに済んだのかもな。だが、違う顔の二人の女が、何もかもまったく同じ恰好で立て続けに同じ屋台に現れたら、それはそれで変だろ。ペアルックじゃあるまいし、逆に目立つじゃんか」

「それもそうね。かえって印象に残るかも」

「だろ。それを避けるために、彼女たちはTシャツは黒、パーカーは紫、サングラスは茶色というふうに服装の基本的な色合いだけを同じにして、柄や素材は違うものを選んだんだな。だからTシャツは赤い花柄が違っていた。紫のパーカーも、間近でよく見れば素材や色合いが違っていたはずだ」

「そうなの？　でも、それだったらファミレスの階段で二人が入れ替わったときに、気が付いたんじゃないかしら。あのとき、元山志穂は私たちの目の前で正面を向いていたんだから」

「ああ、確かに気付くべきだったな。だが、あの階段は薄暗かっただろ。紫ってのは光の加減で見え方がかなり変わる色だ。元山志穂のパーカーの色が多少いままでと違って見えても、あたしたちはそれを変だとは思わない。しかも、あのとき彼女はパーカーのポケットに手を突っ込んでいた。あの恰好だと、パーカーの前は自然と閉じられて、中に着ているTシャツの柄は見えにくくなる。なにより、元山志穂に尾行がバレていたというショックで、あたしも美伽も冷静に相手を観察できる精神状態じゃなかった。結果、あたしたちは二人の入れ替わりを見抜く最大のチャンスを逃したってわけさ」

　探偵の説明に私は深く頷いた。確かに、あの場面、私たちは元山志穂の服装を詳しく観察する余裕など持たなかった。ただ彼女が店内に消えていく姿を、呆然と見送るだけだったのだ。

「でも真実は最後には明らかになった。テキ屋さんたちのお陰でね。私、あの二人のこと、牡丹とハイビスカスの見分けもつかないお馬鹿な人間だって、正直そう思ってたわ」

「美伽もか。実は、あたしもだ」エルザは唇の端でニッと笑うと、遠くの空を明るく照らす街の明かりを見やった。「そういや、七夕祭りも今日が最終日だな」

「そうね。でも、まだ祭りは終わってないわよ。――そうだ。ねえ、エル」

私は彼女の手を強引に引っ張るようにしながら、「チョコバナナ食べにいこーよ！」

すると話の判る私の友人は晴れやかな笑みを浮かべ、肩に担いだバッグを叩いた。

「そうだな。借りたハリセンも返さなきゃならねーし」

祭りのフィナーレまで、あと数時間。

私たちは平塚の夜の街へと、駆け出していった。

第四話　不在証明(アリバイ)は鏡の中

0

あれはいまから二ヶ月ほど前のことです。私は金剛寺綾華の占いを受けるために、彼女の屋敷を訪れました。私が彼女の屋敷を訪れたのは、それが三度目か四度目、もしくは五度目、いや六度目だったかもしれません。

それまでは狭い洋室で、机を挟んで一対一で占ってもらっていたのですが、その日は珍しく和室に通されました。ええ、彼女の住む和洋折衷の豪邸には、数え切れないほどの部屋があり、その種類も様々なのです。

私が案内された和室は、正方形の八畳間。家具のようなものはいっさいなく、ただ床の間に純白の花が活けられた花瓶と、山水画の掛け軸が飾ってあるだけです。花の種類は胡蝶蘭だったと思います。照明は不自然なほどに暗くて、部屋全体が寂しく不気味な雰囲気です。

私はその部屋に見覚えがありました。過去に一度だけ、案内されたことのある部屋です。私はドキドキしながら、畳の上に正座して、しばらくの時間待ちました。

間もなく、金剛寺綾華が現れました。私はその姿を見て、少し驚きました。

私の知っている彼女は、きまって西洋の魔女を思わせる黒ずくめのドレス姿でした。しかし、そのときは打って変わって、彼女は朱色の袴を穿いた巫女の姿で、私の前に現れたのです。

巫女の装束を着た金剛寺は、私の正面に正座し、丁寧な仕草で一礼します。それから、彼女は部屋の片側にある両開きの扉を見やりながら、私に尋ねました。

「この扉の向こうにある部屋を、あなたはすでにご存知ですね」

「はい、知っています。扉の向こうには《鏡の間》があります」

私は以前に、その部屋をすでに見ていました。両開きの扉の向こうには、いま私がいる八畳間と同じ程度の広さを持つ、正方形の板の間があり、その中央には祭壇があるのです。祭壇といっても、お葬式に用いるような大袈裟なものではなく、檜でできた低いテーブルみたいなものです。そして、その祭壇の中央に祀られているのは、鏡。長方形をした一枚の鏡なのです。

その鏡は家庭にある姿見程度の大きさ。枠や縁取りのない、剝き出しの鏡です。見た目は、正直なんの変哲もない鏡です。しかし、祭壇に祀られているためでしょうか、どこか神秘的、あるいは霊的な印象を受ける、そんな鏡でした。

すると、金剛寺綾華が厳かな声で私にこんな話をしました。

「あなたも薄々気づいているでしょうけど、《鏡の間》の祭壇にある鏡は、ただの鏡ではありません。古来、数々の霊能者や呪術師に神器として崇められた鏡には、常識を遥かに超える神秘の力が宿っています。それは、あなたの未来をも映し出す強力な力です。だからこそ、あのように祭壇に祀ってあるのです」

「私の未来を映し出す力……」

「そう。あの鏡は未来を映し出す鏡。そして、それを見ることができるのは、わたくしではなく、あなた自身。あなたは自分の未来を覗き込む勇気がありますか」

彼女は、私の目を真正面から見詰めながら、そう聞いてきます。

私は動揺しました。そもそも彼女の占いを受ける目的は何かといえば、それは究極的には自分の今後、つまり未来を予言してもらうためです。その意味からすると、未来を映し出す鏡の存在は、願ったり叶ったり。ためらう理由は何もないはずです。が、いざとなると勇気が出ません。私は彼女に尋ねました。

「万が一、悪い未来が鏡に映った場合、私はどうすればいいのでしょうか」

「心配は無用。そのような場合は、悪い未来が現実になる前に対処することが可能です。占いとはまさしく、そのために古来受け継がれてきた技。さあ、勇気をお持ちなさい」

そのように励まされて、私の心は決まりました。

「はい、よろしくお願いいたします、金剛寺先生」

私がそういうと、彼女は「よろしい」と満足げに頷きました。それから彼女は私の目の前で呪文(じゅもん)だか経文(きょうもん)だか判らない謎めいた言葉を数十分間、唱(とな)え続けました。私は目を瞑ったまま、一心不乱に彼女の唱える言葉を聞き続けました。

それが済むと、彼女は立ち上がり、私を扉の前へと誘(いざな)いました。彼女は私の前に立つと、二枚の扉の取っ手に指を掛け、「参りますよ」と私にいいます。私が頷くと、彼女は「えい！」という掛け声とともに、両開きの扉を押し開きました。

幅一メートルほどの視界が、目の前に広がります。

やはり、開かれた扉の向こうは《鏡の間》でした。《鏡の間》には明かりがなく、薄暗い印象です。しかし、こちらの部屋の明かりが差し込むため、部屋の様子はだいたい窺えました。

私の真正面に檜の祭壇が見えます。その祭壇の上には、やはり長方形の鏡が、真っ直ぐ立てて置いてあります。鏡はこちらを向いていきす。鏡には巫女の恰好をした金剛寺綾華の姿が映っています。彼女の背後には、山水画の掛け軸や花瓶の花も、ハッキリと映っています。

ああ、それなのに、なんということでしょう！

私の姿が、私の姿だけが、その鏡には映っていないのです！

私の左斜め後方に立つ金剛寺綾華が尋ねます。「鏡に何が見えますか」と。

私は逆に聞き返します。「先生の目には、何が見えていますか」と。

すると彼女はいいました。「わたくしの目には、鏡に映ったあなたとわたくしの姿が見えるだけです」

その言葉に、私は愕然となり、思わず目を擦りました。しかし、どれほど目を凝らしても、鏡の中に見えるのは金剛寺綾華だけです。私の姿は見えません。未来を映し出す鏡に、私の姿が影も形も映らない。この事実は、いったいなにを意味するのでしょう！

とうとう私はぶるぶると震えはじめました。唇が乾き、胸の鼓動が速まり、視界が霞みます。そしてついに私は恐怖のあまり、その場で失神してしまったのです――

1

その依頼人が私たちの探偵事務所を訪れたのは、とある八月の午後のことだ。

扉を開けて現れたのは、女子大生かと思えるような若い女だった。白い肌に整った目鼻立ち。小柄で華奢な身体つきが少女のような幼い印象を与えるが、身につけたブルーのワンピースは学生ではちょっと手が出せない高級品だ。

いいとこのお嬢様かも、と見当をつけながら彼女を迎え入れた私は、ソファに寝そべり惰眠をむさぼる雌ライオン、生野エルザを「シッシッ、退いた退いた！」と追い払い、空いたソファを彼女に勧めた。

緊張の面持ちで腰を下ろす依頼人。私はさっそくテーブルに三人分の麦茶を並べ、自らも彼女の正面に腰を落ち着ける。

エルザは寝ぼけ眼で、私の隣に座った。髑髏のTシャツに赤いショートパンツ。足許はヒールの高いサンダル履き。実に夏らしい装いの女探偵は、ソファの上で馬鹿みたいに大きな口を開けながら、「ふわぁ～」と力一杯のアクビを披露。そして彼女は、目の前の若い女に「んで、名前は、あんたかい、依頼人が、なんていうんだ」と、一般人には理解しづらい言語を口にした。

エルザ専属の猛獣使いとして通訳するならば、この寝起きの雌ライオンは荒っぽいながらもいちおう人間の言葉で、「それで、あんたが依頼人かい？　名前はなんていうんだ？」と、ありふれた問いを発しただけなのだ。

その旨を私の言葉で伝えると、依頼人はソファの上で居ずまいを正しながら、

「私の名前は柳田美紗と申します。この春から平塚市内の金融機関に勤めております。今日はぜひともお願いしたいことがあって参りました。どうか、どうか姉を、私の姉を助けてください」

と、これ以上ないほど真剣な表情で深々と頭を下げた。エルザではなく私に対して。

気まずい雰囲気に包まれる探偵事務所。

私はひとつ咳払いをしてから、「あの、私の名前は川島美伽。探偵助手です」と自己紹介。それから、あらためて隣に座る髑髏のTシャツ女を指で示した。「探偵は、こちらでして……」

間の抜けた時間が数秒。やっと勘違いに気づいた柳田美紗は、あらためて女探偵生野エルザに対して頭を下げた。「どうか、私の姉を助けてください」

多少傷ついた様子の女探偵は、ソファの上で腕組みしながら長い脚を組んだ。

「助けてって、あんたの姉さん、極道か何かに狙われてんのかい？」

「いいえ、極道ではありません。占い師です」

「へえ、占い師に狙われてんのかい。珍しい状況だな、それ。全然理解できねえ」

「べつに狙われているわけではありません。ただ、姉は操られているんです。悪い占い師に――」

そして柳田美紗は、姉についての簡単な情報を私たちに伝えた。

姉の名前は柳田良美。年齢は二十九歳で独身。二ヶ月前まで市内の総合病院で看護師をしていたが、現在は休職中だという。休職せざるを得ない事情というのが、その占い師なのだろうと、話の流れからおおよその見当はつく。

そこでエルザが、「その占い師ってのは、どこの誰だい？」と尋ねると、依頼人の口からようやく「金剛寺綾華。住まいは平塚市南金目。年齢は不詳。でもけっして若くはありません」という、なかなか真実味溢れる情報が与えられた。

金剛寺綾華。その装飾過多な名前を聞いた途端、探偵は表情を曇らせた。

「そいつなら、あたしも噂は聞いたことがある。一部で有名なカリスマ占い師だ」

「カリスマ占い師!?」私は隣のエルザを向く。「金剛寺って人、そんなに評判なの？」

「まあ、評判っていっても、良い評判と悪い評判があるけどな」

「へえ、良い評判って何？」

「よく当たるんだとよ、彼女の占い」

「そうなんだ。じゃあ、悪い評判ってのは何？」

「詳しくは知らねえが、どうやらそいつ、魔女なんだってさ」

「魔女？」意外な言葉に私は啞然となる。「なにそれ。いま流行の美魔女ってやつ？」

すると、再び依頼人から貴重な情報。「いえ、金剛寺は全然美しくはありません。むしろ正真正銘おとぎ話の魔女みたいな、どぎついメークのオバサンです」

柳田美紗の言葉は悪意に満ちている。本人にその意識はないようだが。

「まあ、いいや」エルザは咄嗟に話を元に戻した。「あんたの姉さんは、その占い師によって操られている。つまり金剛寺綾華の熱烈な信奉者ってわけだ」

「はい。信奉者、あるいは崇拝者と呼ぶべきかもしれません」

「で、その姉さんは、いまはどこでなにを？」

「それが、二ヶ月前に休職した後、姉は実家を出ていってしまったのです」

「つまり、家出ってことかい？　二十九歳で家出っていうのも変だけどよ」

「まあ、家出といえば家出でしょう。でも居場所は想像がつきます。姉は金剛寺の屋敷にいるのです。実際、屋敷の近所の人が、姉だと思われる若い女性の姿を何度も目撃しているそうですから、たぶん間違いないのではないかと」

「なるほどね。でも、拉致されているわけじゃないんだろ。崇拝する占い師の傍に、自分の意思で仕えているんだとしたら、他人には手出しできねえな」

「ええ、だから困っているのです」

柳田美紗は悔しげに握り拳を自らの膝に押し当てた。「でも、果たしてそれが姉の意思だと呼べるでしょうか。姉は占い師に洗脳されたも同然。いまの姉に自由な意思などありません」

「まあ、そういう話はよく聞くけどよ。――どう思う、美伽？」

「いきなり聞かないでよね」戸惑う私は、咄嗟にひとつの疑問を口にした。「柳田良美さんが金剛寺綾華を崇拝するようになった理由はなにかしら？　彼女が占い師に心酔するキッカケになる出来事があったと思うのよね」

「へえ、例えば、どういうキッカケだい？」

「例えば、当たりそうな宝くじ売り場を教えてもらったら、実際に当たったとか。値上がりしそうな株を教えてもらったら、二倍になったとか。あるいは一週間待てっていわれて、一週間待ってみたら、欲しかった洋服が三割引になったとか」

「んー、美伽はそんなんで崇拝するかもしれねえけどよー」

「勘違いしないでね。私だって、この程度のことで他人を崇めたりはしないわ。ただ極端な例を並べただけよ」

ムッとする私を見やりながら、柳田美紗が真剣な顔で口を開いた。

「姉は宝くじも株もやりません。洋服は三割引でも、まだ買わない倹約家です」

あ、そーなんですか、と馬鹿みたいに呟く私。柳田美紗は構わず話を続けた。

「けれど、確かに姉が占い師に心酔するキッカケはあったのでしょう。噂によれば、金剛寺綾華という女は、怪しげで不可思議な占いをおこない、それによって熱烈な信奉者を獲得しているとのこと。姉もその怪しい占いを体験し、それをキッカケに、占い師を崇拝するようになったのかもしれません」

「へえ、怪しげな占いね。なるほど、それで魔女ってわけか」

面白い、とばかりにエルザは口許に微かな笑みを浮かべた。「で、あんた、あたしに何をしてもらいたいんだい。お姉さんを救うにも、いろいろあるぜ」

「はい。もちろん姉を連れ戻すのが、最大の目的です。しかしその前に姉が本当に金剛寺の屋敷にいるのか、もしそこにいるなら、どんな暮らしぶりなのか、それを探っていただけないでしょうか。私はすでに金剛寺に顔を知られているため、姉に会わせてもらえないのです」

不安げな依頼人を前に、エルザは腕組みしながら、いちおう考える素振り。

だが、彼女がこの依頼を断るはずがない。私にはそれが判る。

なぜなら家出人の捜索は、探偵にとっては通常の業務。しかも、当人の居場所はほぼ判明している。難しい仕事ではない。謎の占い師の存在だけがやっかいだが、むしろその点こそが好奇心旺盛(おうせい)な彼女の興味を引きつけるはずなのだ。

するど案の定、「判った」と短く頷き、結局エルザはこの仕事を引き受けた。

「とにかく一度、金剛寺の屋敷に潜入してみようじゃねーか。恋と仕事に悩む乙女のフリすりゃ、入れてもらえるんだろ」

そして探偵は依頼人に対し、柳田良美の写真を一枚、要求したのだった。

2

柳田美紗からの依頼を受けて数日後。時刻は間もなく午後七時。

私とエルザは二人で金剛寺綾華の屋敷を訪れた。それは平塚の中心街から車で二十分ほどいった金目川沿いの古い住宅地にあった。確かに豪邸ではあるが、和洋折衷という感じのスッキリしない二階建て建築だ。私たちは建物に向かい、広々とした庭を進んだ。

「ふーん、これぞ正真正銘、『占いの館』ってわけだ」

冗談を囁くエルザは、胸元の開いた赤いタンクトップにデニムのミニスカート。足許は黒のシューズだ。相変わらず露出度の高い装いは、私立探偵というより、むしろ探偵に追われる真夏の家出娘のよう。実際いまの季節、湘南の海にいけば、このような恰好で男と遊ぶ若い娘は大勢いて、片っ端から撃ち殺したくなるほどだ。もちろん、私の手に銃と実弾があればの話だが。

「判ってるわね、エル。今日はあくまで、恋と仕事に悩む相談者として金剛寺先生の予約をもらっているんだから、そのつもりでいてよ」

友人に忠告する私は、機能性重視のパンツスーツ姿。友人より遥かに探偵っぽい。

やがて私たちは純和風旅館を思わせる大きな玄関に到着。両開きの引き戸を開けて、私が建物の中に呼びかける。

「ごめんくださーい。どなたか、いらっしゃいますかぁ」

やがて廊下の向こうから人の気配があり、ひとりの女が姿を現した。

二十代と思われるうりざね顔の痩せた女だ。色白の肌に黒い髪。身に纏っているのは繊細なレースで飾られた黒い衣装だ。そんな彼女は、上がり口できちんと正座すると、両手を前について丁寧に頭を下げた。

「いらっしゃいませ。ご予約の方でいらっしゃいますか」

「はい。わたくし先日お電話いたしました、川島美伽と申します。今日は金剛寺先生にお目に掛かれるとのお約束をいただき、こうして参りました」

「川島様ですね。伺っております」そして彼女は爆弾を眺めるような不安な視線を、隣の友人へと向けた。「ちなみに、こちらの方は？」

ああ、彼女はですね、と私が口を開くよりも先に、友人は自分の胸元を親指で示しながら「あたし、生野エルザ、よろしく」と彼女一流の挨拶。初対面の相手に、ここまで大胆な自己紹介ができるのは、歌手なら矢沢永吉、探偵なら生野エルザぐらいのものだろう。

「あんたは金剛寺先生のお弟子さんか何かなのかい？」

黒ずくめの女はエルザのペースに呑まれたように、正座したまま自らの名を口にした。

「はい。わたくしは金剛寺先生に仕える者で、御前崎良美と申します」

私は「良美」という名前を口の中で繰り返した。写真で見た柳田良美の活き活きとした表情と目の前の女が浮かべる冷たい表情。印象は正反対だが、顔の造形は同じであることに気付く。横目でエルザを見やると、彼女も小さく頷いたようだった。

御前崎良美を名乗る女は、警戒するような鋭い視線で、私たちを交互に見やりながら、

「申し訳ありませんが、お二人を一度にお通しするわけには参りません。先生は基本、一対一でなければ、占いをなさいません。どちらかおひとりだけにしていただけますか」

「えー、二人一緒でいいじゃんか。料金なら一・五倍払うからさ」

エル、そこは嘘でも「二倍払う」というべきじゃないの？　私は彼女の渋過ぎる金銭感覚に、思わず舌打ち。すると御前崎良美は、ゆっくり首を左右に振った。

「お金の問題ではありません。これが金剛寺先生の普段のやり方ですので」

「そう固いこといわないでさ。取り次ぐだけ取り次いでくれねーかな、金剛寺センセイによ。な、頼むよ、この通りだからさ」

　エルザが両手を合わせて片目を瞑ると、御前崎良美は小さな溜め息を漏らしながら、

「そうですか。では、先生のご意向を伺ってまいりますので、少々お待ちを」

　丁寧に一礼した彼女は、立ち上がって踵を返すと、いったん廊下の向こうに姿を消した。そして数分後、再び私たちの前に現れた彼女は、再び正座して両手をついた。

「先生はお二人と直接、お話しになられたいそうです。どうぞ、お上がりくださいませ」

　私たちはたたきで靴を脱ぎ、金剛寺の屋敷に上がった。長い廊下を歩くと、御前崎良美はとある扉の前で立ち止まった。

「先生、お客様をお連れいたしました」

　扉に向かって彼女が声を掛けると、部屋の中から「お通しして」と女の声が応えた。

　御前崎良美が扉を開けると、そこは和風の玄関とは打って変わった洋風のリビング。その中央に大柄な中年女性が立っていた。御前崎良美とよく似た、黒ずくめのドレスだ。ただし、布地の量は断然こちらが多い。寸胴鍋(ずんどうなべ)のような体形を覆い隠すために、たっぷりとした布が使用されているのだ。夏なのに手首までスッポリ覆う長袖。スカートの裾(すそ)もまた、床の上で引きずるほど長い。細部を彩るレースや刺繍(ししゅう)には、当人のこだわりがあるら

しく、間近で見ると相当に凝った細工を施された衣装だと判る。この装飾過多の彼女こそは、噂のカリスマ占い師に違いない。

「下がってよろしいわよ、御前崎さん」

妙に甲高く芝居がかった口調で、中年女性は命じた。御前崎良美は扉の前で一礼して、リビングを去っていった。残された私とエルザが、装飾過多の中年女性と向き合う形となった。私は目を見開き、両手で口許を覆い、歓喜の表情を装った。

「まあ、金剛寺先生。金剛寺綾華先生でいらっしゃいますね」

目の前の中年女性は、厚化粧を塗りたくった下膨れの顔を私に向けた。

「ええ、いかにもわたくしが金剛寺綾華ですわ。初めまして」

胸に手を当て、優雅に頭を下げる気取った挨拶。まるで舞台上の主演女優のように振舞う占い師に対して、私の野蛮な友人は図々しくも握手の右手を差し出し、「あたし、生野エルザ、よろしく」と再び矢沢風の挨拶をおこなった。

占い師は一瞬、戸惑いの表情を浮かべたものの、カリスマとしての威厳を保つためだろうか、その握手の右手をキッパリ無視した。「ところで、今夜、ここへおいでになったのは、どなたのお悩みで？」

「ええっと、べつにどっちでもいいんだけどよ」

は⁉　と眉を顰めるの金剛寺綾華をよそに、私とエルザは互いに顔を見合わせた。隣同士の短い距離で二人のまなざしが瞬時に交錯する。

私が「どうする？」と目で聞くと、友人は「任せな！」と目で答えた。

話は文字どおり瞬く間に決着し、エルザが片手を挙げた。

「あたしだ。あたしに悩みがある。ぜひとも、先生に占って欲しい」

「あら、あなたが相談者なのですね。意外ですわ」と占い師はやはり芝居がかった口調でいった。「わたくしの目には、そちらの地味な女性のほうが、深いお悩みを抱えていらっしゃるように見えるのですが」

さすが、カリスマ占い師！　私は金剛寺綾華の慧眼に唸った。実際、彼女のいうとおり、やたら強気で冒険好きな女探偵よりも、地味でも安定した暮らしを目指す探偵助手のほうが、抱える悩みは深いのだ。

だが、そのような現実はさておき、占い師は素直にエルザのことを今宵の相談者として認めたようだった。

「よろしいですわ。では、奥の部屋へ参りましょう。見てさしあげますわ。ただし、お悩みのないそちらの方は、どうかお引き取りを。よろしいですね」

えー、悩みあるのにー、と思わず口をついて不満の声が飛び出しそうになる。そんな私にエルザは車のキーを差し出しながら、「それじゃあ、あたし、いってくる。美伽は車に戻ってな」

私はキーを受け取りながら、「うん、判った。気——」

気をつけてね、という言葉をうっかり口にしそうになり、私は慌てて口を噤む。

それで良し、というように、友人は私に素早いウインクを投げると、満面の笑みで占い師のほうを向いた。

「いやあ、それにしても感激だなぁ。あの有名な、こんごーじセンセイに占ってもらえるなんてよ。なんせ最近、恋も仕事も悩みが多くってさあ。——え、なんの仕事かって？　あれ、見て判んない？　あたし、こう見えても女優の卵なんだぜ」

私はエルザを残したまま、ひとりで金剛寺の屋敷を辞去した。

道端に停めたエルザの愛車、古いシトロエンの扉を開け、助手席に乗り込む。

いまごろ私の友人は、あの魔女のような中年女性に、どんな深い悩みを打ち明けているのだろうか。もっとも、なにを打ち明けようが、所詮それは『女優の卵』としての悩みだから、どんな有り難い答えが返ってきたところで、女探偵の参考にはならないのだが。

「ま、そんなことより……」

私はスーツのポケットから一枚の写真を取り出した。室内灯の明かりの下で、そこに写る女の姿を確認する。女は若く潑剌とした笑顔。カメラに向かってお決まりのピースサインを送っている。旅先で撮ったスナップ写真だ。写真の女性は柳田良美。依頼人が捜している家出中の姉だ。

「ただし現在は、御前崎良美さん、か」

私は車の中、スナップ写真を眺めながら、あれやこれやと考えを巡らせる。

そうこうするうちに、一時間が経過。突然、運転席の扉が開き、ネコ科動物特有の俊敏な身のこなしでエルザが運転席に滑り込んできた。「待たせたな、美伽」

「ずいぶん掛かったわね、エル。で、どうよ。恋と仕事の悩みは聞いてもらえた?」

「ああ、存分にな」エルザは運転席で親指を立てる。「『捜している人がいます』っていったら、金剛寺の奴、『必ず見つかるでしょう』だってよ。そりゃ見つかるさ、屋敷の玄関を開けたら、いきなりそいつが出迎えるんだからよ」

「御前崎良美ね」私は柳田良美の写真を運転席に差し出した。

「ああ、間違いねえ。写真と同じ顔だった。ホクロの位置まで同じだ」

正直、ホクロの位置までは気づかなかった。だが、間違いない。やはり柳田良美は金剛寺の屋敷にいたのだ。御前崎良美という洒落た名前をもらいながら。

「彼女、金剛寺と似たような黒い衣装を着ていたわ。魔女の弟子って感じかしら」

「そうだな。御前崎良美っていう名前も、占い師っぽい。ひょっとすると彼女、本気で占い師を目指して、金剛寺綾華に弟子入りしたのかもな」

「じゃあ、家族といえども無理矢理に連れ戻す理由は、なにもないってこと？」

「いや、判らない。実際、御前崎良美――じゃねえ、柳田良美は表情に乏しかった。誰かに操られている雰囲気は感じる。やっぱり、ある種の洗脳状態なのかもな」

「エルは洗脳されなかった？」

「まさか。小部屋で向き合いながら、普通に占ってもらっただけだ。机の上に金色の洗面器みたいなのがあって水が張ってあるんだ。で、その水鏡に映るんだとよ」

「映るって、何が？」

「過去と未来、それと前世なんだと」エルザは小さく鼻を鳴らした。「ま、水晶球や水鏡に何かが見えるって占いは、昔からある定番中の定番だ。べつに珍しくもねえ」

「依頼人がいっていた、例の怪しげな占いは、見せてもらえなかったの？」

「ああ、今日のは通常の占いだな。でも、彼女なかなかいいこといってたぜ。『あなたは将来シモキタの小劇場で、カルト的な人気を博する個性派女優として成功するでしょう』って、んなわけあるか、あのインチキ占い師め！」

「…………」それは相談者がインチキなのであって、必ずしも占い師のせいではない。私はそっと溜め息を吐きながら、「他になにかいってなかった、彼女?」

「ん、そーいや、変なことといってやがったな。『近々、あなたの身の回りに災難が降りかかる恐れがありますから、気をつけるように』とかなんとか」

「災難!?」咄嗟に胸騒ぎを覚え、私は思わず黙り込む。

だが根っから陽気な私の友人は、嫌な空気を吹き払うように「平気へーき!」と笑いながら、車のキーを回しエンジンを掛ける。「あんな奴の占い、当たるわけねーじゃん」

そう決め付けながら、エルザは勢いよくアクセルを踏み込む。古いシトロエンは、「ブヲン!」と力強い轟音(ごうおん)を発してロケットスタート。と思った直後、「プスン!」と切ない音を立て、突然エンジン停止。後はもう、キーを回そうがアクセルを踏もうがハンドルを叩こうが、うんともすんとも反応しない。

こうしてエンジントラブルのシトロエンは、一瞬にして道端のオブジェと化した。

不安な空気が漂う車中にて、私とエルザは互いに強張った顔を見合わせた。

「こ、これが占い師のいってた、災難ってやつかしら?」

「ん、んなわけねーじゃん! こんなの偶然だ、偶然!」

3

故障したシトロエンが修理工場で全治一週間の診断を受けた、その翌朝のこと。

『生野エルザ探偵事務所』を訪れる若い男の姿があった。半袖のワイシャツにノーネクタイのその男はソファに寝そべる探偵の姿を見て、意外そうな声をあげた。

「なんだ、車がないから外出中かと思ったら、いるんじゃないか、名探偵」

突然の来客にエルザは猫のような俊敏さでソファから立ち上がる。これは、客商売と居眠りを両立させるため、彼女が身につけた条件反射だ。だが、客の正体が平塚署の刑事であることを確認すると、「なんだ、宮前かよ」

探偵は落胆の声を漏らして再びソファに寝転んだ。刑事は客になってくれないからだ。

「こら、堂々と二度寝するな。いくらなんでも失礼だろ」

声を荒らげながら、宮前刑事は勧められてもいない椅子に勝手に腰を下ろす。

「それにしても、朝から酷い暑さだな。少し歩いただけで喉がカラカラだ。ん⁉　ところでなんだよ、この事務所。東海道線の弱冷房車だって、もうちょっとエアコン利かせてるぞ。夏の節電期間中か？」

文句を呟きながら、噴き出す汗をハンカチで拭って、待つこと数分。結局、麦茶一杯出てこず、エアコンの設定温度も変化ナシという現実を目の当たりにした宮前刑事は、どうやら自分は歓迎されていない、と悟ったようだ。

「実は、聞きたいことがあってきたんだ」

と彼は諦め顔で用件を切り出した。「もう知っているかもしれないが、昨夜七時半ごろ、平塚の市街地にある雑居ビルの屋上から男が転落し、路上に叩きつけられて即死した。男の名は山科徹、四十歳の独身。職業はルポライターだ」

「ふーん、山科徹ねえ。知ってるか、美伽?」

私は「ううん、初耳」と答えてから、「それよりエル、いい加減に起きれば?」と、いまだ寝転んだ状態の彼女に友人として忠告。

いわれてエルザはソファに横たえた身体を、「よっこらせ」とようやく縦にした。

「なんだ、やればできるじゃないか」

宮前刑事は不満そうな顔で話を続けた。「山科徹の死は最初、事故もしくは自殺だと思われた。だが、死体を調べた結果、死体の後頭部には鈍器で殴られたような打撲傷が見つかった。つまり山科徹は何者かに殴打され、抵抗できなくなった状態で、屋上から突き落とされたらしい」

「へえ、つまり殺人事件ってわけだ」

「そうだ。さらに捜査を続けると、有力な目撃者が現れた。その証言によれば、転落の直後、ビルの非常階段を駆け下りる、怪しい女の姿があったらしい。女は黒い服を着ており、夜だというのに大きなサングラスを掛けていた」

「いかにも怪しいな。その女が山科って奴を屋上から突き落としたってわけか」

「その可能性が高い」

「で、誰か心当たりでもあるのかい、その怪しい女について」

宮前刑事は、あるともないとも明確には答えずに、淡々と話を続けた。

「実は、山科はとある女に関する告発記事を準備していたらしい。その女は一部でよく当たると評判の占い師だが、その手口が胡散臭いこともまた、一部で評判だった。山科はその占い師のあくどい手口を暴露しようとしていたんだな」

刑事の言葉を聞いた途端、エルザの耳が野生動物のようにピクリと動いた。

「その占い師って、あたしたちがよく知ってる女かもしれねえ。なあ、美伽」

「金剛寺綾華ね。だんだん面白くなってきたわ。――ちょっと、待ってて」

俄然興味を持った私は、宮前刑事に冷えた麦茶を一杯振る舞い、エアコンの設定温度を二度下げた。

「………」宮前刑事は、いまさらのように出された麦茶を見詰めながら、「なぜ、君たちは最初から、こういうふうに出来ないんだ?」と残念そうに溜め息を吐いた。「まあいい。確かに山科が標的にしたのは、金剛寺綾華だ。ならば、彼女が山科の口を封じたのでは? という考えが浮かぶのは当然だよな」

「当然っていうより、それしか考えられねえじゃん」

エルザは食って掛かるように捲し立てた。「金剛寺綾華は山科って奴を、偽のメールか何かでビルの屋上に呼び出した。そして隙を見て、相手の背後から殴りかかり、気絶させてから転落死させた。簡単じゃん。これなら占い師のオバサンにだって充分可能だ。間違いねえ。山科を殺したのは金剛寺……」

「待って、エル」私は前のめりになる友人の肩を掴んだ。「よーく考えてみて。昨夜の七時半ごろ、金剛寺綾華がどこでなにをしていたか」

「あん? どこでなにをって、あ、そっか」

エルザはピシャリと額に手を当てた。「あいつ、あたしを占ってたんだっけ!」

「そうだ」と宮前刑事が頷いた。「昨夜七時から八時にかけて、金剛寺綾華は市街地から遠く離れた南金目の自宅で、生野エルザという女優の卵を占っていた。——と、金剛寺本人はそう証言している。じゃあ、占い師の証言に間違いはないんだな? 女優の卵ってところ以外は事実なんだな」

宮前刑事は金剛寺綾華の写真を数枚、テーブルの上に並べながら確認した。

エルザはその写真の占い師を一瞥すると、肩を落としながら頷いた。

「ああ、確かに、間違いねえ。その時間、あたしはこの女と一緒だった」

そしてエルザは昨夜の潜入調査について、大雑把に説明した。柳田美紗からの詳しい依頼内容は伏せたままだ。それでも、宮前刑事は充分満足した様子で頷いた。

「そうか。じゃあ、金剛寺綾華はシロってことになるな」

「ちょっと待って、宮前さん」私は刑事に反論する。「金剛寺にアリバイが成立するからといって、彼女が無実ってことにはならないわ。ひょっとしたら彼女、自分の熱烈な信奉者に山科殺しを命令したのかもしれないじゃない」

「殺人教唆（きょうさ）ってことかい。確かにそういう可能性を指摘する者は、うちの署にもいるがね。しかし、そこまで占い師に心酔する人物が、現実にいるかどうか。それにだ、仮に占い師が『殺せ』と命令したところで、相手が『嫌だ』といったら、その後、いったいどうなるんだ？」

「うーん、確かに気マズイわね。お互い相手の顔を見られなくなっちゃうかも」

「なんだよ、それ」エルザは呆れた声を発した。「初恋の告白じゃねーんだぞ。殺人教唆だぞ」

それもそうね、と私はポリポリと頭を掻く。宮前刑事は真面目な顔で頷いた。

「そう、気マズイどころじゃ済まない話だ。そう考えてみると、赤の他人に人殺しを命じるというのは、いかにもリスキーで困難だ。いくらカリスマ占い師だからといって、そうそう出来ることじゃない。ただし——」

宮前刑事はそこで言葉を区切り、もうひとつ別の可能性を示唆した。

「仮に金剛寺の熱烈な信奉者が、ここにいたとしよう。そいつが自分で勝手に彼女の意思を汲み取り、占い師の邪魔者をこの世から排除したとしたら、どうだ。そういうケースはあり得るし、その場合、金剛寺綾華の罪を問うことはできない。どう思う、君たち?」

「…………」私とエルザは揃って沈黙した。

金剛寺綾華を熱烈に崇拝する人物。その名前が咄嗟に脳裏に浮かんだからだ。

柳田良美。いまは御前崎良美と名乗る、彼女だ。

「おや、君たち、そういう人物に心当たりでも?」

鋭い反応を見せる宮前刑事。だが、そんな彼にエルザは平然と首を振った。

「いんや、全然知らねーな、そんな奴」

4

その日の午後、私とエルザは昨夜の潜入調査の件を報告するために、依頼人柳田美紗とコンタクトを取った。彼女が指定してきたのは、なぜか昼間から営業中の個室居酒屋だった。彼女がそんなに呑み助だとは思えないが、と怪訝に思いながら、私たちは指定された居酒屋『湘南ヤンキース』を訪れた。

柳田美紗は、店の入口で私たちの到着を待っていた。その顔はなぜか緊張気味だ。

「よくきてくださいました。とにかく中へ」

美紗は私たちを急かすように店内へと入っていく。店内の長い廊下を歩く最中にも、エルザは待ちきれないとばかりに、昨日の成果を語りはじめた。

「良い報せを持ってきたんだ。昨日あんたのお姉さんに会ったぜ。あんたが睨んだとおり、お姉さんは間違いなく金剛寺の屋敷にいる――って、ん⁉」

個室に足を踏み入れた瞬間、エルザは拍子抜けしたように肩をすくめた。

「なんだ。もう全然、説明する必要ねーじゃん」

個室には、見覚えのある女の姿があった。私たちに丁寧にお辞儀をする彼女こそは、柳田美紗が捜す姉その人だった。彼女は昨日と打って変わった白い清楚なワンピース姿。してみると、彼女は占い師の弟子、「御前崎良美」ではなく、依頼人の姉「柳田良美」として、ここに存在すると見るべきなのだろう。

エルザは狐に摘まれたように、良美の顔を指差した。

「なんで、あんたがここに？　昨夜は金剛寺の屋敷にいたじゃん」

探偵の問いに、依頼人である柳田美紗が答えた。

「姉は逃げてきたのです。警察の手から」

「警察なら今朝あたしのところにもきたぜ。だからお姉さんに疑いの目が向くのも判る。でも、なんだって急に逃げるって話になったんだ？」

エルザの問いに、ようやく良美本人が重たい口を開いた。

「私、嵌められたんです……あのお方に、金剛寺綾華様に……」

エルザと私は一瞬顔を見合わせる。エルザは良美を居酒屋の椅子に座らせた。

「とにかく、詳しく話してみな。たぶん、あたしはあんたの味方だから」

探偵に促され、良美は淡々とした口調で、ここに至る経緯を語りはじめた。

「昨夜、山科徹という男が殺された事件があったそうですね。それで、今朝は金剛寺の屋敷にも警察の方がやってきました。そこで私、偶然見てしまったんです。刑事さんたちと、あの女が会話する場面を。刑事さんは大きめの飾りボタンをあの女に示しながら、『これはあなたのものですか？』と尋ねていました」

「ふん、現場の遺留品の持ち主を捜してる感じだな。それで、金剛寺はなんと？」

「綾華様は、『これはわたくしの弟子、御前崎良美のものです』とお答えになりました。私は驚いて自分の服を確認しました。確かに、袖のボタンが一個だけ取れています。刑事さんが示したボタンは、まさに私のものだったのです」

「待って」私は横から二人の話に割って入った。「どうも状況が呑み込めないんだけど。刑事さんと金剛寺は、どこで話をしていたの？　良美さんは、その会話をどこから覗いていたの？　まさか同じ部屋にいたわけじゃないわよね」

「もちろんです。刑事さんとあの女は、通常の占いをおこなう小部屋で話をしていました。私がいたのは、隣の部屋です。ただ、壁の一部がマジックミラーになっているため、その部屋からでも隣の様子が窺えるんです。しかも壁は薄く、声は筒抜けです。そういう妙な仕掛けが、あの屋敷には随所にあるのです」

「へえ、面白いじゃん。『占いの館』は、実は『カラクリの館』でもあるってわけだ」

エルザが好奇心に満ちた眸を輝かせる。良美は頷いて、さらに話を続けた。

「刑事さんはなおも綾華様に尋ねました。『昨夜七時半ごろ、御前崎という女性は、どこにいましたか』と。すると彼女は首を振って、『その時刻、御前崎さんがどこにいたか、わたくしは把握していません。なぜなら、わたくしはちょうどその時刻、到底売れそうもない三流女優の悩みを聞いてあげていましたから』と答えました」

「あ、その『売れそうもない三流女優』って、エルのことね」

「畜生、『シモキタで人気のカルト女優』じゃなかったのかよ」エルザは歯軋りしながら怒りの形相を浮かべた。「あいつ、今度会ったら、絶対シメてやる！」

良美は怯えるように目を丸くしながら、なおも話を続けた。

「刑事さんたちは、私に対する疑いを強めた様子でした。そんな彼らに、あの方はこうおっしゃいました。『御前崎さんを疑うのですか？　そんな馬鹿な。彼女は他人を殺めるような人間ではありません。彼女はわたくしにとって最も身近な、家族といっても過言ではない、実の娘のような存在なのですから』と」

「へえ、実の娘のような存在とは、泣かせるじゃんか。でもよ、いかにも愛情溢れる言葉に聞こえるけど、それって庇ってくれてるんじゃねーよな」

「はい。庇うどころか、私を陥れようとする意思をハッキリと感じました。そもそも、私の袖のボタンが犯行現場から見つかるわけがないのです。私は殺人現場がどこなのかさえ、全然知らないのですから」

「つまり、ボタンは真犯人があんたに罪をなすりつけるための、偽の証拠ってわけだ。そして、それを現場に残したのは、おそらく金剛寺綾華」

「そうに違いありません。きっと全部、あの方がおやりになったんです」

「なるほどな。で、占い師の邪悪な意図を察したあんたは、こっそり金剛寺の屋敷を抜け出し、妹さんと連絡を取った。自宅に戻るのは危険なので、この店に身を隠した。そういう経緯なわけだ。よく判った。けどよ」

と、ここでエルザは渋い顔を依頼人の姉に向け、心からの忠告をおこなった。

「あんた、さっきから金剛寺に対して、ちょいちょい敬語になってるぞ。いい加減、目を覚ましなよ。下手すりゃ、あんたは奴のスケープゴートにされちまうんだぜ」

「わ、判っています。でも、なにがなんだか、混乱していて……正直なにをどう考えていいのか……仮にも一度は神のように崇めた相手なのですから……」

「そう、それよ」私は彼女の言葉に敏感に反応した。「良美さんもそうだけど、一部の信奉者が金剛寺のことを、神のように崇拝する理由って、いったい何？　やっぱり彼女がおこなう怪しげな占いっていうのが、鍵なのかしら？」

　すると柳田良美は、無言のままコクリと首を縦に振った。

「じゃあ、良美さんはその占いを実際に体験したのね。それ、どんな占いなの？」

「占いというより、あれは一種の奇跡だと思います」

「奇跡⁉　奇跡っていうと、やっぱりアレかしら。空中浮揚とか、瞬間移動とか、水上歩行とか、二人三脚とか」

「違います。そんなんじゃありません」

馬鹿、二人三脚じゃ運動会じゃん！　隣のエルザが私の耳元で呟く。確かに、二人三脚で神と崇められる人物はいそうもない。では、いったいどんな奇跡なのか。

すると、柳田良美は遠い日の思い出でも語るような口調で、話をはじめた。

「あれはいまから二ヶ月ほど前のことです。私は金剛寺綾華の占いを受けるために、彼女の屋敷を訪れました。私が彼女の屋敷を訪れたのは、それが三度目か四度目、もしくは五度目、いや六度目だったかもしれません……」

「あ、ちょい、待ち」エルザが話の腰にバックブリーカーをお見舞いするように、いきなり彼女の話を遮った。「その話、ひょっとして長いのかい？」

「ええ、まあまあ長いと思いますが」

「じゃあさ」といって、エルザは店員を呼ぶベルを押した。「なんか注文してからにしようぜ。だって、ここ居酒屋じゃん」

柳田良美の話は、実際長く続いた。私たちは湘南の海で獲れた新鮮な魚介類を口に運びながら、真剣に彼女の話に聞き入った。良美の奇跡にまつわる体験談は、彼女が恐怖のあまり失神してしまうところで、一段落した。

「ふーん、なるほど鏡の奇跡って、そういうことか。で、失神したあんたが目覚めてみると――ん⁉」

エルザがふと言葉を止める。耳を済ますと、どこからか響いてくる複数の靴音。その音が徐々に大きくなったかと思うと、いきなり私たちの個室の扉が開かれた。私たちと柳田姉妹はいっせいに立ち上がった。

個室に足を踏み入れてきたのは、宮前刑事だった。その背後には数名の制服巡査の姿も見える。彼らがなんの目的で、この場所に現れたのかは、尋ねなくとも歴然としていた。

「御前崎、いや柳田良美さんですね。お聞きしたいことがあります。どうか、平塚署までご同行を願いたい」

丁寧かつ高圧的な口上を述べた宮前刑事は、同席するエルザの姿に目を留めると、「おや、名探偵、こんなところで出会うとは、奇遇だな」と意外そうな表情を浮かべた。

そんな宮前刑事を前にして、私の乱暴な友人はワナワナと拳を震わせた。

「――てめえ、宮前、余計なことをッ」

猛獣のごとき勢いで、宮前刑事に襲い掛かるエルザ。

そんな彼女を無理矢理羽交い絞めにして、私はなんとかその場を収めたのだった。

柳田良美は宮前刑事とともにパトカーに乗り込むと、私たちの前から去っていった。これから良美は平塚署で取調べを受けるのだ。表向きは参考人だが、実態は容疑者といっていい。彼女が安易な自白などしないことを祈るのみだ。

妹の美紗はショックを隠せない様子だった。おそらくは、彼女に警察の尾行がついていたのだ。結果的に警察を姉のもとに招き寄せる恰好になってしまい、美紗は責任を感じているようだった。私たちは泣きじゃくる美紗をタクシーで彼女の自宅へ送り届けてから、二人で今後の対策を練った。

「金剛寺綾華に例の奇跡ってやつを、もう一度やってみてもらいてえな」

エルザが真顔でそんなことを言い出したのは、二人で平塚の繁華街を歩いている最中だった。彼女の発言の真意は判然としなかったが、その実現はかなり困難なように思われた。私は友人に対して率直な意見を口にした。

「たぶん、金剛寺はこれと狙いを定めた人物に対してだけ、その奇跡を披露するんだと思う。その場合、判断基準となるのは、やっぱり相談者がお金持ちであるか、どうかよね」

「だろうな。倹約家で貯金を持っていそうな柳田良美は、金剛寺のお眼鏡に適ったってわけだ」

「だとすると、『売れそうもない三流女優』は、金剛寺の屋敷に百回通っても、その奇跡を拝ませてもらえないはずよ。その点、どうするつもりなの、エル？」

「…………」エルザは私の率直過ぎる問いに、顔を顰めながら、「あたしが無理だっていうんなら、仕方ねえ。美伽にやってもらうより他はねーじゃんか」

「私⁉　駄目よ、そんなの。だって、私はエルの付き添いとして、事件の夜に一度、金剛寺と顔を合わせているじゃない。警戒されるに決まってるわ」

「なに、大丈夫。美伽が金剛寺と顔を合わせたのは、ほんの短い時間だった。向こうも顔まで憶えちゃいないさ。それに、どっちみち変装していくんだしよ」

「変装？」

「そうさ。だって、美伽が素顔で金剛寺の前に立ったところで、『職にあぶれた貧乏臭い娘』ぐらいにしか見えないだろ」

「誰が『職にあぶれた貧乏臭い娘』なのよ！」

「誰が『売れそうもない三流女優』だって！」

　繁華街でいい歳した女同士が額と額を激しくぶつけ合う。それを薄気味悪そうに眺めながら、大勢の買い物客が通り過ぎる。私たちは歳相応の冷静さを取り戻した。

「とにかく頼む、美伽。金持ち女に化けて、金剛寺の奴をいっぺん騙してくれ。たぶんそれで事件解決の鍵が摑めると思うんだ。な、このとおりだからさ」

エルザはこんなときだけ神か仏のように私を拝み、綺麗に片目を瞑る。

調子のいい友人に、私は思わず溜め息だ。

「もう、仕方ないわねえ。で、なにをどうしろっていうのよ？」

5

翌日、私は友人知人親類縁者ありとあらゆるツテを頼りに借りまくった様々なブランド品、装飾品を身につけ、金剛寺の屋敷へと向かった。すると屋敷に近い路上でエルザの姿を発見。彼女はデニムのショートパンツから覗かせた自慢の脚を見せつけるように、スーパーカブに跨っていた。徹底的に改造が施されたスーパーカブは、これまた彼女の自慢の品だ。彼女は私の姿を見つけるなり、単車から降りて真っ直ぐ親指を立てた。

「完璧じゃん、美伽。これならさすがに『職にあぶれた貧乏臭い娘』には見えねえ」

「そりゃそうでしょーよ。どっから見ても『金の使い方を知らない下品な成金女』だわ。ここへくる途中、いったい何人に後ろ指を差されたことか……」

嘆く私を慰めるように、「なーに、気にすんな」といって、エルザは私の肩をポンと叩いた。「それぐらい馬鹿っぽいほうが、相手も油断するって」

「…………」友人の言葉は、私にとってなんの慰めにもならなかった。

ところで、昨日の柳田良美の話によれば、金剛寺が例の奇跡を披露するのは、通常の占いを数回おこなった後のことらしい。その数回の接触で、金剛寺は相手がいいカモであるか否かを、吟味しているのだ。だが、いまの私たちにそのような時間を掛けている暇はない。そこで、このファッションがものをいう。

強欲な占い師の目には、カモがグッチ背負ってやってきたように映るはず。結果、カモを吟味する時間が大幅に短縮される、という計算だ。

もっとも、その算盤を弾いたのは、けっして算数が得意とはいえない女探偵だ。目論見どおり事が運ぶ保証はない。

私は不安で一杯だ。エルザはそんな私の手を取ると、最後の仕上げとばかり、輝く宝石を私の指に嵌めた。それは目を見張るほどのダイヤの指輪だった。

「なによ、これ。なんかのおまじない？」

不思議がる私に、エルザはニヤリと笑みを向けた。「占い師の餌だ。擬似餌だけどよ」

じゃ、頑張んな！　という友人の有り難い励ましを背中で聞きながら、私は単独、金剛寺の屋敷へと足を踏み入れた。出迎えたのは、お面を被ったように無表情な若い女だ。逃亡した良美の他にも、金剛寺の弟子にあたる人物は何人もいるのだろう。無表情な彼女もそのひとりに違いない。そんな彼女の前で、私は正々堂々と偽名を名乗った。

「私、桐生院詩織と申します。金剛寺先生の大ファンで、ぜひ占っていただきたいと思い、予約もなしにこうして参りました。実は私、明日には自宅のある香港に戻らなければなりません。ご無理をいうようですが、本日中にご相談させていただくわけにはいかないでしょうか」

私は指に嵌めた擬似餌、すなわちイミテーションのダイヤを撫で回した。

数分後、私は屋敷の小部屋に通され、金剛寺綾華と一対一で向き合っていた。エルザがくれた指輪が絶大な効果を発揮したであろうことは、想像に難くない。

私はハラハラしながら、占い師と短い会話をおこなった。インチキ富豪令嬢だとバレないか。あの三流女優生野エルザの友人だと気づかれないか。だが、すべては杞憂だった。金剛寺は私の顔にはいっさい関心を示さず、指のダイヤだけをジッと見詰めていた。

それから金剛寺は、水を張った器を使い、水鏡を覗き込むやり方で、私の結婚運について占った。

彼女の占いによれば、『桐生院詩織は近々、香港の金融界で成功を収めた人物、もしくはその血縁者と結ばれる』のだそうだ。私は桐生院詩織を心底羨ましいと思った。

「ありがとうございます、金剛寺先生。香港に戻りましたら、さっそく金融街をうろついてみますわ。ああ、やっぱりきてよかった」

　さてと、架空の令嬢を占ってもらうのは、もう充分だろう。私は彼女の占いが一段落するのを待って、「ところで聞いた話ですが」と、いよいよ本題を切り出した。

「噂によると先生は、特別な方法を使って、特別な方にだけ、特別な未来を見せるという、特別によく当たる占いを、特別になさっているのだとか」

　どんだけ特別だい！　と自分で自分にツッコミを入れつつ、私は何食わぬ顔で尋ねる。

「本当にそのような占いがあるのでしょうか、先生」

「おや、あなたは、誰からそれを？」

「噂ですわ、噂。そんな特別な占いなど、実際にはありませんわよねえ、先生」

「仮にそのような占いがあったなら、ご興味がおありですか、桐生院さん？」

「え、あるんっすか！」私はマジびっくりの態。

「は⁉」

「あ、いや、あるのですか？　噂になっているような占いが」

必死で取り繕う私に、金剛寺は真っ直ぐ頷いた。「ええ、確かにございます」

「まあ、なんて素敵なんでしょう。だけど、そのような特別な占い、きっと料金も特別なのでしょうねえ」

「いえいえ。桐生院さんでしたら、気にするほどではないかと」

「ああ、でも残念。私は明日、香港に発たねばなりません。先生の占いには興味がありますが、そのような特別な占い、今日お願いして今日やっていただくというわけには、いきませんわよねえ。残念ですが諦めますわ」

私は指輪の右手を頬に当てがっくりと俯く。瞬間、占い師の顔色が変わった。ダイヤの指輪を嵌めたカモが飛び立つのを、指をくわえて見ていられなくなったのだ。

「お、お待ちくださいな、桐生院さん。もし、あなたがお望みならば、特別に占ってさしあげることも可能ですよ。ただし、一時間ほどお待ちいただくことになりますが」

「一時間⁉　たった一時間待てば、その特別な方法で占っていただけるのですね」

「ええ、もちろんですとも」

「ちなみに、その一時間というのは、何のための時間なのですか」

「え、それは、まあ、いろいろと準備が」金剛寺綾華は不自然に言葉を濁す。

私も深く追及せずに、「よろしくお願いします」と素直に頭を下げた。

「ええ、喜んでお引き受けいたしますわ」

深々と頷く占い師は、驚くほどの満面の笑みだ。

どうやら私は金剛寺綾華から、『絶好のカモ』と認められたらしい。


それからきっちり一時間後、私は八畳の和室へと通された。ガランとした部屋で照明は薄暗い。入って左手に床の間がある。飾ってあるのは、花が活けられた花瓶と、山水画の掛け軸。花の種類は胡蝶蘭ではなく鉄砲百合（てっぽうゆり）だった。

「良美さんが話していたのと、ほぼ一緒ね。てことは、床の間の反対側にある両開きの扉の向こうが、『鏡の間』か。――ふふ、こっそり覗いちゃおうかなあ」

邪悪な笑みを覗かせながら、私が左右の扉の片方に手を伸ばそうとすると、「お待たせしました」と、いきなり聞き覚えのある声。私は伸ばした手を慌てて頭にやり、誤魔化すように髪を撫でる。くるりと振り向くと、目の前に巫女を思わせる装束に身を包んだ金剛寺綾華の姿があった。

「まあ、先生、素敵な衣装ですわ。いったい、なにが始まるんですの？」

金剛寺は私の前で正座し、静かに一礼。私もそれに倣（なら）って、彼女に一礼した。

そして、彼女は例の扉を手で示しながら、神妙な顔で口を開いた。

「実は、この扉の向こう側には、八畳程度の板の間があります」

ええ、知ってます、『鏡の間』でしょ。そういいたくなるのを我慢して、私は驚きの声をあげる。「まあ、その部屋に、なにかあるんですか？」

私の問い掛けに、占い師は厳かな声で答えた。

「はい。あちらの部屋は『鏡の間』と呼ばれ、一枚の鏡が祀られています。『鏡の間』に祀られた鏡は、ただの鏡ではありません。それは単に見た目を映すだけの鏡ではないのです。古来、数々の霊能者や呪術師に神器として崇められた鏡には、常識を超える神秘の力が……そもそも鏡というものは女王卑弥呼(ひみこ)の時代から呪術や祭祀に用いられ……」

おそらくは過去に何度も繰り返した、決まりきった講釈なのだろう。真実か否かも、私には興味がない。だが、彼女の口から呪文のように朗々(ろうろう)と語られる言葉を聞くうち、私の理性にわずかに霞がかかるような、そんな気配があった。

「それは、あなたの未来をも映し出す強力な力。お判りですね、桐生院さん」

「はあ、私の、未来を、映し出す、力……」

「そうです。あなたの未来を映す鏡。それを見ることができるのは、わたくしではなく、あなた自身。あなたは自分の未来を覗く勇気がありますか。ありますね、桐生院さん」

「は、はい。どうか、よろしくお願いいたします、金剛寺先生……」

私は霞のかかった頭のまま、自動人形のように頭を下げる。

それから金剛寺は、私の目の前で呪文のような言葉を数十分間、唱え続けた。意味不明な言葉の羅列を聞かされるうちに、私の頭の中の霞はよりいっそう濃くなった。ついには自分が誰なのかさえ怪しくなっていくような、そんな気分さえ私は感じはじめていた。

金剛寺はそんな私の手を取り、強引に立ち上がらせると、両開きの扉の前に誘った。扉の向こう側は、『鏡の間』だ。この扉を開けた瞬間、神秘の鏡が私の未来を映し出すのだ。おお、なんという人知を超えた力。私はかつて経験したことのない興奮を覚えながら、確信する。金剛寺綾華こそは、今世紀最大の占い師、いや霊能力者か、もしくは神に違いない。ああ、香港に帰る前に彼女のもとを訪れたのは、大正解だった！

すると彼女は左右の扉の取っ手に指を掛けると、「いきますよ」と大きな声。それから「えい！」と叫びながら、左右の扉を一気に押し開いた。幅一メートル程度の視界が、私の前に広がった。

「おお！」

私の眼前に待望の『鏡の間』があった。私の感激は最高潮に達した。

私は思わず『鏡の間』に駆け込みたい衝動を覚えた。だが、いつの間にか私の後方左手に回った金剛寺綾華様の両手が、私の軽率な行動を押し留めた。

「入ってはなりません。『鏡の間』は神聖なる神の領域ですよ」

私は恐れおののくように何度も頷くと、その場所から中の様子を覗き込んだ。

『鏡の間』は暗かった。部屋を照らす明かりがないのだ。だが、こちらの八畳間の明かりが差し込むため、部屋の様子はだいたい窺えた。

部屋の中央には四方に結界の張られた空間があり、その真ん中に小さな祭壇があった。その祭壇の上には、縁のない長方形の鏡が、真っ直ぐ立った状態で祀ってある。姿見程度の大きさのなんの変哲もない鏡だ。祭壇も鏡も、私の立つ場所から見て真正面に位置している。

だが、その鏡を目にした瞬間、私は自分の目を疑った。

「――え⁉」

鏡の中には、巫女の装束を着た金剛寺様の姿があった。その背後には、床の間の掛け軸や花瓶に挿された鉄砲百合も見える。だが、私の姿がない。鏡の中からは、この私、桐生院詩織の姿だけが、掻き消えたようになくなっていた。

「な、なんで？　そ、そんな馬鹿な……」

うろたえる私を背後から抱きかかえながら、金剛寺様が尋ねる。

「どうしました、桐生院さん。鏡に何が映っているのですか。何か悪い光景ですか。ハッキリと見たままを、おっしゃってください」

私はあらためて鏡を正面から見据え、そこに映る光景を言葉で伝えた。

「鏡の中には、金剛寺様のお姿が映っています。ですが、私の姿が見えません」

「な、なんですって。おお、それはいけません」金剛寺様は激しい動揺を示し、早口に捲し立てた。「あなたの姿だけが見えない。これは、あなたの未来が消滅することを意味します。すなわち、桐生院さんは――」

「死ぬんですか。死ぬんですね。でも、どうして。私は若くて健康で、快食快便。睡眠時間も充分で、気になる病気は水虫くらい。そんな私がなんで、なんで！」

「人が死ぬ原因は、病気とは限りません。人は様々な理由で、思わぬ死を迎えるもの。あなたの場合、そう例えば、香港へ帰る飛行機が墜落するとか……」

「まあ！」

私は顔を両手で覆い、絶句した。では、私は香港に戻れないのか！

「ん、でも待ってください。先生は先ほど私の結婚運を占ったときに、香港の金融マンと結ばれるはずだといいましたよね。これって矛盾（むじゅん）では？　死んだら結婚できませんよ」

「う！」

金剛寺様は一瞬言葉に詰まり、そしていままで以上の勢いで喋りはじめた。

「も、もちろん、あなたは結婚できますとも。そう、あなたは助かるのです。なぜなら、あなたはこうして、この鏡の占いによって、不幸な未来を前もって知ることができたのですから。もし、あなたが、この占いを受けていなければ、そのときはいったいどうなったことか……」

「ああ、おっしゃるとおりです、先生。すべては先生のお力のおかげですわ。で、私はこれからどうすれば？」

「心配には及びません。悪い占いこそは、人生を改めるための指針。不幸な未来が現実となる前に、いまある現実を正すのです。やり方はあります」

「あ、あるんですか。でも、どのように？」

「こうするのです」

言うが早いか、金剛寺様は装束の胸元に右手を差し入れ、一個の球体を取り出した。透明な輝きを放つそれは、磨きのかかった水晶球だった。大きさは野球のボール程度だ。

その水晶球を右手に握った金剛寺様は、「退きなさい、桐生院さん」と、私を扉の前から追い払うと、いきなり両手を頭上に掲げて、右投げ本格派投手のように大きく振りかぶる構え。呆気に取られる私。すると、巫女姿の占い師は袴に隠れた左足を高々と蹴り上げ、その足を勢い良く前に踏み出しながら、「とをりゃあああぁぁぁ――ッ」

熱血野球漫画のエースのような掛け声を発したかと思うと、占い師はブンと右腕を振り抜く。私は和室の側から顔を覗かせ、水晶球の行方を見守る。すると、彼女の右腕から放たれた水晶球は見事な速球となって、正面にあるストライクゾーンのド真ん中、すなわち長方形の鏡の中心部に命中した。鏡は悲鳴にも似た大音響を発して、祭壇の上から砕け落ちた。壇上から落下した衝撃で、鏡はさらに細かい破片になり、板張りの床の上に大きく散らばった。その直後——

「きゃええええぇぇぇ——ッ」

金剛寺様は人が変わったかのように甲高い奇声を発しながら、『鏡の間』へと飛び込んだ。そして彼女は装束の胸元から、今度は祭祀用の短刀を取り出した。彼女は鬼気迫る表情で、砕けた鏡の破片をさらに細かく打ち砕いていく。彼女の口許からは、お祓いの言葉だろうか、それとも呪文か経文か、なにやら怪しげな言葉が、絶えず流れ続けていた。

恐れをなした私は、和室の側から、彼女の様子を眺めるしかない。

やがて一段落ついたのか、金剛寺様は『鏡の間』から、私を手招きした。

私は開いた扉のこちら側でブルブル震えながら、素朴な疑問を彼女に投げた。

「『鏡の間』は神聖な場所だから、入ってはいけないのでは？」

すると、金剛寺様は打って変わって穏やかな表情を見せながら、「いいえ、悪い未来を映す悪い鏡は砕かれました。もうここは『鏡の間』ではありません」

それもそうか、と私は納得し、『鏡の間』と呼ばれていた部屋に踏み込んだ。

そこは私がいた和室と同じく八畳程度の広さ。ほぼ正方形の板の間で、正面は白い壁だ。入って左も壁。右手にはもうひとつ別の両開きの扉がある。扉の向こうには、また別の部屋があるのだろう。

そんな板の間の中央に檜の祭壇と、そこから落ちて砕けた鏡の残骸(ざんがい)があった。

金剛寺様は、その残骸の中から一個の破片を摘み上げ、それを私に授けた。

「これをお守りとして持ちなさい。きっと悪運は祓われることでしょう」

「あ、ありがとうございます！　この桐生院詩織、先生のご恩は一生忘れませんわ！」

私は歓喜の言葉とともに、与えられた鏡の破片を胸に押し抱いた。

そして私はその当然の対価として、右手に嵌めた時価一千万円相当のダイヤの指輪を、金剛寺様に喜んで差し出したのだった。

6

むしむしする真夏の熱気の中で目が覚めた。背中に感じるのは布団(ふとん)の柔らかさではなく、硬いコンクリートの感触だ。目を開けると、視界一杯に広がる夏空。どうやら私は屋外に寝転んだまま、ひと晩過ごしたらしい。痛飲した挙句の行為だろうか。いずれにしても、香港の財閥令嬢にあるまじきことだ。——はッ、そういえば！

私は慌てて上体を起こした。「いけない。今日は羽田（はねだ）を発つ日だわ。こんなところで寝ている場合じゃ——あれ⁉」

見回すと、そこは鉄柵に囲まれた見晴らしのいい空間。コンクリート製の建物の屋上だった。私は給水塔の作る日陰の中で寝ていたらしい。

そんな私の目の前には、赤いタンクトップにデニムのショートパンツを穿いた、やけに夏らしい恰好の野蛮そうな女。胡坐（あぐら）をかいた彼女は私を向きながら、「よッ」と片手を挙げて、馴れ馴れしく挨拶した。「朝のお目覚めはどうだい、美伽」

その瞬間、私は真の意味で目が覚めた。私の前で明るく微笑むのは生野エルザ。私の凶暴な友人だ。そして私は香港在住の財閥令嬢、桐生院詩織ではなく、平塚在住の探偵助手、川島美伽だ。香港に帰る必要は全然ない。状況を理解した私は、深い落胆と失望を味わった。

「はあ、全部夢だったのね。香港の金融マンと結ばれると思ったのにぃ」

嘆きながら立ち上がろうとする私。その右手が、何かをしっかりと握りしめていることに私は気付く。それはハンカチで包まれた歪（いびつ）な物体。ハンカチを開いてみると、中はガラスの破片だ。指先で摘み上げてみる。それはただのガラスではなく鏡。見覚えのある鏡の破片だった。

「これは金剛寺から渡された鏡。——え、ということは、あれは夢じゃないの!?」

「ああ、夢じゃねえ。美伽は昨日、金剛寺の屋敷にひとりで潜入した。そして、そこで彼女の怪しい占いを体験したんだ。おかげで屋敷から出てきたとき、美伽は魂を抜かれたような顔つきだった。あたしの顔さえ判らないほどにな」

「そっか、全部が全部、夢ってわけじゃないんだ」私はぼんやりした口調で呟く。「あ、だったら、香港の金融マンと結ばれるって話も、あながち夢じゃゃ——」

「いや、それは夢だ」

エルザは私の微かな希望を速攻で打ち砕いた。「ていうか、『香港在住の財閥令嬢、桐生院詩織』っていうのは、あんたが金剛寺を欺くために考え出した架空のキャラだろ。自分で作ったキャラ設定に自分が乗っ取られてどーすんだよ」

それもそうか、と呟きながら、私は鏡の破片を見詰める。それは長方形の鏡の四つある角のひとつらしい。金剛寺は、直角の部分を持つ破片を拾い上げ、それをさも霊的な意味を持つアイテムであるかのように、私に授けたのだ。

だが待てよ。鏡の破片が実在するということは、金剛寺が私の前で見せた鏡の奇跡も、現実におこなわれたということか。いや、そんな馬鹿な。あれこそ夢に違いないはず。

「ねえ聞いて、エル。私、見たの。柳田良美がいってた、奇跡ってやつを」

「ああ、その話なら、もう聞かせてもらったぜ。桐生院詩織ちゃんの口からな」

「あ、そうなんだ」桐生院詩織ちゃんはどんな高慢な態度でエルザと会話したのか。それは想像もつかないが、ともかく説明の手間は省けた。「で、エルはどう思うの？」

「どう思うって、とりあえずダイヤがイミテーションでホント良かったな、と思う」

「ああ、それは私も同感――って、そうじゃなくて！」私は友人にずいと真面目な顔を近づけた。「例の鏡の奇跡について、どう思うかって聞いてるのよ。だって、あり得ないわよねえ、そんな話って」

するとエルザは、「それはどうかな」と呟きながら屋上の鉄柵に歩み寄り、地上を見下ろした。「あり得るかどうか、それを確かめるために、ここにいるんだけどよ」

「そういや、さっきから聞こうと思ってたけど、ここどこ。アパートの屋上？」

私はエルザの隣に歩み寄り、鉄柵の向こうを眺める。離れた場所に、見覚えのある建物が見える。金剛寺の屋敷だ。私は友人の行動を多少なりと理解した。

「判った、張り込みね。あなた、ここでひと晩、金剛寺の屋敷を見張ってたのね」

「まあ、そういうことだ」

「でも、あの屋敷を見張って、なにがどうなるっていうの?」

「さあ、どうなるのかな」エルザははぐらかすように微笑むばかりだった。「とりあえず、夜の間は何もなかった。動きがあるとすれば、午前八時半あたりだろう。美伽、なにか動きがあったら起こしてくれ。あたしは少し寝るからよ」

頼んだぜ、と一方的にいって、エルザは給水塔の陰で横になる。彼女の寝息が響きはじめるのに、一分と掛からなかった。私は黙って寝かせてやることにする。昨夜は私が戦力外だったから、おそらく彼女は一睡もしていないのだ。


それから約一時間。私は友人に成り代わって、金剛寺の屋敷を見張り続けた。

動きがあったのは、まさしく午前八時半が近づいたころ。屋敷の門がいきなり開き、中からひとりの女が現れた。エルザが予告したとおりの展開だ。私は屋上から注意深く女の姿を見守る一方で、精一杯右足を伸ばして、寝ている雌ライオンのお腹を爪先で蹴った。

「起きなさい、エル。誰か出てきたわよ」

門を出た女は道路を歩きはじめる。女は黒いTシャツに豹柄のスパッツ。顔が隠れるようなサングラスを掛け、手には大きな赤い袋を提げている。

女はしばらく歩いた後、一本の電信柱の脇でその赤い袋を地面に下ろした。

「今日は燃えないゴミの日だ」寝起きのエルザが私の背後で呟いた。

「なんだ。じゃあ、ただゴミを捨てただけなのね」

「いや違う。ただのゴミ出しなら、占い師様がご自分でおやりにならないだろ」

「嘘!? あのサングラスの女って、金剛寺綾華なの!?」

「たぶんな。顔は判らねえけど、豹柄のスパッツにオバサン特有のセンスを感じる」

それは偏見ではあるまいか、と私は疑念を抱く。「で、これからどうするの?」

だが、私の問いに答えることなく、エルザは自ら行動に移った。ビルの屋上から外付けの非常階段を駆け下りる。もちろん私も彼女に続いた。瞬く間に、地上に降り立つ私とエルザ。ビルの陰から道路に視線を向けると、ゴミ出しを終えた金剛寺は、手ぶらで屋敷に戻るところだ。

彼女の姿が門の中に消えるのを待って、エルザはビルの陰から飛び出した。目指すのは電信柱の脇に捨てられた大きな袋だ。

獲物を狙う獅子のごとく道路を駆けるエルザ。その背後に続く私。

そんな二人をあざ笑うように、特徴的なフォルムの大型車両が私たちの真横を悠々と追い越していく。その瞬間、エルザが焦りの声をあげた。

「やべえ、ゴミ収集車だ。もう、きやがった!」

普段は九時や十時にならないと持っていってくれないくせに、なんでこんなときだけ八時半ピッタリにくるのだろうか、と細かい日常の不満が私の胸にも湧き上がる。

だが、そんな私たちの気持ちを知る由もなく、ゴミ収集車は電信柱の脇にピタリと停車。降り立った作業服のおじさんが、積まれたゴミを機械的な動作で収集車に投げ入れていく。そのおじさんの手が透明な赤いビニール袋を掴もうとした、ちょうどそのとき！

横から伸びるエルザの右手が、一瞬早く赤い袋を奪い去った。彼女は赤い袋を両手で抱きかかえると、獲物は誰にも渡さないとばかりに、「うー、わん！」と、おじさんに向かって吠えた。

「…………」あんたは犬か、と呆れる私。

一方、袋を奪われたおじさんは、「なんだ君は。ゴミ置き場に捨てられたゴミの占有権は平塚市のもの……」と建前論を口にしかけたが、エルザの殺気立った視線を感じると、

「まあ、いいや。そんなに欲しいなら持っていきな、おねえちゃん」と怖気づいたように袋を譲った。

「ありがとよ、おじさん、今度デートしよーぜ」

どこまで本気か判らない感謝の言葉を口にしながら、エルザは投げキッスでゴミ収集車を見送った。

そして彼女は戦利品の赤い袋を胸に抱えながら、誇らしげな笑みを浮かべた。

「よーし、これでいい。さあ、事務所に戻ろうぜ、美伽」

私とエルザは改造スーパーカブに二ケツしながら、事務所への道を急いだ。

だが走り出して間もなく、ハンドルを握るエルザが舌打ちしながら、後部シート（正確には荷台）で赤い袋を抱える私にいった。「おい、美伽、後ろを見てみろよ」

いわれるままに私は後方を見やる。すると私の視界に、猛スピードでこちらに迫ってくる、一台の中型バイクが飛び込んできた。運転手の顔はフルフェイスのヘルメットで覆われている。だが、大きく股を開いてシートに跨るその両脚は、見紛うことなき豹柄のスパッツ。どう見ても金剛寺綾華だ。

「なんで!?　なんで彼女が私たちを追ってくるの――あ、この袋ね！」

「そうだ。つまり、袋の中に決定的に重要ななにかがあるってことの証明だ。美伽、その袋、死んでも離すんじゃねーぞ。よーし、ぶっちぎってやる！」

「無茶しないで、エル」必死で叫ぶ私を無視するように、エルザはアクセルを勢い良く吹かし、金剛寺の追跡を振り切りに掛かる。ブヲン！　と改造スーパーカブは猛烈な唸りをあげながら、法定速度四十キロの道をなんと時速三十五キロで突っ走った。「――遅ッ！」

だが、無理もない。スーパーカブは確かに名車だが、なにしろいまは二人乗り。しかも大きな荷物まで抱えているのだ。どう頑張っても速度的には、これが限界だった。ちなみに改造スーパーカブの改造ポイントは、主に電飾などのデコラティブな飾り付けで、けっして性能的に通常のスーパーカブを上回るものではない（むしろ重量が増した分、遅くなっているのだ）。

そういった状況なので金剛寺のバイクは、瞬く間に私たちの背後に追いついた。ならばとばかりに、エルザは運転技術でそれに対抗しようとする。狭い路地にスーパーカブを進入させたエルザは、細かいコーナリングで相手を翻弄。一方、金剛寺の中型バイクは、カーブの度にぎこちない動き。両者の距離は、近づきそうでなかなか近づかない。金剛寺のハンドル捌きにも、焦りの色が窺える。

だが、直線の道路に出れば、両者の立場は再び逆転。法定速度を超えそうで超えられないスーパーカブに、金剛寺のバイクが襲い掛かる。両者の距離はたちまち接近し、やがて二台のバイクは完全に併走する恰好になった。

「逃げられないわよ、あなたたち。その袋を返しなさい！」

ヘルメット越しに、金剛寺の鬼気迫る声が聞こえる。もちろん、エルザは聞く耳を持たない。すると金剛寺は無謀にも中型バイクの車体を無理矢理、スーパーカブへと寄せてきた。バイク同士が接触寸前だ。

「こら、なに考えてんのよ、オバサン。危ないじゃないよ、馬鹿ぁ！」大声で叫ぶ一方で、私は赤いタンクトップの背中を叩く。「エル、もっとスピード出して！」

「よーし、こうなりゃフルスロットルだ。しっかり摑まってろよ、美伽！」

エルザが気合を込めて、アクセルを全開にする。

「とりゃあああァァァ――ッ」

「うをりゃあああァァァ――ッ」

ライダー同士の意地の張り合いとともに、二台のバイクは一気に加速する。

と、次の瞬間、「――パン！」と耳をつんざく破裂音。途端に全速力のスーパーカブは急ブレーキを踏んだかのようにガクンとスローダウン。私は前のめりになりながら、なんとかエルザの背中にしがみつく。抱えた袋が私のお腹とエルザの背中に挟まれて、ギシッと嫌な音を立てた。

だが、むしろ驚いたのは、金剛寺のほうだろう。

アッという間に目標物を追い越してしまった彼女は、慌てて急ブレーキ。だが、これが彼女の命とりだった。バランスを崩した中型バイクは、セクシィなダンスを踊るように、大きく尻を振りながら激しく蛇行（だこう）。ついにはガードレールに車体が接触。金剛寺の身体はシートから投げ出された。アスファルトに叩きつけられる豹柄スパッツの女。その口から、「ぎゃん！」という哀れな叫び声が漏れる。

そんな彼女の横を、私たちのスーパーカブは歩く速度で悠々と通り過ぎていった。

私は後ろを振り返り、敵の様子を窺う。金剛寺綾華は自力でフルフェイスのヘルメットを脱ぎ、よたよたと立ち上がったものの、結局また力尽きたように膝から路上に崩れ落ちていった。


壊れたスーパーカブが修理工場で全治三日の診断を受けた、その直後のこと。

私とエルザは、なんとか徒歩で探偵事務所への帰還を果たした。事務所に戻るや否や、エルザはテーブルの上に新聞紙を広げはじめた。それがなにを意味するものか判らない私は、彼女の行動を黙って見守るしかない。

やがて準備万端整えたエルザは、私から赤いビニール袋を受け取り、縛られた口を解いた。袋の中身は、またビニール袋だった。その袋の縛られた口を解くと、中身はまたまたまたビニール袋だった。その袋の縛られた口を解くと、中身はまたまたまたビニール袋で、その口を解くと、またまたまたまたビニール袋で、「――ああッ、もう！　らっきょう、剥いてんじゃねーんだ、ちきしょーめ！」

最終的に癇癪（かんしゃく）を起こしたエルザは、手近にあったハサミで袋をズタズタに切り裂き、その中身を全部テーブルにぶちまけた。袋の中から現れ出たもの。それは割れた鏡だった。大きなものは手のひら程度、小さなものだと小指の先ぐらい。大小さまざまな形の鏡の破片が、新聞紙の上に広がった。それを確認して、私は無感動に呟いた。

「まあ、そうでしょうね」

重さや感触などから、袋の中身はおおよそ見当がついていた。それに私はこの割れた鏡を、すでに昨日の段階で見ている。だから正直、私の中に特別な驚きは湧いてこない。

「この鏡が、どうかしたっていうの？」

私は鏡の破片を一個摘み上げ、明かりにかざして眺める。昨日、私に奇跡を見せた鏡の残骸。だが、あらためて眺めてみても、鏡自体に特別な点は窺えない。だが、そんな私の心の内を見透かすように、エルザは私を挑発した。

「普通の鏡に見えるってかい。いや、果たしてそうかな？」

「そうかなって、そうでしょ？」

「いや、判んねーぜ。まあ、とにかくやるだけやってみるさ」

友人の意味深な言葉に、私は眉を顰めた。「今度は何をやらかす気？」

エルザは鏡の破片を指先で摘みながら、ニヤリと笑みを浮かべた。

「とある名探偵のひそみに倣うのさ。美伽、ソーンダイク博士って知ってるか」

全然知らない、と私は答える。エルザは探偵事務所の扉を指差していった。

「じゃあ、今日のところは帰ってくれねーか。明日いいもの見せてやるからよ」

7

翌朝、私は期待に胸を膨らませながら、『生野エルザ探偵事務所』に向かった。事務所のある『海猫ビルヂング』に着いてみると、建物の入口に見慣れた男の姿が見える。宮前刑事だ。今日はいったい誰を捕まえにきたのだろうか。警戒しながら聞いてみると、彼はムッとした表情で、「べつに、ただ名探偵に呼ばれてきただけだ」と答えた。

昨日の私たちの暴走行為を咎めにきたわけではないと知り、私はホッと胸を撫で下ろす。だが、そんな私の隙を衝くように、彼の口から鋭い質問が放たれた。

「ところで、金剛寺綾華がバイクで事故って右脚を折ったそうだ。目撃者の話によると、彼女はド派手なスーパーカブに乗った二人組の女を、自分のバイクで追いかけ回していたそうなんだが、心当たりは？」

「ド派手なスーパーカブに乗った二人組のイケてる女⁉　ううん、全然知らない」

「そうか」宮前刑事はすべてを察したように頷いた。「じゃあ、別人か……」

「そういうことね」

私と宮前刑事は揃って階段を上がり、探偵事務所に足を踏み入れた。

そこには、もうひとりの客人の姿があった。今回の事件の依頼人、柳田美紗だ。彼女も朝からエルザに呼び出されたらしい。だが探偵が依頼人を事務所に呼びつけるのは、珍しいことだ。エルザはいったいどういうつもりなのか。

そう思って探偵の姿を捜してみると、エルザはソファに疲れきった様子で座り込んでいた。彼女の目の前のテーブルには、なぜか白い布が掛けてある。

思わず顔を見合わせる私と宮前刑事。すると、ようやく私たちの存在に気づいたのか、エルザがソファから立ち上がった。彼女は私と宮前刑事、そして柳田美紗の顔を眺めながら、「どうやら、これで全員揃ったな」と力なく笑った。

「おい、君」と宮前刑事が探偵に詰め寄る。「急に呼び出して、なにをする気だ。そのテーブルの上に布で隠してる物はいったい――い、いや、その前に君、なんだ、その目の下の隈(くま)は！　デーゲームのプロ野球選手みたいになってるぞ！」

「す、すまん、昨日今日と寝不足でな」

エルザは、「顔洗ってくる」といって一度洗面所に引っ込み、それから少しはマシな顔になって、再び私たちの前に現れた。「待たせたな。宮前はそこに立って、黙ってあたしたちの話を聞いてな。あたしは依頼人と話をするからよ」

じゃあ、なんで呼んだんだよ、と不満を呟きながら、宮前刑事は壁際に下がる。

代わって、柳田美紗が一歩前に出る。探偵は依頼人へと顔を向けた。

「実は一昨日の午後、探偵助手の川島美伽が金剛寺綾華と面会したんだ。金持ちの客に化けてな。彼女はそこで、お姉さんがいっていた例の鏡の奇跡を目撃したんだ」

エルザは桐生院詩織、つまり私から聞いた話を、大まかに依頼人に伝えた。

「――てなわけで、その奇跡を映した鏡の残骸が、いまここにあるってわけだ」

エルザは布で覆われたテーブルを指で示した。

すると、たちまち「ちょっと待て」と宮前刑事から疑問の声があがった。「鏡の残骸は金剛寺の屋敷にあるはずだろ。なんでそれが、君の手にあるんだ？」

「えっと、いや、それには細かい事情があってな」

「そうか。まあ、詳しくは詮索しないが、ひとつだけ聞かせてくれ」そういって宮前刑事は率直な質問を投げた。「君、最近ド派手なスーパーカブに二人乗りして、金剛寺と追いかけっこした記憶はないか？」

「ド派手なスーパーカブに二人乗りで金剛寺と追いかけっこ？　いいや、全然知らねえ」

「そうか」宮前刑事は諦め顔で首を振った。「じゃあ、やっぱり別人か……」

「そういうことだな」エルザは都合の悪い話題を避け、話を元に戻した。「で、その奇跡なんだが、どうも鏡に秘密があるんじゃねえかと、そう思ってよ。割れた鏡をよくよく調べてみた。結論からいうと、やっぱりあったんだ。鏡そのものに妙な秘密がよ」

そう断言するエルザに、私はすぐさま反論の声をあげた。

「嘘でしょ。あの鏡に秘密なんかないわ。だって私、この目で見たのよ。あれはどう見ても、普通の鏡だった。タネも仕掛けもなかったと思う」

「まあ、美伽の目には確かにそう見えたんだろう。そして柳田良美さんの目にも。だが実際、あの鏡には凄くヘンテコリンなところがあったんだよ」

「ヘンテコリン？」

最近使わない言葉ね、と私は思う。だが、エルザは全然気にしない様子で、

「ま、百聞は一見にしかずだ。まあ、見てみなって」

探偵はテーブルに歩み寄り、そこに被せられた布の端を指で摘んだ。一同が固唾を呑んで見守る中、彼女はその布を一気に取り去った。隠れていたテーブルが露になる。そこには広げた新聞紙があり、その上に一枚の鏡があった。

正確にいうと、それは割れた鏡の破片のひとつひとつをパズルみたいに嵌め合わせて、

一枚の鏡に復元したものだ。だが、その復元された鏡をひと目見た瞬間、エルザを除く三人の口から、異口同音に驚きと戸惑いの言葉が漏れた。

「なに、これ?」「こんな、鏡って?」「初めて見たぞ!」

私たちが唖然と見詰めるテーブルの上。確かにヘンテコリンな鏡があった。

それは台形の鏡だった。


鏡の奇妙な形状にも驚いたが、私が個人的に驚いたのは、その鏡のパズルの完成度だ。鏡の破片は、小指の先ほどの小さなピースに至るまで、完璧に嵌め合わされていた。おかげで鏡は、割れる前の形状をほぼ回復している。復元率は九十九パーセントだ。

「凄い。これ、エルがひとりでやったの? でも、ここまでする必要ある? だいたいの形が判れば、それで充分だったんじゃないかしら」

「確かに美伽のいうとおりだが、そこがパズルの恐ろしいところ。全部のピースが収まるところに収まるまで、やめられないんだな。おかげで昨夜は徹夜になっちまった」

生野エルザ、意外と凝り性な奴。だが、目の下に隈を作ってまでやることか、と私は正直そう思った。

「それにしても、いったいどういうこと? 台形をした鏡なんて、私、初めて見たけど」

「初めてじゃねえさ。一昨日にも、美伽はこの鏡を見ている。『鏡の間』でな」

「あの祭壇に飾られた鏡ね。でも、あれは長方形の鏡だったはずよ」

「そう思ったのは、美伽の目の錯覚。あるいは先入観の成せる業だ。まあ、無理もない。鏡の形なんて大抵の場合、長方形か、もしくは丸い形と相場が決まってる。楕円形や正方形の鏡もたまにはあるけど、台形の鏡ってもんは、まずあり得ない。だから、美伽は祭壇に飾られた鏡を見たとき、『長方形の鏡が、自分と真っ直ぐ向き合うように置かれている』と思い込んだんだ。でもよ、美伽、あんただって、その鏡の形を間近で確かめたわけじゃねーよな」

「た、確かに、私は隣の部屋から眺めていただけ。え、それじゃあ……」

「そう、長方形の鏡が真正面を向いているように見えたのは、目の錯覚。実際は『台形の鏡が、美伽に対して斜め横を向くように置かれていた』ってわけだ」

「斜め横を向いた台形の鏡が、私の目線からは長方形に見えたってこと？」

「そうだ。逆に考えれば、判りやすい。長方形の鏡を斜め横に向けて置いた場合、それは美伽の目線からは、絶対に長方形には見えないだろ。鏡の手前の辺が長く見えて、奥の辺が短く見えるから、全体的には台形をした鏡に見えてしまうはずだ。それだとマズいから、逆に鏡のほうを台形にしたってわけだ」

「はあ、鏡が斜め横を向いていたってのは、なんとなく判る。——てことは！」

私はようやく事の重大性を理解した。「てことは、私の姿が鏡に映らないのは、当然じゃない！　だって、鏡は私のほうを向いていないんだから！」

「そう。美伽の姿が鏡の中から消えていたのは、それだけのことだったのさ」

「ん!?　でも待って。それってやっぱり変じゃないかしら。鏡が斜め横を向いていたのなら、私の姿が鏡に映らないのは当たり前よね。だけど、それなら私と一緒にいた金剛寺の姿も、その鏡には映らないいんじゃないかしら」

「当然そうなるよな」エルザは意味深な笑みを浮かべた。

「でも、金剛寺は……彼女の姿だけは、ちゃんと鏡に映っていたわよ」

「さて、そこが考えどころだ。美伽は金剛寺の姿が、鏡に映っていたっていうけどよ。その鏡の中の金剛寺って、本当にあの金剛寺綾華だったのかな？」

「どういうこと？」

「簡単な理屈だ。斜め横を向いた鏡に、美伽の姿は絶対に映らない。だったら当然、金剛寺の姿も映っていたはずはない。もし映っているように見えたとしたなら、それは金剛寺じゃない。金剛寺によく似た別人ってことになる」

「え、それって要するに、金剛寺には影武者がいたってこと？」

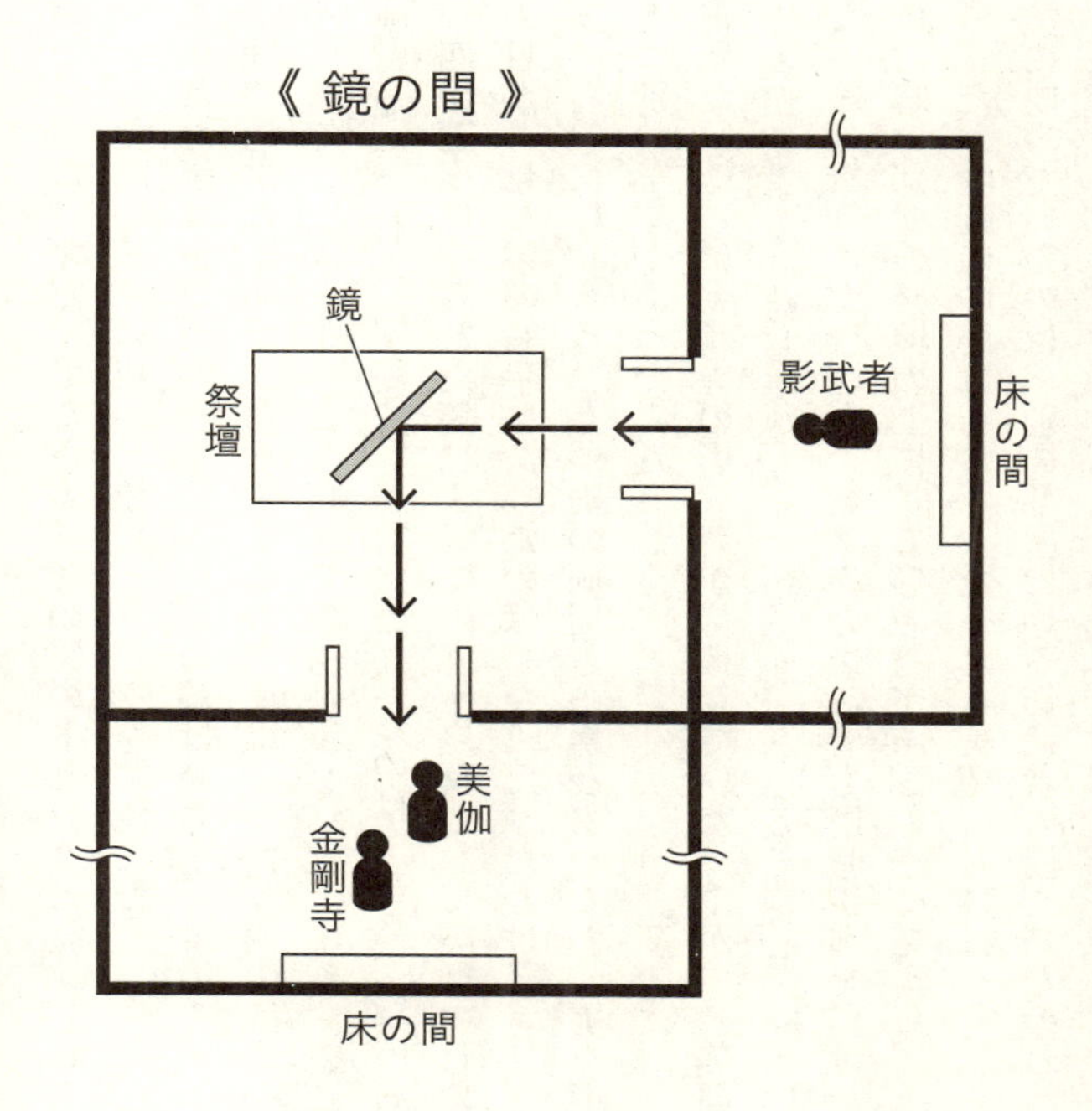
《 鏡の間 》
鏡
祭壇
影武者
床の間
美伽
金剛寺
床の間

「ああ、間違いなくいたはずだ。でなきゃ、この鏡のトリックは完成しねえ」

そして、エルザは金剛寺綾華の用いた鏡のトリックを解説した。

「祭壇の上に置かれた鏡は台形だった。そしてその鏡は隣の部屋にいる美伽から見て、斜め横を向いた恰好で置かれていた。おそらくその角度はぴったり四十五度で、美伽から見て右方向に傾けられていたはずだ。この状態で美伽が鏡を見たとする。鏡には美伽の姿も金剛寺の姿も映らない。右方向に傾けられた鏡に映るのは、当然、鏡の右側にある景色だ。その景色が四十五度傾けられた鏡によって、九十度反射して美伽の目に届く。さて、あのとき美伽の目から見て鏡の右手には、もうひとつ別の両開きの扉があったわ。扉を開けた向こう側には、もうひとつ別の部屋があったんだと思う」

「私から見て鏡の右手にあったのは、なんだったっけ？」

「そう、その部屋だ。そこに金剛寺の影武者が待機していた。やがて、美伽たちのいる部屋で金剛寺の儀式が始まる。そして彼女が『鏡の間』の扉を開ける。『えい！』と掛け声をあげながらな。その掛け声が合図だ。金剛寺の影武者も同時に扉を開ける。何も知らない美伽の目には、暗い部屋の祭壇の上に長方形の鏡があるように見える。その鏡の中には美伽の姿はない。だが金剛寺の姿はある。少なくとも美伽の目にはそう見えたはずだ」

「実際には、鏡に映っていたのは、別の部屋にいる影武者の姿だったのね」

「そうだ。しかし、開いた扉が目隠し代わりになるため、影武者の姿は美伽の視界には映らない。美伽は驚き不安になる。自分の姿だけが鏡の中から掻き消えているように見えるからだ。その不安を増幅させるように、金剛寺が適当な嘘を美伽の耳に吹き込む。美伽はさらに不安になる。そこで金剛寺は装束の中から、水晶球を取り出し、鏡に向かって投げつける。悪い未来を映し出した悪い鏡を打ち砕くために？　いや違う、そうじゃない。彼女はただ、その鏡が台形をしているという決定的な事実を隠すため、その鏡を早いうちに割ってしまう必要があったんだ」

「あれはお祓いの儀式じゃなくて、証拠隠滅の行為だったのね」

「そうだ。そうやって鏡が割れてしまえば、もう影武者の役目は終わりだ。影武者は扉を閉めて気配を消す。金剛寺はひとりで『鏡の間』に飛び込んでいき、割れた鏡をさらに細かく砕く。これで台形の鏡は跡形もなくなった。そこで金剛寺は美伽を間近に呼び寄せて、それがなんの変哲もない鏡であることを示す。そして、金剛寺はあらかじめ隠し持っていた鏡の破片を示しながら、『お守りに』などといって、それを美伽に授けた」

「え、じゃあ、あの破片は、鏡の残骸の中から拾い上げたものじゃなかったの？」

「当然だ。美伽が受け取った破片には、直角の部分があっただろ。美伽はそれを、長方形の鏡の角だと思い込んだ。だが、いまとなっては、それはあり得ねえ。だって割れたのは台形の鏡なんだ。直角を持つ破片なんか、あるわけねーじゃん。あれは、鏡が長方形だったことをアピールするために、金剛寺が前もって用意した、偽物の破片だったのさ」

「そっか。じゃあ、私は偽物の破片と引き換えに、偽物のダイヤモンドを手渡したってわけね」

「そう。お互いに相手を騙し合っていたってわけだな」

こうして女探偵は金剛寺綾華の演出した奇跡の裏側を、ひと通り暴いた。だが、まだいくつか判らない部分がある。私はそのことを彼女に尋ねた。

「金剛寺の影武者が鏡に映っていたとき、その背後には、山水画や花瓶や花が映りこんでいたわよ。あれはどうなっていたの？」

「もちろん、山水画も花瓶も花も、影武者のいた部屋に、実際にあったのさ。つまり影武者が金剛寺とそっくりであるのと同様に、その部屋自体が美伽たちのいる和室とそっくりに造られていたってわけだ」

「なるほどね。でも待って。山水画や花瓶や花は動きがないから問題ないけど、金剛寺とその影武者は動くのよ。二人は互いの動きをピッタリ合わせなくてはいけないわよね」

「ああ。鏡の中の人間と外の人間がバラバラに動いてたら、怪しまれるもんな」

「でも、二人がまったく同じ動きをするなんて無理でしょ」

「まあ、所詮は別の人間だ。似た動きはできても、完全に同じにはならねーよな」

「だったら、動きの違いでバレるんじゃないの？」

「いや、そうはならない」エルザはキッパリと断言した。「だって、二人の動きに違いがあるって、誰が判断するんだよ。美伽か？　いや、それは無理だ。だって、美伽が鏡の中の影武者を見てるとき、美伽は本物の金剛寺を見ることはできない。本物は美伽の後ろにいるからだ。逆に、美伽が本物のほうを向いているとき、美伽は鏡の中の影武者を見ることはできない。てことは結局、美伽にだって二人の動きを並べて比べることは不可能ってことになるだろ」

「ああ、そうか。そういえば、金剛寺はずっと私の後ろに立っていたわね」

金剛寺綾華はそこまで計算した上で、自分の立つ位置を決めていたのだ。占い師の企みの深さに、私は薄ら寒い思いがした。彼女は占い師としてはインチキだが、詐欺師（さぎし）としての腕前は超一流だったのかもしれない。

黙り込む私の背後で、「俺からも質問していいか」と宮前刑事が手を挙げた。

「君は、さっきから影武者影武者と、やけに簡単にいっているが、自分のそっくりさんはこの世に三人だけ、というのが世間の通説だ。金剛寺綾華に双子の姉や妹がいたという記録もない。彼女はよく、その影武者を用意できたな」

「なに、影武者ったって、完璧な瓜二つである必要はねえんだよ。だって、金剛寺はあのとおりの厚化粧だ。だいたいの目鼻立ちが似ていれば、それでOK。金剛寺は影武者に似せてメークする。影武者は金剛寺に似せてメークする。もともと似てる二人なら、出来上がりはそっくりになるはずだ。体形の違いはだぶだぶの衣装で誤魔化せる。その程度のそっくりさんなら、この平塚市内でも何人かは見つけられるだろ。金剛寺綾華って、顔は平凡なオバサン顔だしよ」

「なるほど。じゃあそのそっくりさんは、普段は金剛寺と似てないメークをして彼女の傍で暮らしていた可能性が高いな。つまり屋敷に同居する弟子の中の誰かってことか……ふむ、判った。それじゃあ、最後にひとつ聞かせてくれ」

そういって、宮前刑事はこの日いちばん真剣な表情をエルザに向けた。

「君が金剛寺の屋敷を初めて訪れた夜、君を一対一で占った中年女は、本物の金剛寺綾華だったのか。それとも金剛寺によく似た影武者のほうだったのか。いったい、どっちだったんだ？」

「さあて、どっちだったんだろーな」

エルザはとぼけるように首を振った。「あたし自身は彼女のことを本物の金剛寺だと信じていたぜ、ついこの間まではな。でも、いまとなっては、正直自信がねーんだ。ひょっとすると、あれは……。なあ、美伽、どう思う？」

「そういや、あれは影武者のほうだったかもね。もしそうだとしたら、どうなるの？」

「おいおい、どうなるの、じゃないぞ。話は全然違ってくるじゃないか」

　宮前刑事は興奮に満ちた声をあげ、考え込むように顎に手を当てた。

「そうか、やっと判ったぞ。あの夜、君たちの前に姿を見せた中年女は、たぶん占い師の恰好をした影武者のほうだ。そして同じころ、本物の金剛寺綾華は平塚の市街地に出向き、自らの手で山科徹をビルの屋上から転落させ殺害した。金剛寺に影武者がいたという前提に立てば、彼女の犯行は充分可能だ。これで彼女のアリバイは崩れる。畜生、こうしちゃいられない」

　宮前刑事は事務所の玄関に駆け寄ると、扉を勢いよく開け放つ。そして顔だけをエルザに向け、一方的に別れの挨拶を告げた。「ありがとよ、名探偵」

「いっとくけど、貸しだからな、宮前」

「判った。じゃあ、二人乗りでの暴走行為には、目を瞑っておいてやるよ」

　軽く手を振ると、宮前刑事は事務所を飛び出していった。おそらく彼はこれから、金剛寺綾華の影武者を捜し回るのだ。それが見つかれば、エルザの推理が証明され、金剛寺のアリバイは意味を持たなくなる。警察はあらためて金剛寺に疑惑の目を向けるだろう。そしてそのとき、右脚を折ったカリスマ占い師は、病院のベッドから一歩も逃げることはできないのだ。どうやら事件の歯車は解決へと向けて、滑らかに回転を始めたらしい。

「ありがとうございました。これで姉の無実も明らかになることと思います」

深々と頭を下げて、柳田美紗は感謝の言葉を口にする。

エルザは照れくさそうな笑顔で頭を掻いた。

「なーに、たまたまうまくいっただけさ」


それから一週間後、「カリスマ占い師、逮捕」というセンセーショナルな見出しが、新聞の社会面を飾った。テレビのニュースでは、松葉杖(まつばづえ)をつく金剛寺綾華と、その共犯者、そして二人を従えるように意気揚々と先頭を歩く宮前刑事の映像が、何度も繰り返し流されていた。どうやら事件解決の手柄は、彼のものとなったらしい。その映像に向かって、エルザは虚しく悪態を吐く。

「こいつ、なんにもしてねーくせに！　この、手柄泥棒めぇ！」

ちなみに、逮捕された共犯者は金剛寺と同年代の中年女性だったが、テレビで見る限りでは、それほどよく似た顔とは思えなかった。あれが金剛寺の影武者だとすると、彼女の化粧は私たちが想像していた以上の分厚さだったと考えざるを得ない。私は何度か目にした金剛寺の顔を思い浮かべながら、感慨に耽るばかりだった。

「金剛寺綾華、どこまでもトリッキーな女だったわね」

ところで、晴れて無実となった柳田良美は、すでに自宅に戻り、家族との生活を取り戻したようだ。看護師としての職場復帰は、もう少し先になりそうだが、金剛寺綾華のことはもう神とも師匠とも思わず、ただのインチキなオバサンだと正しく認識しているらしいから、二度と道を誤ることはないだろう。めでたいことだ。

そんなわけで、依頼人の柳田美紗からは、さっそく規定どおりの報酬が、探偵事務所の銀行口座に振り込まれた。いっておくが、私立探偵の成功報酬というものは、けっして少ない額ではない。だが、入金があったばかりの預金通帳を眺めながら、私とエルザは泣きそうなくらい浮かない顔を見合わせた。

なぜなら今回の事件の報酬、その大半は壊れたシトロエンとスーパーカブの修理代として、右から左に消えてなくなることが、ほぼ決定しているからだ。

「これじゃあ、割に合わねえなー、美伽」

「今度は儲かる仕事にしてよねー、エル」

私たちは机の上に突っ伏しながら、深い溜め息を同時に漏らすのだった。

第五話　女探偵の密室と友情

0

混沌とする意識の中で、私は薄く目を開けた。焦点の定まらない視線が真っ先に捉えた物体は、宙に浮かぶ円盤だった。あれはまさしく空飛ぶ円盤、すなわちＵＦＯだ。霞のかかった頭の中を、偏った思い込みが支配する。

そして私は気が付いた。空飛ぶ円盤を見上げる私自身は、どうやら仰向けの体勢らしい。事実、背中には固いマットレスの感触がある。私はベッドに横たわっているのだ。だが、ここは自宅の寝室ではない。私の寝室に未確認飛行物体が飛来するスペースはない。

私は身体を起こそうとして、腕と脚とに同時に力を込める。だが私の四肢は自由には動かない。サマージャケットの両腕もスカートから覗く両脚も、まるで誰かに摑まれているかのようだ。それでも無理して動かそうとすれば、たちまち手首や足首に激しい痛みが走る。その痛みが、自らの置かれた状況を私に教えてくれた。

私は両手両脚をベッドに括りつけられ、大の字の姿で拘束されているのだ。

頭上の円盤と、身動きできない私。この状況から導かれる結論は、ただひとつ。すなわち、私は宇宙人に拉致された哀れな地球人というわけだ。他になにが考えられる？

──違うでしょ、美伽。落ち着いて。冷静になるのよ。

私こと、川島美伽はそう自分に言い聞かせ、あらためて真上を見やった。よくよく見れば、上空に浮かぶ円盤の正体は、天井からぶら下がった円盤型の照明器具だった。だが、その照明器具に明かりはない。部屋を照らしているのは、枕元に置かれた電気スタンドの淡い光のみだ。その微かな明かりを頼りに、私は周囲の様子をあらためて確認した。

太く丈夫なロープが私の四肢とパイプベッドの四隅を固く結び付けている。その白いパイプベッドに、私は見覚えがあった。いや、ベッドばかりではない。私はこの部屋そのものに見覚えがある。

白い壁に囲まれたフローリングの部屋だ。壁際に白いパイプベッドと電気スタンド。ベッドから眺められる位置には小型のテレビが備えられている。もう一方の壁際には飾り棚がある。窓は部屋の奥にひとつあるだけ。それは腰の高さほどのサッシ窓で、開ければ平塚の海が眼下に見渡せるはずだ。ただし、いまは夜なのだろう。不透明なガラスの向こう側は、一面の黒で覆われていた。

間違いない。ここは日高静江の寝室。そして、これは日高静江のベッドだ。

──だけど、なぜ私はここに？　なぜ私は彼女のベッドに縛り付けられているの？

いまだ霞のかかる頭脳をフル回転させて、私はここに至るまでの記憶を手繰(たぐ)った。

私が最初にこの部屋を訪れたのは、晩夏の日差しが眩(まぶ)しい昼下がりのことだった——

1

『花水ハイツ』という名のそのマンションは、平塚の市街地から西にいった海沿いの住宅地に建っていた。花水川に近いこの付近は、平塚市に属しているが、むしろ隣街の大磯(おおいそ)町に近い。大磯といえばお金持ちに人気の高級リゾートだ。『ギリ湘南』とか『湘南の外れ』などと呼ばれる平塚市よりも、大磯町のほうが全国的なブランド力は高い。中でも大磯の代名詞ともいうべき大磯ロングビーチは、昭和の時代『芸能人水泳大会の聖地』とも呼ばれ、現在でも夏の間は水着姿の若者たちで大いに賑わう人気スポットだ。

だが、大磯ロングビーチは大磯にあるから大磯ロングビーチなのであり、そこから地続きになった同じ砂浜でも、平塚のビーチは大磯ロングビーチではない。限りなく大磯に近いが、大磯ではない平塚の海岸のことを、私の友人はある種の意地と冗談まじりに『平塚ロングビーチ』とか『おおよそロングビーチ』などと呼んでいるが、正式名称は何というのか、本当のところは私もよく知らない。

そんな平塚の浜辺を見下ろすように、『花水ハイツ』は建っていた。海辺に立つ瀟洒（しょうしゃ）な外観の七階建てマンションだ。

もっとも、私はマンション選びのために、ここを訪れたのではない。この春に東京の会社を辞め、地元平塚にUターンしたばかりの二十七歳独身女に、もとよりマンション暮らしをする金銭的な余裕などない。私はただ友人の仕事をサポートする存在として、ここにやってきただけだ。

友人の名は生野エルザ。平塚競輪場の傍で『生野エルザ探偵事務所』の看板を掲げ、日夜、地道で過酷な仕事に励む女探偵だ。ということは、必然的に私は探偵助手ということになる。繰り返しになるが、マンションに暮らす余裕はない。

この日、私たちが『花水ハイツ』を訪れたのは、依頼人に会うためだった。

「で、どんな人なのよ、その依頼人って？」

探偵の愛車シトロエンを降りながら私は尋ねる。依頼人宅を訪問するということで、今日の私は普段はあまり着ないスーツ姿だ。白いジャケットに膝上のタイトスカート。ヒールの高いパンプスは、駅ビル『ラスカ』でうっかり衝動買いしたバーゲン品だ。

エルザは運転席のドアを勢い良く閉めて、依頼人が住む建物の最上階を見上げた。

「さあな。電話で話しただけだから、よく判んねえ。年配の女性には違いねえけどよ」

普段どおり荒っぽい言葉遣いで答えるエルザは、これまた普段どおりラフな装いだ。長い脚を強調するような細身のデニムに、赤いタンクトップ。足許は焦げ茶のパンプスだ。潮風になびく短い髪は、鮮やかな茶色。『平塚のライオン』の異名を取るエルザにとっては、自慢のたてがみだ。彼女が無造作に指で掻き上げると、それは夏の名残の日差しを受けて黄金色に輝いた。

私はそんな友人の姿を、眩しく眺めながら、「でもさあ、エル、自宅に探偵を呼びつける依頼人って珍しいわね。だって大抵の依頼人は、人目を憚るようにコソコソ探偵事務所を訪れて、コソコソ帰っていくでしょ」

「あたしの依頼人は、そんなにコソコソしてねえ」不満げなエルザは茶色い眸で私を睨んだ。「けどまあ、確かにあんまりないケースだな、自宅に呼ばれるってのは」

「きっと横柄なお金持ちだわ。他人を顎でコキ使うタイプよ。だけど、最近出費が嵩んだから、そういうお金持ちを相手にするのもいいかもね」

「ああ。ただし、金持ちってだけじゃ駄目だ。金遣いの荒い金持ちがベストだな」

勝手なことをいいながら、私たちは正面の共同玄関へ入る。インターホン越しの会話でオートロックを解除してもらい、建物の中へ。エレベーターを待つ間、私は玄関ホールを眺めながら呟いた。「へえ、なかなか綺麗なマンションね」

「いや、見た目だけだな。実際は、かなり古いマンションだ」

確信を持って断言する友人に、私は疑問の声をあげた。「そんなことないでしょ。オートロックも付いてるし、まあまあ新しいわよ」

「ところが、そのオートロックが問題だ。このマンションには一階から七階まで部屋があるよな。でもよ、この造りじゃ、一階の住人はオートロックの恩恵に与れないぜ。だって、そうだろ。誰かが一階のベランダの手すりを越えてガラス窓を破れば、そいつは簡単に部屋に侵入できるじゃんか」

「ん!?　いわれてみれば、そうね。確かに、オートロックの意味がないか……」

「そう。だから最近のオートロック付きの大型マンションは、一階に部屋を作らない。一階は商業施設にしたり、駐車場にしたりして、二階から上を住居にする。でも、この『花水ハイツ』はそうなってない。たぶん、築ウン十年の古いマンションに、後からオートロックを付けて、防犯対策は万全みたいな体裁を取り繕ったんだな」

到着したエレベーターに乗り込みながら、「まあ、こういう半端な物件って結構あるけどよ」と、探偵はマンション事情に詳しいところを覗かせた。

ふーん、そうなんだ、と感心する私は、七階のボタンを押した。

七階の外廊下には六つの扉が並んでいた。依頼人が住む七〇六号室は、エレベーターからもっとも遠い扉だ。ネームプレートには「日高玄蔵（げんぞう）・静江」と夫婦らしい名前が記されている。呼び鈴を鳴らすと、間もなく扉が開き、ワイシャツ姿の男が扉の隙間から顔を覗かせた。

思いがけず若い男だ。洒落た眼鏡がよく似合う、今風の二枚目。たぶん玄蔵氏ではあるまい。年齢は私より少し上に見えるから三十代か。てっきり老夫婦に迎えられるものと思い込んでいた私は、イケメン男の登場にやたらと緊張し、舞い上がった。

「あ、あの、わ、私、探……」探偵、といいそうになる私のふくらはぎ目掛けて、いきなりエルザの爪先が飛んできた。私は口にしかけた言葉を悲鳴と一緒に呑み込んだ。

そんな私に成り代わり、エルザ自身が彼に尋ねた。「日高静江さんって人が、ここに住んでいるはずだけど、いるかい？　いたら呼んでもらいたいんだけどさ」

すると彼は眼鏡の奥から冷たい視線を向けながら、「いることはいるが、君は誰だ？」

すると私の友人は胸に手を当て、「あたしの名前はエルザ、生野エルザだ」と簡潔ながら全然役に立たない自己紹介。そんな彼女は続けて、「こう見えても静江さんのダチなんだ」と信憑性ゼロの嘘をついた。

だが、完全な嘘は半端な自己紹介よりは随分役に立ったらしい。

「へえ、ダチねえ……」

と首を傾げながらも、男は静江に取り次ぐためにいったん奥へと姿を消していった。

彼の姿が見えなくなるのを待ってから、「なにすんのよ、エル」と私はふくらはぎを押さえて野蛮な友人に抗議した。「人の脚、いきなり蹴っ飛ばさないでよ。痛いじゃない」

「馬鹿、美伽のほうこそ知らない男の前で、探偵って名乗るんじゃないっての。あの男が依頼人の敵か味方か、まだなんにも判んねえじゃんか」

なるほど、いわれてみれば確かに彼女のいうとおりだ。探偵という職業は誰彼構わず吹聴(ふいちょう)できる類(たぐい)のものではない。我ながら迂闊(うかつ)だったと深く反省しながら、それでもいきなり脚にキックはないだろ、と私は友人に不満を抱く。

間もなく、玄関先に再び男が顔を覗かせた。彼は先ほどとは打って変わった柔らかい物腰で、私たちを迎え入れた。「お待たせしてすみません。どうぞ、お入りください」

私たちは玄関で靴を脱ぎ、室内へ入る。若い男に案内されながら、私たちは、とある一室に足を踏み入れた。

瞬間、私は依頼人がわざわざ探偵を自宅に呼びつけた理由を察した。

日高静江は年配というより、むしろかなり高齢の女性だった。鶴のように痩せた身体を白いパイプベッドの上に横たえている。その姿は、ひと目で病人と判るものだった。寝間着姿の静江は私たちの姿を見るなり、ベッドの上で上体を起こした。そして、昔ながらの友人を迎えるかのように、親しみのこもった笑みを私たちに向けた。

「ようこそ、お二人さん。お待ちしていましたよ」

私とエルザは一瞬顔を見合わせると、静江を真似るように、ぎこちない笑みを返した。

「え、ええ、ご病気と伺ったものですから、お見舞いにと思って……」

「そ、そうそう。けど、なかなか元気そうじゃん。安心したぜ……」

私たちの懸命の小芝居を、眼鏡の男は疑わしそうな視線でじっと見詰めていた。

日高静江は寝間着の上に、薄いカーディガンを羽織ると、傍らに立つワイシャツ姿の眼鏡男子を、私たちに紹介した。

「彼は岡野宏一(おかのこういち)さん。私の死んだ兄の息子で、私にとっては、ただひとりの甥(おい)っ子よ。内科医で、いまは平塚市内の病院に勤めているの。私の主治医でもあるわ。今日は少し具合が悪くて、いま注射を一本打ってもらったところなの。宏一さん、こちらの二人は私の親しい友人で生野エルザさんと、それから、ええっと……」

「美伽です。川島美伽」と、私は強引に助け舟を出す。「静江さんったら、ド忘れを」

「あ、ああ、そうだわね。なにせ、もう歳だから」と、静江も忘れたフリをする。

実際は、忘れたわけではなくて、そもそも初対面の挨拶がまだなのだ。彼女が私の名前を知らないのは当然のことだった。そんな私たちの不自然なやり取りは、岡野宏一の警戒感を増幅させたらしい。彼は眼鏡のレンズ越しに、鋭い視線をエルザに向けた。

「へえ、おばさんにこんな若い友達がいるなんて、僕は全然知らなかったな。いったい、どこでどうやって知り合ったんです？」

彼の疑問はもっともだ。実際、見た目七十過ぎの病弱なおばあさんと、元気溌剌ピッチピチの二十七歳女子が、どこでどう出会うのか。それは、怪我をした鶴と獰猛なライオンが出会うよりも、あり得ない話に思える。だが、私の嘘つきな友人は遠くを見る目をしながら、迷わず語りはじめた。

「静江さんとの出会いかい。そう、あれは確か半年前。繁華街の梅(うめ)屋本店前で、不良に絡まれている静江さんを見かけたのが、あたしと彼女の出会いだった。襲い掛かる四、五人のヤンキーどもに対して、あたしは偶然手許にあった都(みやこ)まんじゅうを、これでもかこれでもかと投げつけて必死に応戦し――な、静江さん」

「え、ええ、そうだったわね。いまでも、あのときの場面が目に焼きついているわ」

「…………」

その場面に、私も存在したことになっているのだろうか、と私は不安になる。静江も、これ以上の嘘は危険と判断したのだろう。彼女は突然、岡野のほうを向いた。

「あなた、まだお仕事があるわよね。私はもういいから、病院にお戻りになって」

そういって静江は、半ば強制的に甥っ子を寝室から追い払ったのだった。


お大事に——と言い残して、岡野宏一は往診鞄を抱えながら、ひとり寝室を出ていった。甥っ子の姿が消えるのを待って、静江はベッドの上で盛大な溜め息を吐いた。

「やれやれ、なんとか気づかれずに済んだようですね、あなたたちが探偵だってこと」

「大丈夫。あたしたち、探偵には見えねえから、その点は安心しなよ、おばあちゃん」

と、いきなりエルザは依頼人をおばあちゃん呼ばわり。そして単刀直入に聞いた。「で、あたしに頼みたいことって、なんなんだい？」


普通、赤の他人からこれぐらい馴れ馴れしい言葉で話しかけられると、多くの人は「あんたは、私の親戚かぁ」などといって、機嫌を悪くするものだ。実際、探偵事務所を訪れるお客は全員、彼女のタメ口にカルチャーショックを受け、そのうち半数は依頼もせずに帰っていく。「けしからん」といって、思いっきりテーブルを叩く男性客も多いので、そう遠くない将来、事務所のテーブルは二つにへし折られるのではないか、と私は危惧(きぐ)している。

だが静江は怒ることもなく、穏やかな表情のままで、探偵の問いに答えた。

「依頼というのは、実は主人のことなんですけど」

「ご主人っていうのは日高玄蔵氏だね」聞きながら、エルザは手近にあった籐の椅子を引き寄せ、勝手にそれに腰を下ろした。「ご主人が浮気でもしたのかい？」

静江はいくらか表情を強張らせて、「いいえ、違います」と首を振った。「主人はちょうど一週間前に亡くなりましたので」

「へえ、そうかい」と探偵は意外そうに呟く。だが、ご愁傷様、とか、お力を落とされませんように、などといった殊勝な言葉は、残念ながら彼女のボキャブラリーにはない。そんな彼女は腕組みしながら真面目な顔で静江にいった。「そうかい。亡くなったんじゃ、浮気はできねーな」

静江は一瞬キョトンとした表情を浮かべてから、「ええ、まったくそのとおりだわ」といって、意外にも朗らかな笑い声を上げた。「探偵さん、あなた面白いことをいうのね」

エルザは私を向いて、「あたし、面白いこといった？」と不思議そうに聞いてきた。だが、彼女の言動を面白いと取るか不愉快と取るか、すべては聞き手の寛容さ次第だ。私は友人の問いに苦笑で答え、それから静江に向き直った。

「立ち入ったことを伺うようですが、玄蔵氏はどうしてお亡くなりになったのですか。ご病気かなにかで？」

「いえ、病気ではありません。自殺です。七十四歳でした」

呟くようにいった静江は、その言葉を自ら否定するように首を振った。「ですが、主人の死が本当に自殺だったのか、どうなのか。私はその点について、疑問を感じているのです。本当にあれは自殺だったのでしょうか」

「はあ。仮に自殺でないなら、いったい何だとお考えなのですか」

私の問いに、ベッドの上の静江は決然と顔を上げた。「主人は誰かに殺されたのですわ」

老婦人の思いがけない言葉に、私とエルザは一瞬、言葉を失った。

「なあ、おばあちゃん」と籐椅子に座ったままエルザが質問する。「そんなふうに疑いを持つってことは、玄蔵氏の死に方になにか不審な点が、あったってことかい？」

「ええ、不自然なことだらけですわ。まず主人には自殺する理由がありません。主人は、かつて貿易会社を営んで成功を収めた人物ですが、いまはもう経営からは完全に手を引き、私と二人、このマンションで悠々自適の毎日を送っておりました。幸い、かなりの蓄えがありますから、お金の心配はありませんし、仕事のストレスとも無縁です。そんな主人が、私をひとり残して突然、自ら命を絶つなんて考えられません」

「んー、でも、それは一概にはいえないだろ。昨日まで元気だったおじいちゃんが、今日はもう死にたいと考える。そういうことも、あり得ない話じゃねえ」

「そうだとしても、あんな死に方は不自然です」静江は嫌な記憶を振り払うように首を振った。「警察がいうには、主人は自らの首にタオルを結び、そのタオルの端を自分の両手で引っ張って窒息死したというのです。そんなことって、あると思いますか」

聞かれた女探偵は、あるともないとも答えずに、逆に尋ね返した。「そのタオル、どんなタオルだった？　少しくたびれたタオルで、水で湿ってなかったかい？」

「ええ、使い古しのタオルで、わずかに水で濡れていたと、警察の方から聞きました」

静江の答えに、エルザは「だろうな」と満足そうに頷いた。

「普通に考えれば、タオルを首に結んで、その両端を自分で引っ張ったって、死ねるわけがない。一時的に首が絞まったとしても、息が苦しくなれば腕の力が弱まって、やがてタオルは緩む。死ぬまでには至らない。だけど、そのタオルが使い古しの、つまり滑らかな肌触りじゃないゴワゴワしたタオルで、しかも湿り気を帯びているような場合なら、話は違ってくる。その場合、腕の力が弱まっても、いったん首に食い込んだタオルは簡単には緩まない。そのまま死に至るケースはあり得る。不自然とまではいえねえな」

「ふーん、エル、さすが探偵だけあって詳しいのね」

私は目の前の友人を少し見直した。彼女はただ礼儀知らずで乱暴なだけの女ではないっ

「だけど私もやっぱり、その死に方は不自然だと思うわ。そんなことするぐらいなら、梁

にロープを掛けて首を吊ればいいじゃない」

「簡単にいうけどよ、美伽。いまどきのマンションに梁なんかねーぞ」

「あ、それもそっか」私は思わず寝室の天井を見上げた。梁のない天井からは空飛ぶ円盤のような洒落た照明器具がぶら下がっている。「でも、梁がなくてもロープを掛ける場所ぐらい、その気になって探せば、あるはずよ。それに、ここは七階なんだから、死にたいならベランダから飛び降りることもできる。それなのに自分の手にしたタオルで自分の首を絞めるなんて、やっぱりちょっと変よ。――警察は他殺の可能性を考えなかったんですか、静江さん」

「ええ。私の見る限り、警察は最初から自殺だと決め付けている様子でした」

「それは、なぜです？　遺書でも残されていたんですか」

「いえ、遺書はありませんでした。ただ、自殺としか思えない状況があったものですから」

「自殺としか思えない状況⁉」私とエルザの声が偶然揃った。

そんな私たちに、依頼人は意外な言葉を放った。

「現場は密室だったのです。犯人が出入りできない状況でした」

「ああ、そうか」と探偵は割と簡単に頷いた。「ここはマンションの七階で、しかも共同玄関はオートロック付きだ。犯人がそう簡単に入り込めるわけねえもんな」

「いえ、私がいっているのは、そういう意味ではありません。確かにオートロックは付いていますが、犯人がその気になれば、建物への侵入は容易いことです。住人がロックを解除して共同玄関を入っていく際に、後ろについて一緒に入ればいいのですから」

「ああ、オートロックを突破する、いちばん手軽な手段だな。でもよ、そのやり方で建物に入れても、この七〇六号室には入れないだろ」

「いえ、それも不可能ではありません。というのも、私たち夫婦はあまりエアコンを使いません。なので、夏場は風通しを良くするために、玄関の扉を薄く開けたまま夕方まで過ごします。ですから、昼間のうちに何者かが侵入して、押入れやクローゼットの中などに潜んでいた可能性は充分考えられるのです。あるいは、これは考えにくいことですけれど、主人が自分の手で何者かを部屋に招き入れた可能性も、否定できません」

「なんだ。だったら、密室じゃねーじゃんか」

「いえ、密室でした。七〇六号室の中にある、この私の寝室が密室だったのです」

へえ、とエルザは意外そうに寝室を見渡す。そして彼女は昔話をせがむ孫娘のように、依頼人におねだりした。「なかなか面白そうじゃん。それ、詳しく話してくれよ、おばあちゃん」

2

では、詳しい話はリビングで。そういって静江は自分の力でベッドを降り、傍らにあった車椅子に腰を下ろした。「最近は、とみに足腰が弱くなりましてね。これに頼ることが多くなりました。あなたたちみたいな若い方が羨ましいわ」

探偵は依頼人の車椅子を押してやりながら、普段どおりの陽気な声をあげた。

「なーに、あたしたちだって、いずれはババアになるさ。なあ、美伽」

「ババアになるのは、あんたでしょ。私は上品なおばあさまになる予定だから、ババアになんかなりません!」

私たちは笑い声をあげながら、リビングへ移動した。静江は車椅子に座ったまま手際よく三人分のお茶を淹れ、テーブルに並べた。私たち二人はソファに腰を下ろし、あらためて車椅子の静江と相対した。

静江は湯呑みを手にしながら、「さて、なにをどうお話しすればいいものやら」と途方に暮れる顔をした。「探偵さんのほうから、質問していただけるとありがたいのだけれど」

「判った。じゃあ、あたしが質問するから、おばあちゃんが答えてくれ。で、美伽は誰かがボケたときに、的確なツッコミを入れること。それでいいだろ」

「………」私にできるだろうか、的確なツッコミが。重要な任務に私は身震いした。

ともかく三人の役割分担が決まり、エルザが最初の質問を投げた。

「それじゃあ、まず死体が発見された状況から聞こうか。第一発見者は誰だい？」

「それは私です」静江は自分の胸に手を当てた。「一週間前の深夜、午前三時ごろのことです。そのとき私は寝室のベッドで寝ておりました。すると、ドンドンと激しく扉をノックする音が聞こえ、私は飛び起きました。ノックをしているのは宏一さんでした。私は『こんな時間に、どうしたの？』と扉の向こうにいる彼に聞きました。すると、扉の向こう側から『ああ、おばさん、やっと起きてくれましたね』と宏一さんがホッとしたような声をあげました」

「宏一さんって、さっきの甥っ子さんだね。てことは、岡野宏一さんはその夜、この家に泊まっていたってこと？」

「ええ、そうです。宏一さんは、前の日の夕方から、この家に遊びにきていて、そのまま泊まっていました。べつに珍しいことではありません。宏一さんは、子供のいない私たち夫婦にとって、実の息子みたいなものですから」

ここだ。確信を得た私は即座にツッコミを入れた。「息子じゃなくて、孫でしょ孫！」

たちまちリビングに舞い降りる白けた空気。静江はポカンと口を開けている。エルザは湯呑みを手にして、「ズズッ」と茶を啜ると、横目でジロリと私を睨みつけた。

「あのよ、美伽、悪いけど話の腰を折らないでくれるか」

どうやら私のツッコミは的確ではなかったらしい。「ゴ、ゴメン……」

小声で謝る私をよそに、エルザはひとつ咳払いしてから話を元に戻した。

「深夜に甥っ子さんが、おばあちゃんを無理矢理に起こした。その理由は、なんだったんだい？」

「宏一さんは、扉越しにいいました。『おじさんの姿が見当たらないんだ』と。彼は、この家に泊まるときには、主人と同じ部屋に布団を敷いて寝るのですが、夜中にふと目覚めてみると、隣に敷いてある主人の布団がもぬけの殻だというんです。普通に考えれば、トイレかなにかでしょう。けれど時間が経っても、なかなか戻ってこない。不審に思った彼は、とうとう布団を出てトイレを見にいったそうです」

「ところが、トイレには誰もいなかった――」

「ええ、そうなんです。『トイレにもいないし、洗面所やキッチンにも見当たらない。こんな時間に出掛けるはずもないし、これは変だ』と、宏一さんは扉越しに訴えました」

「それで、おばあちゃんは、なんと？」

「私は『確かに変ね』と答えました。それから、扉越しでは話しづらいと思った私は、『とにかく、中に入ってちょうだい』と、宏一さんにいいました。ところが彼は『それが駄目なんですよ、おばさん』というんです。私が『なぜ？』と聞くと、彼は扉の向こうから扉を押しながら、『この扉、開かないんです。鍵が掛かっているみたいだ』と、そういうんです。私はとても奇妙だと思いました。私の寝室の扉が中からロックされているはずはありません。そんなことは絶対ないのです」

「ああ、そりゃそうだ。中から鍵なんか掛けたら、万が一、寝ているおばあちゃんが死にそうになったとき、誰も助けに入れなくなるもんな。鍵なんか、するわけねーよな」

「…………」

静江はエルザのストレート過ぎる発言に、ふと表情を暗くした。彼女にしてみれば笑えない冗談だったのだろう。すると再びエルザが私を横目で厳しく睨みつけた。

「ほら、美伽！　なんでツッコまねーんだよ。あんたがツッコんでくれねーと、あたしが単なる『人の気持ちが読めない馬鹿女』みてーじゃんか」

「え!?　ああ、そっか」的確なツッコミとは、かくも難しいものか。

私が任務の重大さを再認識する一方、エルザは再び咳払いでその場を誤魔化した。静江はぎこちない笑みを浮かべながら、話題を扉の件に戻した。

「私の寝室の扉には、もともと鍵など付いておりません。中からロックすることなど、そもそもできないはずなのです。それで、私はとても奇妙だと思ったのです」

「なんだ、そういうことか」ようやく事情が呑み込めた女探偵は、依頼人に話の続きを促した。「で、おばあちゃんは、それからどうしたんだい？」

「ええ、とにかく扉を開けようと思った私は、枕元の電気スタンドを点けました。そうして部屋が明るくなった瞬間、私はハッとなりました。というのも、私の寝室には籐でできた椅子があるのですが——」

「ああ、さっき、あたしが座ってたやつな」いいながらエルザは湯呑みのお茶を啜る。

「ええ、その椅子の上に、寝間着姿の主人が無言のまま座っているではありませんか」

衝撃的な展開に、私は「うッ」と息を呑み、エルザは「ぶッ」とお茶を噴いた。

静江はテーブルにこぼれたお茶を布巾で拭きながら、淡々と話を続けた。

「驚いた私は、転がるようにベッドから降りました。四つん這いで主人に近寄り、彼の身体に触れると、まるで反応がありません。首にはタオルが巻きついています。私は声も出せないまま、床を這うようにして寝室の入口に向かい、中から扉を開けようとしました」

「そのとき、扉はどんな状態だった？　扉が開かなかった理由は判ったのかい？」

「ええ。すぐに判りました。その扉は内側から目張りがしてあったのです」

「目張り!?　てことは、扉の周囲にテープでも貼ってあったってことかい？」

「はい。普通のガムテープです。それが扉と枠の隙間を埋めるように、びっしりと貼られていました。だから、宏一さんが扉を押しても、開かなかったのです。貼ってあったテープを私が剝がして、それでようやく宏一さんは寝室の中に入れました」

「甥っ子さんの、そのときの様子はどんなふうだった？」

「それは、もう驚いたに違いありません。とはいえ、彼は医者ですから、そういう緊急の場面には慣れているのでしょう。彼はすぐさま籐椅子に座る主人のもとに駆け寄り、その身体を検めはじめました。彼は手際よく脈を診たり、呼吸を確かめるなどしていましたが、やがて私のほうを向き、残念そうに首を振りました。そのときすでに主人は息絶えていたのです。私は驚きと悲しみのあまり、その場に泣き崩れてしまいました……」

ツッコミの余地がない悲劇的な展開だ。私もエルザも神妙な顔で黙るしかなかった。

日高玄蔵の死体発見に至る経緯は判った。だが、それ以降のことについて、静江は充分な記憶を持たなかった。気がついたときには、彼女は病院のベッドで横になっていたのだという。依頼人の話を聞きながら、探偵は「判る判る」と何度も頷いた。

「無理もない話じゃん。旦那さんの死に直面したショックで気を失ったんだな」

「ええ、どうやらそのようです。宏一さんは警察と救急車の両方を呼ぶので、大変だったのだとか。そのことも含めて、後のことはすべて宏一さんが、やってくれました。警察の質問に答えるような、わずらわしいことなどを、すべて」

「そうはいっても、おばあちゃんの病院にも、刑事たちがきただろ。話を聞きによ」

「ええ、確かに。だけど、それほど厳しく調べられることはありませんでした。いま、あなたがたにお話ししたようなことを、彼らの前でも答えただけです」

「ん、でもよ」とエルザは湯呑みを片手に、怪訝（けげん）そうな表情を浮かべた。「内側から目張りされた寝室におばあちゃんが寝てて、同じ部屋で旦那さんが死んでたんだろ。普通に考えるなら、おばあちゃんに疑惑の目が向けられたとしても、おかしくねえ状況だよな」

「ええ、あなたのいうとおりです。でも幸か不幸か、私はこのような病弱な身体。一方、主人は高齢とはいえ健康な男性。ですから、私が主人の首にタオルを巻いて絞め殺すなどという行為は、体力的にみて不可能。警察はそんなふうに判断してくれたみたいです」

「それもそっか。あたしの目から見ても、おばあちゃんの犯行は無理に思える。てことは、なるほど確かにこれは目張りされた密室の中で、玄蔵氏が自殺したと考えるしかねえってわけだ」

エルザは呟きながら、ふと疑問にぶつかったように首を傾げた。「でも、よくよく考えれば、妻が寝ている寝室で夫が自殺するなんて、結構不自然な状況じゃんか。しかも部屋を目張りするなんてよ。その点、警察はどう解釈したんだい？」

「実は死体の傍には、その不自然な状況を上手く説明できる物体があったそうです」静江は物静かな口調で、その正体を告げた。「それは練炭（れんたん）なのですが」

その単語を耳にして、探偵はすべてを察したように頷いた。

「なるほどな。目張りした部屋に練炭。つまり、この事件は夫が妻を道連れにしようとした無理心中ってわけだ。玄蔵氏は、おばあちゃんの寝ている部屋に練炭を持って入り、唯一の入口をガムテープで目張りした。窓はサッシだから、もともと気密性が高く、目張りをする必要はない。この状況で練炭を使えば、一酸化炭素中毒で夫婦揃ってあの世ゆきって可能性は、確かに高い」

探偵は一気に捲し立てると、首を傾げながら静江を見た。

「でも、その練炭って、結局使われなかったんだろ」

「はい。それで警察はこう考えたようです。主人は、一度は心中を考えて練炭を持って私の寝室に入り、扉に目張りまでした。だが結局、私を道連れにすることに気が咎め、心中を諦めた。そして、主人は自分で首を縛って、ひとりで死んでいったのだと、そういうのです」

「なるほどな。いちおう筋は通っていやがる」

悔しげに呟くと、探偵は片手で湯呑みを持ち上げ、実に男らしく「ズズズッ」とお茶を啜った。

「でも、心中を諦めた玄蔵氏が単独で自殺したと決め付けるのは、まだ早いな。そもそも、あの寝室は完璧な密室ってわけじゃねえ。入口はテープで目張りされていたとしても、寝室には腰の高さぐらいの窓があったはずだ。なあ、おばあちゃん、窓は中から鍵が掛かっていたのかい?」

「いいえ、窓は開いていました。この季節、私は夜中、窓を開けて寝ますので」

「じゃあ、ひょっとして犯人は、その開いた窓からエイヤッと飛び降りたんじゃ――」

「馬鹿! 死んじゃうわよ。ここは七階だっつーの!」

友人の奇抜な発想に、私は思わず叫び声。瞬間、リビングはシンと静まり返った。静江は驚いたように目を丸くしている。すると、その沈黙を破るように、エルザが私の前で綺麗に親指を立てた。

「やりゃできるじゃねーか、美伽。見事なツッコミだったぜ。おめでとう」

「あ、ありがとう、エル」なに、これ⁉ この会話、必要⁉

キョトンとする私をよそに、エルザは自分の話に戻った。

「そう、確かに飛び降りるのは不可能だ。だが窓からロープを垂らして、それを伝って地上に降りることは可能かもしれねえぜ。なあ、おばあちゃん」

「ええ。実は私も同じ考えです。なんといっても、入口の扉が使えない以上、人の通れる空間は、あの窓だけ。ならば、やはり主人を殺した犯人は窓から出ていったに違いありません。なんとか工夫すれば、あの窓から地上に降りることは、不可能ではないと思います。ですが、おそらく警察には、そのような突飛な考えは浮かばないのでしょうね。扉の目張りと死体の傍にあった練炭。その二つを見て、警察は主人の死を、心中を諦めての自殺と決め付けてしまったようです」

　警察の怠慢を訴える静江の表情は、わずかに紅潮していた。

「まあ、警察は忙しいからな。自殺に見えるものは、自殺で処理したいんだろう」

決め付けるようにいうと、探偵はあらためて依頼人の顔を覗き込んだ。「で、おばあちゃんは警察の判断が不満で、あたしに事件の再調査を依頼したってわけだ。けど、なんであたしなんだよ。平塚にだって、もうちょいマシな探偵がいるぜ」

「そうそう、それそれ」と私は友人の自虐ネタにツッコむことも忘れて、エルザの顔をまともに指差した。「こんな野獣みたいな女じゃなくても、べつに良かったでしょうに」

「野獣じゃねえ、元気がいいだけだろ」とエルザは口を尖らせる。

そんな私たちに穏やかな視線を向けながら、静江は口を開いた。「平塚に生野エルザという名探偵がいる。そんな噂を警察の方から聞いたものですから」

「警察⁉」エルザは眉を顰めて聞き返す。「誰だい、その警察の方って」

「私を調べた平塚署の刑事さんですわ。確か、宮前刑事といったかしら」

その名を聞いた瞬間、探偵は苦々しそうに舌打ちした。「ちッ、また宮前か」

「あの刑事さんかぁ」つられて私も思わず口をへの字に歪める。

「あら、ご存じなのね、二人とも」静江は興味深そうに私たちの表情を見詰めた。「ひょっとして以前、その刑事さんに逮捕された経験でもおありなのかしら?」

「そうそう、前にいっぺん万引きするとこ見つかって――って、んなわけないでしょ!」

私は過去に経験のないノリツッコミを、ここぞとばかりに初披露。

「…………」少し長めの静寂があった後。

グッジョブ、というようにエルザと静江は、二人同時に親指を立てた。

こうして、エルザは日高静江の依頼を正式に引き受けた。密室の謎が彼女の旺盛な好奇心を掻き立てたことは、想像に難くない。私たちは、さっそく詳細な調査に移ろうとした。特に現場となった寝室を詳細に調べたかったのだが、この日に関しては、その要望は叶えられなかった。事件についての長い質疑に答えた静江が、見た目以上に疲弊(ひへい)していたからだ。

結局この日、私たちは事件の話を聞いただけで、彼女の部屋を辞去した。帰り際、玄関まで見送りに出た静江に、私の陽気な友人は手を振りながら笑顔を向けた。

「じゃあな。またくるぜ、おばあちゃん」

3

日高静江からの依頼を受けた翌日、私たちは本格的な活動を開始した。

エルザは愛車の助手席に私を乗せ、車をスタートさせると、その進路を迷わず平塚の市街地へと向けた。軽快なドライブが続いた後、車は灰色の厳めしい建物に横付けされた。

平塚の治安と安全を守る『デカの殿堂』、神奈川県警平塚警察署だ。

エルザがさっそく署内に乗り込み、「宮前の奴を出しな」と受付で要求すると、応対した女性警察官は慌てることなく、「宮前の奴はおりませんが、宮前刑事ならおります。呼びますか」と一枚上手の対応。さすが暴れん坊のエルザも「そんじゃあ、そいつでいいや」とおとなしく同意した。

やがて姿を現した宮前刑事は、ワイシャツ姿にノーネクタイで、いかにも夏の刑事といった印象。そんな彼は、エルザの来訪を予期していたかのように、「話は外で聞こう」と、私たちを建物の外へと誘った。「署内じゃ内緒の話ができないからな」

なんだ、駄洒落かよ、とツッコミを入れるべきか思案したが、あくまで私は探偵助手。刑事のギャグに反応する必要はないと判断して、黙ったままエルザの後に続く。

数分後、私たちは博物館そばの文化公園の一角で、古びたベンチに腰を落ち着けた。宮前刑事は夏の刑事の必須アイテムである扇子を取り出し、汗ばんだ顔を扇ぎながら、「で、俺に話ってなんだよ。ああ、例の資産家の老人が自殺した件だな。そうか、あのおばあさん、本当に君たちに依頼したんだな」

「そう、その件だ。よく判ってんじゃねーか」

「まあな。でも、あれについては特に調べることもないだろ。自殺なんだから」

「現場は密室で犯人の逃亡は不可能。だから自殺だっていうんだろ」

エルザは横目で鋭く刑事を睨みつけた。「けど、本当にそうなのか。密室といったって、蟻の這い出る隙間もない完璧な密室ってわけじゃねえ。現に、窓のロックは開いてたんだろ。だったら、例えば窓からロープを垂らして逃げるとか、いろいろやり方は——」

エルザの言葉を皆まで聞かず、刑事は呆れ声を発した。「おいおい、現場は七階だぜ」

「問題ねえ。犯人はとび職やロッククライミングの経験があり、高いところが平気だった」

「いや、そういう問題じゃない。あの窓は交通量の多い道路に面している。窓から犯人がロープ伝いに地上に降りていけば、誰かに見られる可能性が大だ。それに一階から七階までの住人もいる。深夜でも起きている人はいるし、この季節だから窓を開けている人もいるかもだ。そこに犯人がロープを垂らして、するする降りていけば、バッチリ顔まで目撃される恐れだってある。殺人犯がそんな危険な真似、すると思うか」

「するかもしれねーじゃん。一か八かの賭けでよ」

「まさか」と刑事は探偵の発言を鼻で笑った。「百歩譲ってだ。仮にそういう賭けにチャレンジする度胸と、七階の高さを怖がらない勇敢さを兼ね備えた犯人がいるとしよう」

「ああ、いるいる。きっと、いるぜ。それなら可能だろ」

「いや、それでも無理だな。というのも、あの窓の外にはアルミ製の手すりがある。その手すりは、普段から海風に晒されているせいで汚れが激しい。表面には塩がこびりつき砂埃が積もっている。もし誰かがあの窓からロープを垂らしたとすれば、ロープは手すりと擦れあい、なんらかの痕跡を残したはずだ。だが手すりの表面をどれほど観察しても、そんな痕跡は見当たらなかった。手すりは一様に汚れたままだった」

「つまり、窓からは誰も出ていないってことか」呻くようにいうと、エルザはまだまだとばかりに、別の可能性を示した。「窓が駄目なら、ベッドはどうだ？　犯人は玄蔵氏を殺害した後、実はベッドの下に身を潜めていた。そして、静江さんや岡野宏一が死体を発見するドサクサに紛れて、ベッドの下を抜け出し現場を立ち去った。これなら、どうだ？」

「どうだと、いわれてもな」宮前刑事はうんざりしたように肩をすくめた。「ベッドの下も手すりと同じだ。ああいう場所は、掃除が行き届かないから、薄らと埃が溜まっているものだ。そこに誰かが潜り込めば、やはり跡が残る。ああ、もちろん念入りに調べたが、なんの異状もない。犯人がベッドの下に身を潜めていたなんて話は、妄想が過ぎる」

そして宮前刑事は探偵に顔を向けると、釘を刺すようにいった。

「日高静江が、なんといったか知らないが、警察は頭から玄蔵氏の死を自殺だと決め付けて捜査に当たったわけじゃない。現場の状況を入念に調べた結果、そういう結論にたどり着いたんだ。だから間違いはない。玄蔵氏は自殺だ。練炭での無理心中を途中で断念して、彼はひとりで死んでいったんだ。動機については、いまひとつハッキリしないが、まあ、病弱な奥さんを抱えているし、玄蔵氏自身も結構な高齢者だ。急に弱気になったとしても、不思議じゃないだろ」

「そうか」と、ひとつ頷きながら、探偵は腕組みした。「けど、やっぱり判んねーな。これが自殺なら、なんで宮前は、あたしをあのおばあちゃんに紹介するような真似をしたんだよ」

探偵の問いに、刑事は鷹揚に手を振って答えた。「なーに、礼には及ばんよ」

「誰も、礼なんかいってねーよ。妙なこというな！」

「誰も妙なことなど、いってないさ」宮前刑事は広げた扇子をピシャリと閉じた。「俺としては、この前の借りを返したつもりなんだけどな。ほら、前回インチキ占い師のトリックを暴いてくれただろ。だから資産家の未亡人をひとり紹介してやったのさ。実際、彼女は君たちに事件の再調査を依頼した。君たちは適当に事件を調べるフリをして、彼女の前でこういえばいい。『調べてみましたが、やはりご主人は自殺としか考えられません』とね。街いちばんの探偵がそういうのなら、彼女だって納得するじゃないか。そして、君たちは彼女からそれなりの報酬を得る。俺は前回の借りを返せる。いいことずくめだろ」

宮前刑事、意外と計算高く、義理堅い。でも、どこかに探偵を利用しようというズルい魂胆（こんたん）がありはしないか。いずれにせよ、油断ならない男であることは間違いない。

そんな彼に、話が一段落すると「じゃあ、俺は別の仕事があるんで」といってベンチを立った。「まあ、せいぜい頑張って、調べているフリをすることだな。そのほうが、あのおばあちゃんも探偵を雇った甲斐（かい）があるってもんだ。あ、だけど――」

刑事は閉じた扇子を真っ直ぐ探偵に向けて、唇の端で笑った。

「万が一、密室の抜け穴が見つかったときは、ぜひ報せてくれよな。頼んだぜ、名探偵」

宮前刑事がエルザに対して用いる『名探偵』の称号には、尊敬と畏怖と、そして若干の揶揄するような響きがある。エルザ本人も、たぶん私と同じ感想を抱いているはずだ。

苦い顔の私たちに扇子を振りながら、宮前刑事は悠然と公園を去っていった。

4

宮前刑事と別れた私とエルザは、そのまま車で『花水ハイツ』へと向かった。

静江の暮らす七〇六号室の呼び鈴を鳴らすと、今日は甥っ子の岡野宏一は不在で、杖をついた静江が私たちを迎えた。

「なにか、お判りになりましたか、探偵さん？」

期待の込められた依頼人の視線を避けるように、「いや、いまのところ、まだ何も」と探偵は目を伏せた。「今日は、例の寝室を詳しく見せてもらいたいんだけど、いいかい？」

「もちろんよ。上がってちょうだいな」

嬉しそうな笑顔を見せながら、静江は私たちを彼女の寝室へと招き入れた。

エルザはさっそく部屋の奥にある腰高窓に歩み寄った。二枚のガラス窓が引き違いになる、普通のサッシ窓だ。曇りガラスなので窓の向こうは見通せないが、開けると斜め前方に綺麗な砂浜が一望できた。探偵は無邪気に歓声をあげた。

「見ろよ、美伽。『おおよそロングビーチ』がバッチリだぜ」

「そうね。でも知ってる？　あの砂浜をそんなふうに呼んでるの、エルだけだってこと」

無駄な会話を交わしながらも、私たちは注意深く窓辺の手すりを確認した。

それは鉄柵と呼ぶほうが実態に近い、無愛想な茶色い手すりだった。表面は白い塩や砂の粒子で、酷く汚れている。宮前刑事のいったとおりだ。試しに私は、手すりの上を人差し指で軽くなぞってみる。たちまち、指先には粉っぽい汚れが付着し、手すりの表面には指の跡が残った。

私はその指先を友人に示して、「まあ、なんですか、エルザさん。これでもお掃除したつもり？　まったく、最近の若い娘ときたら窓掃除もできないんだから」と意地悪な姑の演技。

「ごめんなさぁい、美伽子お義母様ぁ」エルザは姑にいびられる嫁の役を面白半分に演じ、それから真顔になって呟いた。「うーん、確かに、手すりがこの状態だと窓からの逃走は無理だな。必ず跡が残る」

「この窓から別の窓や屋上に飛び移るってのも、できそうにないわね」

私は窓から顔を突き出すようにしながら、上下左右を見回した。

「やっぱり、密室は密室か……」

宮前刑事の言い分を渋々と追認したエルザは、開いた窓を背にしながら、「ところで、昨日聞きそびれたんだけどさ」といって、あらためて依頼人を向いた。「亡くなる直前の玄蔵氏の様子に、なにか普段と違う点とか、なかったかな？　誰かから電話があったとか。なにかに怯えていたとか。なんでも、いいんだ。なにか気づいたこと、なかったかい？」

エルザの問いに、静江は杖をついた恰好のまま首を傾げた。

「主人は普段どおりだったと思います。前の晩は、宏一さんと一緒に、うちのリビングで食事をしたんですが、そのときも特に変わりはなく、陽気にお酒を飲んでいました」

「へえ、お酒ねえ。玄蔵氏って、酒は強いのかい？」

「ええ、たくさん飲むほうです。酔い潰れることも多くて困るのですが」

「そうかい。で、亡くなる前の晩は何時ごろまで飲んでいたんだい？」

「さあ。実は私は先に眠くなってしまい、早めに寝室に引っ込んでしまったものですから、宏一さんと主人とが、何時ごろまで飲んでいたのかは、正確には知りません。宏一さんがいうには、十一時ぐらいまでは飲んでいて、それから布団を敷いて寝た、というような流れだったようです。そのことが、なにか重要ですか、探偵さん？」

「いや、べつに」とエルザは言葉を濁し、質問を変えた。「ところでさ、玄蔵氏が亡くなって、彼の遺産は誰がどう相続するのかな。相続権があるのは、おばあちゃんだけかい？」

「ええ。主人の遺産は、すべて私が受け継ぎます。それがなにか？」

「いや、ひょっとして岡野宏一さんにも、多少の権利があるのかな、と思ってさ。昨日、おばあちゃん、彼のことを『実の息子みたいなもの』っていってただろ」

「いいえ、それは考えすぎですわ」静江は珍しく険しい表情を浮かべて訴えた。「主人が亡くなったことで、宏一さんがなにか得をするということはありません。もしも彼のことを疑っていらっしゃるのでしたら、それは探偵さんの見当違いですわ。なにしろ宏一さんは、あのとき、内側から目張りされている扉の向こう側にいたのですから」

「――と、静江さんはいってたけどよ、果たしてどうなんだろうな」

七〇六号室を出てすぐ横にある非常階段。そのコンクリートの段差を一段一段踏みしめるように降りながら、エルザは自分の考えの一端を私に明かした。

「岡野宏一に玄蔵氏を殺す動機が、まったくないわけじゃないと思う。確かに、玄蔵氏が死んでも、岡野には一銭も入らない。財産を相続するのは、妻の静江さんだ。だが静江さんは、あのとおり病弱な身体。そして岡野はそんな彼女の唯一の肉親であり、しかも主治医でもある。静江さんの手にした財産を、岡野はやり方次第で自由にできる……」

「酷い。なんてあくどい男なの、岡野宏一。まさに女の敵だわ」

私の脳裏で、岡野宏一の綺麗な仮面が剝がされ、代わって鬼の素顔が現れた。

「あのな、美伽」友人は呆れた顔を私に向けた。「こういう場合、助手ってのは『決め付けるのは、まだ早い。予断は禁物だ』とかいうもんだぜ。おめーが決め付けて、どーすんだよ」

ああ、それもそうか。探偵助手としての役割を思い出した私は、「エル、決め付けるのはまだ早いわ。予断は禁物よ」と先走る探偵を形式どおりに諫めた。「静江さんもいってたけど、事件のとき、岡野は目張りされた扉の向こうにいたのよ。静江さんが中からテープを剝がしてやるまで、彼は寝室に入れなかった。岡野が玄蔵氏を殺すのは不可能よ」

「ああ、でも本当に不可能なのかな。なんか、やり方があるような気がするんだけど」

「無理よ。扉の外から、どうやって内側を目張りするのよ。できっこないじゃない」

議論を交わすうちに、私たちは階段を一階まで降りきった。『花水ハイツ』にはエレベーターが一台あるほか、階段が建物の両端に一つずつある。共同玄関に近いほうの階段は利用する者も多いが、その反対の位置にあるこちらの階段は、逆に利用者が少ないようだ。私は一階に降り立ってから、あらためて素朴な疑問を口にした。

「なぜ私たち階段で降りたの？　エレベーターがあるのに」

「だって、犯人はエレベーターなんか使わねえじゃん。最近のエレベーターには大抵、防犯カメラが付いているだろ。犯人もそれぐらいは気をつけると思うんだよな」

なるほど。仮に何者かが七〇六号室での犯行に及んだ場合、その犯人は、利用者がほとんどいない、この階段を使った可能性が大というわけだ。だからといって、犯人の足跡が階段の上に残っているわけでは、もちろんない。だが、現場を自分の目で見ておくことも探偵の調査の一環なのだろう。私たちは、犯人が通ったかもしれない道順を辿るように、一階の外廊下を渡り、共同玄関から建物の外に出た。

駐車場の車に戻ろうとする私たち。その途中でエルザが「ん!?」と突然足を止めた。

「どうしたの、エル？」

私が聞くと、彼女は「ううん、なんでもねえ」と首を振って、また前を向いて歩き出す。そうしてシトロエンの車中に戻ると、運転席に座った友人は目を瞑ったまま沈黙し、何事か考える素振り。やがて閉じていた瞼を開けると、茶色い眸を助手席の私に向けながら、意外なことを言い出した。

「確かに、宮前のいうとおりかもしれねえな」

「どういうこと？」

「密室の謎を解明するのは難しいってことさ。正直、犯人に羽が生えていて、七階の窓から鳥みたいに飛んで逃げたとでも考えなくちゃ、あり得ない話だ」

「まあ、犯人に羽が生えている時点で、すでにあり得ない話だけどね。それで？」

「うん、そこでだ。ここはひとつ頭を切り替える必要があると思うんだ」

「ふんふん、切り替えて、どうするってわけ？」

「だから宮前がいったとおりにするんだよ。つまり、あたしたち密室については全然お手上げだけど、それなりに調査してますよ——っていうフリをするってこと。簡単だろ」

「え……!?」

私は思わず言葉を失った。私の信頼する友人の口から、万が一にもそのような言葉を聞かされるとは、思ってもみなかったからだ。誰よりも凛々しく気高く勇敢で傍若無人で無鉄砲。でも曲がったことは大嫌いで、仕事には筋を通すのが、生野エルザではなかったか。だからこそ、彼女は『平塚のライオン』と恐れられる存在に成り得たのではなかったか。ああ、それなのに！

幻滅。失望。悲しみ。深い落胆。そしてなによりも激しい憤りが、腹の底から沸々と湧きあがる。やがてそれは怒りの言葉となって、私の口から速射砲のように飛び出した。

「なんですって。どういうことよ、エル。調査するフリですって。それって、恰好だけつけて事件解決を諦めるってこと？　適当な仕事でお茶を濁して、報酬だけいただこうってこと？　エル、あんた本気なの？　だとすれば、『平塚のライオン』も随分堕落したものね。野生のライオンどころか、飼い猫以下よ。私の知ってる生野エルザは、そんな情けないことをいう人間じゃなかったわ。高校時代、『野生のエルザ』と恐れられ、全校生徒を敵に回して高らかに笑っていた、あのころのあなたはどこへいったの？　あの雄より雄々しい雌ライオンは、もう死んでしまったの？」

「べつに死んでねえ。いまもここにいるし」友人は自分の顔を親指で示しながら、「ていうか、あたし全校生徒を敵に回してた？　そこまで嫌われてたっけ？」

衝撃の事実だな、と半笑いの友人に、怒りの収まらない私はなおも訴えた。

「もういいわ、エル。あんたには心底ガッカリよ。これじゃ、いくらなんでも静江さんが可哀相。もういい！　あんたにやる気がないのなら、この私がやるわ。ええ、やってやりますとも！　事件の謎くらい、この川島美伽様が綺麗に解き明かして差し上げるわよ。エルはそこにジッと座って、私の活躍を黙って眺めてりゃいいのよ！」

威勢よく啖呵を切った私は、そのままの勢いで「ええい！」と助手席のドアを押し開けて車の外に飛び出した。瞬間、頭上から降り注ぐ直射日光と地面から立ち上るアスファルトの異常な熱気。時刻はちょうど午後の二時。晩夏の日差し、もっとも厳しい時間帯だ。たちまち、くらり、と眩暈を感じた私は、よろけるように車内に舞い戻った。

「ん、どうした、美伽⁉　謎を解き明かすんじゃねーのかよ」

皮肉っぽい笑みを浮かべる友人に対して、私は精一杯の強がりを見せていった。

「やるわよ、やってやりますとも。――もうちょい、涼しくなってからね！」

5

結局、昼間のもっとも暑い時間帯を、私はエアコンの効いた車中の昼寝でやり過ごした。ようやく活動を開始したのは、夏の終わりの太陽が西に傾き始めたころだ。

運転席のエルザは「まあ、頑張りな」と片目を瞑って私を送り出す。私はかつて友人と信じていた彼女の励ましに「フン！」と背中を向け、ひとり車を出ていった。こうして私の単独行動が始まった。

私には、ひとつの確信があった。思うに、エルザも宮前刑事も密室というものに重きを置きすぎている。大切なのは密室の謎を解くことではなく、玄蔵氏殺しの犯人を突き止めることだ。犯人さえ捕まえてしまえば、密室の作り方など、どうにでもなる。最悪の場合は、犯人をごーもんに掛ければいいのだ！

要は、玄蔵氏の死を願う人物を洗い出すことが先決。岡野宏一は候補のひとりだが、まだ他にも玄蔵氏殺害を企む人間がいて不思議はない。

その情報を得るために、私は集合住宅に特有の、主婦たちのコミュニティを利用することを考えた。要するに、お喋り好きなおばさんたちに交ざって、情報を得る作戦だ。

幸いなことに、『花水ハイツ』の隣には、立派な公園があって、幼い子供連れの主婦や、お喋り好きのおばさんたちの恰好の溜まり場になっている。私は彼女たちの話の輪に強引に首を突っ込み、有益な情報を聞きだそうと頑張った。

そんな私のことを、多くの主婦たちは、新聞記者か雑誌のルポライターだと思ったようだ。警戒して足早に立ち去る若いママもいれば、「どこの記者？」と話しかけてくる好奇心旺盛なおばさんもいた。そんな中、これは、と思う情報がひとつだけあった。情報をもたらしてくれたのは、長い髪を茶色く染めたギャル風の若いママだ。『花水ハイツ』の七階に住む彼女は、日高夫妻とも顔馴染みだった。そんな彼女は赤ん坊を抱きながら、私にこんなふうに語った。

「実は、ここだけの話なんだけど、日高さんの亡くなった旦那さん、浮気してたのよ」

思いがけない証言に、私は前のめりになった。「浮気!? 誰とですか」

「誰かは知らないけど、派手な化粧の若い女よ。昼間に繁華街の喫茶店で、二人で会っているところを、買い物途中に偶然見かけたの。ただならぬ関係だってことは、すぐに判ったわ。ええ、そりゃ判るわよ。だってその女、日高さんのご主人のことを、『パパ』って呼んでたんだもの」

正確には「パパ」ではなく「パッパァー」だったわね、と彼女は真顔で付け加えたが、発音の問題はこの際、どうでもよろしい。大事なのは二人の関係だ。仮に、その女が玄蔵氏の愛人だったとする。ならば、痴情の縺れが憎悪に発展し、殺人に至る可能性も否定はできない。それに、愛人ならば玄蔵氏が自ら七〇六号室に入れてあげた可能性も考えられるではないか。

私は、この思いがけない情報に、胸の高鳴りを覚えた。

若いママに礼をいって、私はその場を離れた。さっそくこの情報をエルザの耳に、と思って一度は携帯を取り出したものの、私はその携帯をすぐに仕舞いこんだ。この特ダネ情報を、いまの腑抜けになった『飼い猫エルザ』に聞かせてやったところで、意味はない。

「それこそまさしく、『猫に小判』だわ」

上手いことをいって悦に入る私は、結局エルザと連絡を取らないまま、さらに情報収集を続けた。だが、それ以降、目ぼしい情報はまるで得られず、私は無駄に時間を費やすばかりだった。

気がつくと、いつしか太陽は西に隠れ、あたりは夜の闇に包まれていた。

これ以上の探偵活動は困難。場合によっては、怪しい奴と間違われて、警察の注意を受ける危険性もアリ。そう判断した私は、車が停めてある駐車場へ向かって歩きはじめた。

「だけど、エルはもう車でどこかへ、いっちゃってるでしょうね……」

なにせ、彼女と喧嘩別れしてから、もう四時間以上が経過しているのだ。牙を失った腰抜け雌ライオンだって、お腹がすけば、どこかに出掛けるだろう。同じ場所に留まっているはずはない。そんなふうに思いながら、駐車場に着いてみると、意外にも彼女のシトロエンは同じ場所にあった。ひょっとして、私のこと待っていてくれたの？

一瞬、じわりとした喜びを胸に感じながら、すぐさま車に駆け寄ってみると、運転席には誰の姿も見当たらない。

「まったく、どこウロついてんのよ、あの女！」

視線をキョロキョロさせ、私は周囲を窺った。――べつに心配だとか、そういうんじゃないわよ。車のキーは彼女が持ってるんだから、捜さないわけにはいかないじゃない」

誰に聞かせるでもない言い訳を口にしながら、結局、私はエルザを捜しに出た。

エルザの携帯に掛けながら、駐車場とマンションの間で、右往左往する私。だが、なぜか彼女の携帯からは応答がない。おかしいわね、と首を傾げる私の前を、そのとき、ひとりの怪しい男の影が横切った。男はたったいまマンションの共同玄関から現れたところだった。黒いジャージに身を包んだ中肉中背。夜なので顔の作りは窺えない。

男は箱を抱えていた。両腕をいっぱいに伸ばして、ようやく抱えられるほどの巨大な段ボール箱だ。中身はいったい何なのか、探偵助手じゃなくても気になるところだ。おまけに人目を憚るような、彼の雰囲気。足早にせかせか歩く、彼の動き方。挙動不審という言葉がピッタリくるその姿に、私は一時、エルザのことを忘れた。

「なんか、気になるわね、あの男……」

私は急遽(きゅうきょ)、男の後を追うことにした。男は段ボール箱を抱えながら、一直線に進む。彼は敷地の端にあるプレハブ小屋を目指しているようだった。その小屋はマンションの住人専用のゴミ捨て場らしい。してみると、段ボール箱の中身は、粗大ゴミかなにかなのだろう。尾行するほどの価値はなかったのかもしれない、と私は軽い落胆を覚えた。

それでも、私は植え込みの陰に身を隠しながら、男の様子を最後まで見守った。

男はプレハブ小屋の手前でいったん荷物を降ろした。小屋の扉を開けると、段ボール箱を中へと運び入れる。しばらくの後、小屋の中から再び姿を現した男は、もう手ぶらだった。ひと仕事終えたとばかりにパンパンと手をはたき、男は扉を閉めて悠然とその場を離れていった。

「なんだったのかしら、いまの？」

私は植え込みの陰から飛び出すと、すぐさまプレハブ小屋の扉を開けた。夜なので、小屋の中は真っ暗だ。だが私は戸惑うことなく、探偵稼業の七つ道具のひとつ、ペンライトを片手に中を覗き込む。先ほど男が運び込んだ巨大な段ボール箱は、小屋の片隅にデンと置いてあった。私はその箱に歩み寄り、密かに箱の蓋を開けてみた。箱の中にペンライトの光を向けてみる。

中身は椅子だった。低い背もたれと、肘掛の付いた籐の椅子。それを見るなり、私は思わず首を傾げて、ひとり呟いた。

「あれ、この椅子、どこかで見たような――はッ」

そのとき突然、小屋の扉の閉まる音。慌てて振り返る私に向かって、次の瞬間、もの凄い勢いで男が体当たりを放つ。「あッ」と悲鳴をあげる私の手から、ペンライトが落ちる。そのまま、私は小屋の壁に背中から激突。ついでに後頭部を強打した。「――うッ！」呻き声をあげる私の視界にチカチカと無数のお星様が瞬き、全身の力が一気に抜ける。

そしてそれ以降、私にはいっさいの記憶がないのだった——

6

——そうだった！　私、ゴミ捨て場で誰かに襲われて、気を失ったんだ！

長い長い回想の果てに、私はようやく自分の置かれている状況を悟った。私を襲った男は、気絶した私を七〇六号室に運び込んだのだろう。そして静江の寝室の白いパイプベッドに括りつけたのだ。だとすると暴漢は誰？　目的は何？　私をどうするつもり？

様々な疑問が私の頭を駆け巡る。だが、不安と焦りで答えは出ない。

ともかくこの状況を逃れようと、私はベッドの上で身体をくねらせる。だが四肢に結ばれたロープは、容易に解ける代物ではなかった。絶望的な気分の私の耳に、そのときガチャリと扉の開く音が聞こえた。

薄暗い明かりの中、現れたのは黒いジャージを着た中肉中背の男。例の段ボール箱を捨てた彼だ。見た目は、まだ若い。無精ひげを生やした細長い顔は、不健康な印象で表情に乏しい。生気のないその目は、何を考えているのか判らない不気味さを感じさせた。

そんな彼は抑揚のないくぐもった声で、ベッドの上の私に尋ねた。

「おまえは、誰だ。誰に頼まれて、俺を見張っている。目的は何だ」

聞かれて私は、「知らないわよ、そんなこと。だいたい、なんであんたに教えてやんなきゃいけないわけ。それより早くこのロープを外しなさいよ」と大声で訴えたのだが、私の口からは、「あうあうあう！　おうおうおう！」と愉快なアシカのショーみたいな呻き声が漏れるばかりだった。いまさらながら私は、自分が猿轡を嚙まされていることに気がついた。

「あうぐつあをはうしてお」猿轡を外してよ、と私はダメモトで訴えてみる。

すると、これが以心伝心というやつか、私の意思は相手に届いたらしい。ジャージ男は私の口の戒めを解いてくれた。

チャンス到来とばかりに、私は遠慮のない叫び声をあげる。

「あんたこそ、いったい誰よ。いったいなんの真似？　こんなことして、ただじゃすまないわよ。この変態！　変質者！　あんたなんか……い、いや、待って、変態は取り消すわ……変質者ってのもナシにする……だから、あわわ、やめてよ、ナイフとか向けないでってば！」

断固強気の姿勢を見せていた私も、ナイフの刃を頬にピタリと押し付けられた瞬間、あえなく戦意喪失。変態男に屈するのは悲しいが、いまはやむを得ない。そう判断した私は、相手を刺激するのをやめ、命乞いをする戦法に切り替えた。

「助けて。私はなにも知らないの。ただゴミ捨て場にいただけよ。なにも見ていないわ」

「嘘つけ。箱の中身を見ただろ」

「見てない見てない見てない見てないいんだってば！」

「いいや、見ていた。おまえが見てない！　ほんっとうに見てないんだってば！」

「いいや、見ていた。おまえが見ていたのを、俺は見ていた」

男はナイフの刃を私の頬から、首筋へと移動させた。私はゴクッと喉を鳴らした。

「か、仮に見たとしても、それがなんだっていうのよ。中身は籐の椅子でしょ」

「やっぱり、見てるんじゃねーか」

「ええ、見たわよ。確か、あれって静江さんの寝室にあったやつよね」そして私は、ふとベッドの上から寝室を見回すと、素朴な疑問を口にした。「そういえば、静江さんはどうしたの？　あんた、あの人をどこにやったのよ。そもそもなんで、あんたが彼女の寝室にいるの？　なんで彼女の椅子をゴミに出すわけ？　あんた静江さんと、どういう繋がりなのよ？」

「うるさい、黙れ。質問しているのは、俺のほうだ」

男の手に力が込められ、ナイフの刃が首筋に当たる。私の額に嫌な汗が浮かんだ。

「ちょ、ちょっと待って。いまなにか変な音しなかった？　扉の向こうで変な音――」

「ごまかすんじゃない。音なんかしていない」

男は威嚇するようにナイフを構え直し、その切っ先を私の顔面に向けた。そのとき、私は気がついた。ナイフを持つ男の右手が小刻みに震えていることに。そして、寝室の外で響いた謎めいた音の正体に。

絶望の底から湧きあがる微かな希望を胸に、私は男の前で敢えて不敵に笑って見せた。

「な、なにがおかしい。俺を馬鹿にしてるのか」

「いいえ、馬鹿になんかしてないわ。ただ可哀相にと思っただけ」私は男を見詰めて、一気に捲し立てた。「いい、よく聞いて。私には超がつくほど凶暴で、馬鹿がつくほど正義感が強くて、おまけにクソがつくほど義理堅い、頼れる友人がいるの。あんたがあたしの顔にかすり傷でもつけてごらんなさい。そのとき私の友人は、あんたの喉笛に咬みつきにくるはずよ。それでもいいっていうんなら、好きにすればいいわ！」

私の精一杯の脅し文句に、男は唇を歪めて無理に笑おうとした。「は、はん、馬鹿なことを。の、喉笛に咬みつくだと。そんな野獣みたいな奴が、どこにいるってんだ」

すると男の言葉に、悠然と答える声があった。

「――ここにいるぜ」

その声は確かに扉の向こう側から聞こえた。咄嗟に身構えるジャージの男。すると男が凝視する視線の先で、ひとりの女がいきなり扉を蹴っ飛ばして、その姿を現した。細身のデニムに赤いタンクトップ。その手には高校時代から幾度となく彼女の危機を救ってきた愛用の木刀が握られている。私はその凜々しく勇ましい姿に声にならない歓声をあげた。

私の最も強い友人、生野エルザの姿がそこにあった。

だが、どうやらエルザは扉を強く蹴りすぎたようだ。勢いよく開いた扉は、壁に当たってまた勢いよく跳ね返り、恰好つけて登場した彼女の顔面を直撃した。「――ぶッ」

いったん扉の向こうに掻き消える探偵の姿。呆気にとられる私とジャージ男。だがその直後、「畜生！」と八つ当たりするように、彼女はもう一度扉を蹴っ飛ばし、寝室の中へと身を躍らせた。そして彼女は木刀を肩に担いだ姿で、真っ直ぐ私を見詰めると、「助けにきてやったぜ、美伽」と得意の笑みを浮かべた。

私はこのときほど、彼女の笑顔を心強く思ったことはない。

「ありがとう、エル！　きてくれたんだ！」

感激のあまり泣きそうな私にひとつ頷くと、友人は凶暴な眸で正面の敵を睨みつけた。

「やい、この変態野郎」挑発するように叫び声をあげると、エルザは手にした木刀で男の顔面を指した。「よくもあたしの大切なダチを犯してくれたなあ。礼はたっぷりさせてもらうぜ」

「は！」さすがの私も、この勘違いだけは見過ごしてはおけない。私はすかさず友人の発言を訂正した。「馬鹿、犯されてないわよ。妙なこといわないでよね！」

え、そうなのか⁉　アテが外れたとばかりにキョトンとするエルザ。だが油断している場合ではなかった。ジャージ男は前かがみの体勢で、右腕を突き出しながら、彼女の胸元に飛び込んでいく。エルザは相手の突進を間一髪かわして、再び木刀を構えると、その先端を男に向けた。

「エル、気をつけて！　そいつ、ナイフ持ってるわよ」

「ふん、卑怯者には、ちょうどいいハンデじゃん」エルザは相手を見下すようにいうと、さらに相手を挑発した。「さあ、かかってこいよ、ジャージ野郎。あんたのナイフとあたしの木刀、どっちがよく切れるか試してみようぜ」

「な、なんだと、くそ、嘗めやがって。所詮、木刀じゃねえか……」

先ほどまで表情の乏しかった男の顔には、いまや怒りと怯えの色が両方滲んでいる。男はエルザの前で闇雲に二度三度とナイフを振り回したかと思うと、「ぼ、木刀で人が斬れるかあッ」と叫び声を上げながら、彼女に向かって二度目の突進を敢行。だが男の突き出すナイフの切っ先を巧みにかわした女探偵は、振り向きざまに男の右手を打ち据える。男の手からナイフが床に落ち、乾いた金属音を響かせた。その直後、彼女の上段から振り下ろした木刀の先が、ジャージ男の胴体を袈裟懸けに斬った。いや、木刀だから斬れてはいないはずだが、まさに斬ったと形容するのが相応しい、それは完璧な一撃だった。

「――うッ」と呻き声をあげたジャージ男は、そのまま背中から壁際に倒れ込んだ。

　すべては一瞬の出来事だった。

　ジャージ男はピクリとも動かない。死んだか気絶したかの、どちらかだと思うが、いまは後者であることを祈るばかりだ。一方、戦いに勝利したエルザは、どんなもんだい、と会心の笑み。木刀を肩に担ぐと、床に落ちたナイフを拾い上げ、ベッドに縛られた私へと歩み寄った。彼女は手にしたナイフで私の右手の戒めを切断しながら、

「すまない、美伽。ちょっと遅れちまってよ」

と私に謝った。私はなにを謝られているのか判らず、むしろ感謝の気持ちで一杯だ。

「きっと助けにきてくれると信じてた。扉の外に人の気配がしたとき、開いた扉の隙間から木刀の先が見えたんで、絶対エルだって思ったの。嬉しかった」

「そうか。でも、あの登場シーンは失敗だったな。扉は足で蹴るもんじゃなかった」

へへ、と照れくさそうに笑いながら、友人は私の左手のロープを切ってくれた。続けて、両足のロープを切断にかかるエルザ。そんな彼女に、私は倒れたジャージ男を指差して聞いた。

「ねえ、あの男はいったい誰なの？　なぜ、私を拉致したの？」

「なぜって、そりゃ、美伽の存在が邪魔だったからだろ。つまり、今回の事件を調べられちゃ困る人物。早い話が、玄蔵氏を殺した真犯人ってことさ」

「そう。たぶん、そうよね。それ以外のことで私が狙われるはずないものね。じゃあ、この男が密室で殺人を？　でもどうやって？　エルにはもう密室の謎は解けてるの？」

「ああ、だいたい判った」

エルザは頷きながら、私の右足のロープを切った。残る戒めは左足だけ。だが彼女が左足に結ばれたロープにナイフを向けた、その瞬間――

私はハッとなった。扉の向こうに、またしても人の気配があった。

私は咄嗟に叫んだ。「――エル、後ろ！」

私のひと言が合図になったかのように、勢いよく扉を押し開けながら、ひとりの男が寝室に飛び込んできた。今度はジャージではなく、ポロシャツ姿の男だ。男は猛然とした勢いで、たちまちエルザの背後に迫った。エルザには木刀を摑む余裕もない。彼女は手にしていたナイフを真横に振って応戦。だが、男は彼女の手首をがっちりと摑み、強引に捻り上げる。エルザの口から「くっ」という苦悶（くもん）の叫びがあがり、ナイフは彼女の手から床に落ちた。

友人の危機を目の当たりにして、私は彼女に加勢しようと思うのだが、左足に結ばれたロープだけが、まだ解かれていない。床に転がったナイフには、手が届きそうになかった。私は両手でロープを引っ張り、なんとか左足をロープの輪から引き抜こうと試みる。だが、固く結ばれたロープは簡単には緩まない。

そうする間に、争う二人はもつれ合いながら、寝室の奥の窓際へと移動した。ガラス窓にお互いの身体を押さえつけながら、荒々しい呻き声を発する女探偵と謎の男。やがてエルザの手が窓枠を摑んだかと思うと、彼女はガラス窓の一枚を開け放った。

平塚の海の香りが、一陣の風となって室内に流れ込む。

エルザは相手のポロシャツの胸倉をぐいぐい締め上げ、男を窓際に追い詰めた。そのまま相手を窓から突き落とさんばかりの勢いだ。男の顔は恐怖に歪んでいる。だが、男は一気の形勢逆転を狙って、いきなり右腕をエルザが穿いたデニムの股間に差し入れた。そのまま、強引に彼女の身体を持ち上げる。すると男女の体力差は如実に出た。エルザの細い身体は、軽々と男の肩の高さまで持ち上げられた。そして次の瞬間、「――あッ」

エルザが小さな悲鳴をあげたかと思うと、男は彼女の身体を容赦なく窓の外へと放り捨てた。エルザの姿は窓の向こうの暗闇へと掻き消えて見えなくなった。二人の勝負は呆気なく決した。

「え……」

私は一瞬、なにが起こったのか判らなかった。

エルザが負けた。アッサリと負けた。いや、勝った負けたの話ではない。エルザは、私の最も大切な友人は、窓から落とされたのだ。真っ逆さまに地上へと。七階の窓から、こいつの手で！　このポロシャツ野郎の手で！　なんということだ！

私は左足を拘束する忌々しいロープを、怒りに任せて引っ張った。伸びたロープの輪から私の左足が嘘のようにスッポリと抜けた。ついに自由になった私は、ベッドから転がるように床に降り立ち、殺意のこもった視線で眼前の敵を凝視した。一戦を終えた男は窓辺で荒い息を吐いている。眼鏡を掛けた端整な顔だちに見覚えがあった。

静江の甥、岡野宏一だ。

私は腹の底から叫び声を発した。「岡野ぉ！　やっぱり、貴様かあぁぁ――ッ」

私は武器も持たずに敵の身体に突進した。がむしゃらな体当たりは、逆に相手の想定外だったのだろう。私の肩は岡野の身体を窓際に叩きつけた。短い呻き声が、彼の口から漏れる。勢いに乗った私は、彼の顔面目がけて拳を振るう。だが、本格的な稽古（けいこ）も積んだことのない、か弱い女のなまくらなパンチが、簡単に命中するはずもない。男は私の拳を軽々と避けると、逆に私の頬を右手で思いきり張った。ぐらりと視界が揺れて、腰がストンと落ちそうになる。そんな私の首に背後から腕を回し、岡野はぐいぐいと喉元を絞め上げた。抵抗する術がない私は、ただ闇雲に両手をバタつかせるしかない。

「う……く……」

だがそのとき、私の右手の指先が、彼の顔の何かに引っ掛かった。次の瞬間、床に落ちたのは、彼の眼鏡だ。慌てて爪先で蹴っ飛ばすと、眼鏡は飾り棚にぶつかり、パリンと音を立てて壊れた。動揺した岡野の腕の力が一瞬緩む。私は彼の腕から顔を引き抜くと、振り向きざまに彼の股間を全力で蹴り上げた。私の一撃は、彼に充分なダメージを与えたようだった。股間を押さえて悶絶する岡野。そんな彼の無防備な顔面に、私は捨て身の頭突きを一発。さらに、もう一度金的蹴りをお見舞いすると、形勢は完全に逆転した。

私は岡野を床に押さえつけ、彼の上で馬乗りの体勢を取った。遠慮や手加減といった言葉は、もはや私の頭のどこにもなかった。私の頭を支配するのは憤怒と復讐と虚しさだけだ。私は憎き岡野宏一の顔面に向けて、渾身の力をこめて拳を叩きつけた。

「畜生……よくも……よくも……エルを……畜生……おまえのせいで……おまえのせいで……エルは……エルは……」

泣きながら私は、無駄な拳を振り下ろすばかりだった。すでに岡野宏一は戦意を喪失し、殴られるがままだ。鼻血で汚れた彼の顔面を殴るごとに、私の拳も赤く染まっていく。私の理性はもう完全に崩壊していた。そんな私の視界の隅に、一本のナイフが映った。私は男に馬乗りになったまま、手を伸ばしてナイフを摑んだ。見た目以上に重量感のあるナイフだった。私は目の前の男を見た。血まみれの男の唇が、助けて、と動いたようだった。いいや、許せない。私は首を振り、手にしたナイフを大きく頭上に振りかぶった。するとそのとき——「それぐらいにしとけよ、美伽。もう充分だろ」

ナイフを持つ私の手首を、背後から彼女が摑んだ。私は彼女に泣きながら訴えた。

「放してよ、エル！　私はあんたの敵を取るんだから——って、えええぇぇぇッ！」

私は驚愕のあまりナイフを放り出し、男の上から飛び退いた。振り返る私の目の前には、ついさっき天に召されたばかりの生野エルザの姿。私は腰を抜かしたように床にお尻を突いたまま、彼女の凜々しい立ち姿を呆けたように見上げた。

「な、なんで⁉　どういうこと⁉　エル、あんた、もう幽霊になっちゃったの⁉」

「んなわけあるか。ほら、脚だってちゃんとついてるぜ」探偵は自慢の長い脚をモデルのようにクロスさせて、ニカッと微笑んだ。「な、ピンピンしてるだろ」

「た、確かに」私は友人の元気な姿に目を丸くするばかりだ。「でも、どうして？　あなた窓から落ちて死んだはずじゃない。それが、なんでこんなに無傷でいられるの？」

「はあ、窓から落ちて死ぬ？　馬鹿いえ。死なねえよ。死ぬわけねーじゃん」エルザは背後の窓を親指で示しながら、笑い飛ばすようにいった。「――だって、ここ一階だぜ」

7

私は半信半疑の思いで窓辺に立ち、開いた窓の向こうを見やった。

闇を透かして見えるのは、月明かりの砂浜でも、遠くに広がる大磯の夜景でもなかった。そこにあるのは、マンションを囲うように植えられた、目隠し代わりの生垣だった。視線を落とせば、芝生の地面がすぐ目の前だ。なるほどエルザのいうとおり、この窓から落ちても死ぬわけがない。

「ここは『花水ハイツ』の一〇六号室だ」

エルザが先回りするように教えてくれた。「静江さんが住む七〇六号室と同じ並びの一番下の部屋。だから部屋の間取りは同じだ。部屋の広さも方角も扉や窓の位置もまったく同じ。この二つの部屋の共通性を利用して、岡野は玄蔵氏を殺害することを考えた。密室での自殺に見せかけた殺人だ。主犯は岡野宏一、そしてその片棒を担いだのが一〇六号室に住むジャージの男だ。名前は知らねえから、仮に『一〇六号室のジャージ男』略して『市丸譲二(いちまるじょうじ)』と呼んでおこうか」

「う、うん、まあ、市丸譲二でも三角定規でも、なんでもいいけどさ……」

いまだ呆然としたままの私に対し、探偵は今回の事件を説明した。

「岡野宏一が密室殺人のために市丸譲二に接近したのか。それとも岡野が市丸と親しくなった結果、密室殺人を思いついたのか。その順序はよく判らない。ともかく、岡野は市丸を共犯として抱きこんだ。成功の暁には、大金を分け与えるとでもいったんだろう。そして、まず岡野は市丸の部屋のひとつを、静江さんの寝室とそっくりに改造した。静江さんの寝室にある白いパイプベッドや飾り棚や薄型テレビ、籐の椅子や車椅子、空飛ぶ円盤みたいな照明器具も一式すべて揃えたんだ。こうして同じマンションの一階と七階に『静江さんの寝室』が二つ出来上がった。もちろん、自分の寝室がもうひとつあるなんてことは、静江さんは知らない。岡野も素知らぬふりで、彼女の前では可愛い甥っ子として振る舞った」

「仕込みは万全ってわけね。で、事件の夜、岡野はなにをどうしたの？」

「静江さんの話によれば、あの晩、日高夫妻と岡野は食事を共にした。だが、早々と眠くなった静江さんは、先に寝室に引っ込んだらしい。おそらく、彼女の飲み物かなにかに睡眠薬が入っていたんだな。もちろん医者である岡野の仕業だ。そうする一方で、岡野は玄蔵氏にはたらふく酒を飲ませて、彼を酔い潰れさせた。日高夫妻はともに意識を失ったたってわけだ。そこで岡野は共犯の市丸とともに、意識不明の二人を一階へと運んだ。防犯カメラのあるエレベーターは使わず、人けのない夜の非常階段を使ったはずだ。ひとりじゃとても無理な重労働だが、二人がかりで担架(たんか)を使えば、そう難しくはない作業だろ」

「体力的には可能だと思う。だけど万が一、他人に見られたときは、どうすんのよ」

「そのときは、そのときだ。『急病人を病院に運ぶ』とでもいって、計画は中断すればいいだろ。この時点では、まだ誰も殺しちゃいないんだから、なんとでも誤魔化せるさ」

「それもそっか」と私は納得する。「結局、運搬作業は誰にも見られずに済んだのね」

「そうだ。岡野と市丸は無事に日高夫妻を一〇六号室の寝室に運び込んだ」

「そこで岡野は玄蔵氏を殺害したのね」

「そうだ。だが、殺す前にやることがある。扉の目張りだ。このとき、目張りに使うガムテープに玄蔵氏の指紋を付けておかなくてはいけない。玄蔵氏の指紋がないと、無理心中の果ての自殺には見えないからな。岡野と市丸はガムテープに酔い潰れた玄蔵氏の指紋を付け、そのテープを使って扉を内側から目張りした。それが済んでから、いよいよ岡野は玄蔵氏の首をタオルで縛って殺害。その死体を寝室の籐の椅子に座らせた。静江さんは白いパイプベッドで熟睡中だ。さて一連の作業を終えた岡野と市丸は、目張りされた寝室からどうやって脱出したのか？　答えは簡単。寝室の開いた窓からぴょんと外に飛び降りた。それだけだ」

「七階の窓からでは無理でも、一階の窓からなら、問題ないわね」

「そうだ。そうやって外に出た二人は、一階のベランダから再び一〇六号室のリビングへと戻った。それから二人はしばらくの間、リビングで時間を潰した。静江さんの睡眠薬の効果が薄れるのを待つためだ」

「で、薬の効果が切れたころを見計らって、岡野が扉を激しくノックしたってわけね」

「そうだ。目覚めた静江さんは、部屋の様子をひと目見て、当然のようにここが自分の寝室だと思い込む。窓を開けない限り、ここが一階の他人の部屋だなんて、気が付くはずがない。しかも扉の向こうでは、甥っ子が自分を呼んでいるんだから、なおさらだ。そうやって勘違いさせられた状態の中で、静江さんは玄蔵氏の死体を発見した。慌てふためきながら、彼女は目張りされた扉を目の当たりにし、そのガムテープを剝がし、岡野を部屋へと呼び入れた。岡野はいかにも医者らしく玄蔵氏の死体を検め、そして彼がすでに死んでいることを静江さんに告げた」

「自分で殺しておきながら、いい度胸だわ」

「まったくだな」とエルザは吐き捨てた。「夫を失ったショックで、静江さんは気を失った。これは偶然そうなっただけだが、もし彼女が気を失わなければ、岡野は無理矢理にでも彼女を眠らせたはずだ。鎮静剤などといって、注射を一本打つ予定だったんだろう。実際には、そうするまでもなく、静江さんは気を失った。岡野には好都合だったはずだ。岡野は再び市丸の力を借りて、気を失った静江さんを七〇六号室に運んだ。それから、玄蔵氏の死体を籐の椅子に座らせたまま、七〇六号室の寝室に運んだ。一〇六号室の寝室で目張りに使ったガムテープは、綺麗に剝がして、七〇六号室の扉に貼り付けておく。いかにも目張り密室が破られた直後、みたいな感じに見えるようにだ。これで、玄蔵氏はあたかも七〇六号室の静江さんの寝室で死んだかのような状況が出来上がった」

「死体を籐の椅子に座らせたまま運搬したのは、死体を極力動かしたくなかったからね。死体を動かせば、なにかと不自然な点が残るっていうから」

「ああ、たぶん犯人なりに気を使ったんだろう。だが、それ以上に気を使うのは、この二度目の運搬が、絶対に他人に見られてはいけない作業だってことだ。なにしろ死体を運ぶんだからな。もっとも、この運搬がおこなわれたのは、深夜三時ごろ。昼間でも人けのない非常階段で、その時間に誰かと出くわす危険は皆無に等しかったはずだ」

「実際、犯人たちは誰にも見られずに、二度目の運搬を成し遂げたのね。――それで？」

「あとはもう、あまりやることはない。市丸譲二はひとりで一〇六号室に戻る。このとき、彼は静江さんの寝室にあった籐の椅子を持ち帰ったはずだ。寝室に籐の椅子が二つあっちゃおかしいもんな。一方、岡野は警察に通報し、救急車を要請する。そして、やってきた刑事に自ら事件の詳細を語ったんだろう。『僕が寝室に入ろうとすると、その扉が開かなくて……』ってな具合によ」

エルザは不愉快げに鼻を鳴らすと、あらためて寝室の扉と問題の窓を見やった。

「実際、寝室の扉には内側から目張りがしてあった。そのことは、静江さんも認めている。現場が七階なら、確かに密室といえただろう。だが本当の現場は一階だった。犯人たちは簡単に部屋から脱出できたんだ。けれど、警察やあたしたちは、そのことに気づかずに『犯人には羽が生えていたんじゃないか』なんて、首を捻っていたってわけさ」

「…………」羽のある犯人像を描いていたのは、エルザだけだった気がするが。

それはともかく、エルザの語る密室の謎解きは、今回の事件を見事に解き明かしているように思える。私は友人の推理に舌を巻きながら、ひとつの問いを口にした。

「ねえ、エル。あなたは、そのトリックに、いつどうやって気がついたの？」

「いや、全然気づいていなかったぜ。あたしは、ついさっきこの部屋に飛び込んで、初めてトリックに気がついたんだよ。『ああ、同じ部屋が二つあったんだな……』って」

「え、そうだったの⁉　じゃあ、それまでは、なんにも判らないまま⁉」

「そうさ。ただ、今日このマンションを訪れてみて、あたしたちの様子を誰かが窺っている、誰かに見られている、そんな感覚は何度かあった。それで思ったんだ。密室の謎についてウダウダ考えるよりも、宮前刑事がいったとおり、適当に調べているフリをしてたほうがいいんじゃないか、ってな。そうすりゃ犯人のほうがビビって、こっちになにか仕掛けてくるかもしれねえだろ。それを上手く捕まえることができれば、あとはどうにでもなるじゃん。なんなら、犯人をごーもんに掛けたっていいんだしよ」

「ご、拷問って、それは駄目でしょ。それはいけないことだと、私は思うなあ」

とぼけるようにいって、私は友人から視線を逸らした。「ともかく、これで判ったわ。あなたが『調べるフリをする』といったのは、手を抜くという意味ではなかった。生野エルザが突然堕落したわけでも、ライオンが飼い猫になったわけでもなかった。ちゃんと犯人をおびき寄せる狙いがあったのね」

「当ったり前だろ。そしたら美伽が急に『私が謎を解いてやる』とか言い出したんで、あたしは思ったんだ。『しめしめ、おあつらえ向きの囮が名乗り出やがった』ってな」

「…………」こいつ、真相究明に燃える私を、そんなふうに見てやがったのか。私は唖然としていった。「つまり、エルは私を餌として泳がせたわけね」

「まあ、そういうこと。そしてあたしは、犯人が餌に食いつくのを見張っていた」

「ん、でも待って。じゃあ、なんで私が拉致されたとき、エルはすぐに助けてくれなかったのよ。私がゴミ捨て場で襲われたとき、エルはどこで何していたの？」

「悪い。あたし、その場面はちょっと外してた。実は警官の職務質問に遭ってよ」

「職務質問!?」意外な理由に私は呆れた。「なるほど。どうりで携帯にも出ないわけね」

「ああ、美伽のことをコソコソつけていたから、怪しい奴だって見られたんだな。『いま忙しい』って突っぱねると、『近くの交番までこい』っていわれてよ。散々だったぜ」

「うーん、警察も悪気はないんだろうけどねえ……」

しかし、あわや殺されかけた身の上としては、複雑な心境だ。笑う気にはなれない。

「ところで、あたしから聞くけどよ、そのゴミ捨て場で、美伽はなにを見たんだ？」

「市丸譲二が段ボール箱を捨てようとしていたの。私はこっそり、その箱を開けて中を見た。中身は籐の椅子だった。『あれ、この椅子は……』って思ったら、いきなり襲われて、それっきり――。気がついたときには、ベッドの上に縛り付けられていたわ」

エルザは二度三度と頷きながら私の話を聞き、おもむろに口を開いた。

「たぶん、それは市丸の単独行動だな。思うに岡野宏一の最大のミスは、共犯者として軽率な小心者を引き入れたことだ。冷静に考えれば、いまはまだこの部屋に揃えた家具類を処分すべきタイミングじゃない。これらの家具は事件のほとぼりが冷めたころに、時間を掛けて一個ずつ処分する計画だったはずだ。だが、あたしたちが事件を調べているのを見て、市丸は焦ったんだな。そして市丸は、籐の椅子だけでも早めに処分しようと考えた」

「そっか。あの籐の椅子だけは特別なのね。あれは静江さんの寝室から持ち出した、静江さんの椅子。だから特に証拠になりやすい。市丸は慌てて、それを手放そうとした」

「そうだ。だが、市丸はその場面を美伽に目撃された。ますます慌てた市丸は、美伽を力ずくで拉致し、かえって墓穴を掘った。結果的に彼の行動は、美伽を捜し回るあたしを、この一〇六号室の現場に案内しちまったんだからな」

こうして女探偵は一連の説明を終えた。残る疑問点もあるにはあるが、それは些細なことだ。後は犯人である岡野たちを、拷問以外のやり方で厳しく取り調べて、彼ら自身の口から真実を語らせればいいだろう。と、そんなことを考える私は、自分の足許で起こっている小さな異変に気が付いた。

「ねえ、エル、この男、なにか喋りたいことがあるみたいよ」

私は床に横たわる岡野宏一を指差した。彼は鼻血を流しながら、ひたすら放置された状態で、私たちの話を聞かされ続けていたのだ。その顔はジャガイモのように歪んでいる。可哀相に、いったい誰が彼にこんな酷い仕打ちをしたのか、と同情すら覚えるほどだ。

エルザはそんな岡野の傍らにしゃがみこみ、相手の唇に耳を寄せながら聞いた。

「ん、なんだい？　あたしの推理に間違いでもあるってかい？　いいたいことがあるなら、いってごらん……ふん、なになに……ああ、はいはい……判った判った……」

「ねえ、なんていってるの、彼？」キョトンとしながら私が聞く。

探偵はすっくと立ち上がり、ポケットから携帯を取り出しながらいった。

「長話はやめて、そろそろ警察に通報してくれないか——だとよ」

8

岡野の要求に応えて、エルザが警察に通報すると、すぐに数名の警官が現場に到着した。警官たちは気絶するジャージ男と、顔面を血に染めた岡野宏一を見るなり、「うっ」と呻き声をあげ、その傍らにいる無傷の私たちに対して手錠片手ににじり寄った。

「お、お、おとなしくしたまえ、君たち」

「なんでだよ、あたしたちは被害者だってーの！」

だがエルザの抵抗は、かえって私たちのことを従順じゃない容疑者であると、彼らに印象付けたに違いない。

そんな苦しい場面を救ってくれたのは、遅れて到着した宮前刑事だった。エルザは彼に対して密室の謎と真犯人について説明し、私たち自身の行為をなんとか正当化しようと試みた。

「なるほど、話は判った。君たちの功績は認める。被害者というのもたぶん間違いではないだろう。——だが、しかしなあ」首を傾げる宮前刑事は、担架で運ばれていく犯人たちの姿を気の毒そうに横目で眺めながら、「それにしたって過剰防衛の疑いは拭えんだろ、こりゃあ」と困惑気味に顎を撫でた。

「まあ、そこを宮前とあたしたちの信頼関係で、なんとかしてもらえねえかなーと」

「信頼関係ねえ」宮前刑事は小さく溜め息を吐きながら、「よし判った」と珍しく話の判るところを見せた。「今回の件は、俺がなんとかしてやるよ。ただし、貸しだからな」

宮前刑事、やはり抜け目がない。いちばん悪い男は、このタイプではないかと思う。

だが、そんな宮前刑事の粋な計らいで、私とエルザは短い事情聴取を受けただけで、その夜のうちに解放された。

「これからどうする、エル？　静江さんにいちおう報告しとく？」

私は『花水ハイツ』の七階を見上げた。七〇六号室の寝室の窓には、何事もなかったかのように微かな明かりが灯っている。エルザはその明かりを眺めながら、静かに首を左右に振った。

「いや、明日にしよう。今夜はもう遅い」

「甥っ子が逮捕されたと知れば、静江さん、きっと悲しむでしょうね」

「ああ。だが仕方ねえ。あのまま放っておいたら、岡野は静江さんに、なにしたか判らないぜ。主治医って立場を利用すれば、彼は静江さんをどうにだってできたはずだからよ」

確かに彼女のいうとおりだ。岡野宏一が財産目当てで編み出した殺人計画には、そこまで組み込まれていた可能性が高い。私は岡野の底なしの悪意を思い、背筋にゾッとするものを感じた。

「ところで、エル。私、聞き込みしていて、変な話を聞いたの。玄蔵氏に愛人がいるっていう目撃情報なんだけど。あれって結局、事件とはなんの関わりもなかったのかしら」

私は茶髪の若いママから聞いた話を、エルザに話して聞かせた。彼女は興味を惹かれた様子で、「へえ、化粧の濃い女が、玄蔵氏のことを『パパ』と呼んでいたねえ」

「うん、正確には『パッパァー』だったらしいけどね。どう思う?」

「判んねえけど、玄蔵氏は本当にその女のパパだったのかもよ」と彼女は意外なことを言い出した。「つまり玄蔵氏の隠し子だな。彼は最近、実の娘と親しげに会うようになっていた。だとすれば、彼は遺言状を書いて、その娘を相続人に加えてしまうかもだ。そうなることを恐れた岡野は、先んじて玄蔵氏を殺害し、その遺産がすべて静江さんに渡るように計画を立てた。――まあ、これはあくまでも想像に過ぎねえけどな」

探偵はそういって謙遜したが、いやいや充分あり得る話だ。そして、おそらく私の友人が、この曖昧な情報を静江の耳に入れることは、絶対ない。そう私は確信する。なぜなら生野エルザはプロの私立探偵であり、それは依頼人の利益のために働く存在だからだ。

私たちは『花水ハイツ』に別れを告げ、エルザの運転するシトロエンで我らが憩いのオアシス『生野エルザ探偵事務所』に舞い戻った。なんだか凄く久々な感じがするのは気のせいだろうか。それはともかく、事務所に着いた私たちは一目散に冷蔵庫に直行。冷えたビールのロング缶を手に、私は充実の笑みを浮かべ、友人は人差し指を天井に向けた。

「熱帯夜だし、月も出てるから、上にいこーぜ」

私たちは缶ビールを手にしたまま、雑居ビルの屋上へ上がった。こうして殺風景な屋上は、束の間、私たちだけの専用ビヤガーデンとなった。プルタブを開け、缶の縁をぶつけ合いながら、私たちは揃って「カンパーイ、ぷふぁあーッ」「くーッ、たまんねーなぁー」と五十歳男性会社員みたいな感想を漏らした。他人の目がないとアラサーはこうなる、という実例だ。

「――にしても、一時はどうなることかと思っちゃった。ねえ、エル、私が一〇六号室に拉致されているって、どうして判ったの？　あれも、なにかの推理？」

「いや、あれは推理じゃねえ。目撃者がいたんだ。男が酔っ払った女を一〇六号室に連れ込むのを見たっていう住人が、ひとりだけな。それで、すぐに車のトランクから木刀を持ち出して、ベランダの窓から忍び込んだんだ。けど、一〇六号室に岡野までいるとは予想外だった。あれには、完全に不意を衝かれた。あれがもし七〇六号室だったら、ホントにいまごろ命がなかったな」

「ううん、エルなら大丈夫。七階から落ちても死なない、不死身のライオンだもの」

「それじゃライオンじゃなくてバケモンじゃねーか」エルザは缶ビールの底を私のおでこにぶつけた。「だいたい、美伽は自分じゃ気づいてねえみてーだけど、本当に凶暴なのは、あたしじゃなくて美伽のほうなんだぜ。さっきの乱闘だってそうだ。いったい何発殴れば、岡野のイケメンがあんなジャガイモみたいなブサイク顔になるんだよ」

「さあ……よく憶えてないけど……二、三発だっけ？」

私の答えは彼女に衝撃を与えたらしい。エルザは身震いしながら月に向かって吠えた。

「なんて恐ろしい女だ！　絶対、敵に回したくねえな！」

屋上に響き渡る友人の絶叫を、私は心地よい音楽のように聞いた。そして、すでにホロ酔い気分の私は、甘えるように彼女の腕を取ると、「ねえ、エル、あれしようよ、あれ！」

「あれ⁉　あれってなんだよ。やらしいやつか⁉」

「違うわよ、馬鹿」

私は頬を膨らませながら、彼女の肩に自分の肩をぶつけた。「ほら、男たちが腕と腕を絡めあって、お酒とか飲んだりするやつ。任俠映画とかで見るじゃないよ。ほら、あたしの右腕とあんたの右腕を、こーやって、こーやって、絡めあってさあ……」

私の要領を得ない説明は、それでもエルザには充分に伝わったようだった。

「ああ、はいはい、判った判った。美伽が意外とガキっぽいのは、よーく判ったから」

小馬鹿にした口ぶりながら、エルザはじゃれ合う猫のように、私の腕に自分の腕を絡めた。私たちは、その恰好のまま、それぞれのビールを傾けあった。

そして私は、私の最も頼れる友人の、その茶色く澄んだ眸を見詰めていった。

「大丈夫。私はあなたの敵になんかならないわ。生野エルザが凶暴なライオンであり続ける限り、川島美伽は勇敢な猛獣使いであり続けるんだから」

私の言葉に、エルザは珍しく照れたような表情。そして、そんな自分を笑い飛ばすかのように、友人は自慢の茶髪を掻きあげながら、私に激しいツッコミを入れた。

「だから、何度もいってんだろ。おめーのほうが、よっぽど猛獣だって！」

そんなエルザに、私は笑顔で親指を立てるのだった。

解説――平塚市民以外の方に質問です

サクラ書店平塚ラスカ店　店長　柳下博幸（やぎしたひろゆき）

芥川賞や直木賞をはじめ世に数多ある本の賞の中に、書店員が選ぶ「本屋大賞」があります。書店員が一年間に読んだ作品の中から三作品を選び一次投票で十作品に絞り込み、そこから二次投票を行い最終的に大賞を選ぶ。書店員一人一人の思いが確実に伝わるとして今年で十三回を数える賞なんです。

サクラ書店としては第四回から参加し、授賞式に出席するようになったのは東川篤哉（ひがしがわとくや）先生に初めてお会いした二〇一一年の本屋大賞からでした。壇上に立つ東川先生は、小ネタ満載で登場人物のキャラが立った作品とは裏腹に、寡黙（かもく）で時折ぼそりとつぶやく切れ味鋭いコメントで、いっぺんにご本人のキャラクターに魅了されました。

受賞作の『謎解きはディナーのあとで』はのちにドラマ化や映画化もされました。この後に書かれた作品も次々映像化され、東川先生はあっという間に人気作家への道を突き進んでいきました。このときに作成した『謎解きはディナーのあとで』のＰＯＰは当店だけのオリジナルとして今でも文庫コーナーに展示してありますので、お近くにいらした際はぜひご覧になってください。（※『謎解き～』は操り人形をイメージした立体化、『ライオンの棲む街』はキャラクターを何枚もコピーして、少しずつずらしながら重ねて組み立てた３Ｄ風です）

そんな東川先生が平塚を舞台にした小説を書いていると聞いて驚きました。「平塚が舞台？　舞台になるようなことなんか何もないじゃん？」と、自分で言いつつも「ですよねー」などと肯定されようものなら烈火のごとく怒りだす。そうです、平塚市民は謙遜はするけれどディスられるのは許せないという、地元愛が異常な市民なんです！（※個人差があります）

平塚が舞台になった作品と言えば過去に京極夏彦著『邪魅の雫』で毒殺があり、大石圭著『湘南人肉医』では晩ごはんが食べられなくなり、吉田聡著『湘南爆走族』では敵役のチーム、大武ユキ著『我らの流儀』では対戦相手のチンピラ学校だった我が街。辛うじて井上雄彦著『スラムダンク』では湘北×武里、湘北×陵南戦を平塚総合体育館でやっていたぐらいの認知度の街、平塚を、この作品が変えてくれる!!!……のだろうか？

ところで平塚市民以外の方に質問ですが、平塚と聞いて思い浮かぶのはなんでしょうか？　サッカーの湘南ベルマーレですか？　南京錠でおなじみの湘南平のテレビ塔ですか？　あ～やっぱり、家康が鷹狩りの際に座ったとされる石の事ですよね？　とか普通に「あるあるネタ」っぽく聞いていますけど、そのほとんどが平塚市民以外の方にとっては頭の中に（？）が浮かぶ事だったりします。でもイイんです！　本好きの特性として本を読むと、過去だろうが未来だろうがファンタジーだろうが戦国・幕末だろうが、その世界にダイブ出来るんです。だからきっと皆さんも、ひとたびこの本のページをめくれば日本地図で言うとだいたい横浜の近くのこの平塚の世界にダイブ出来るでしょう！

今回解説を書かせていただく事で「平塚」の人口でも調べておくかとググってみました。

「なんとなく神奈川県の中だったら上から四番目くらいじゃないかなー（※自己評価高いタイプ）」「なんだかんだ言って町田の次くらいかなー（※町田は東京です）」

結果は……神奈川六番目の都市でした！……微妙。

そんな平塚を舞台とした東川篤哉先生の小説『ライオンの棲む街～平塚おんな探偵の事件簿1～』が刊行されたのは今から三年前の夏。

文芸書が売れない時代とはいえ平塚が舞台の本。ネイティブ平塚民のジモト愛を信じて祥伝社さんにお願いしたサイン本は数百冊（※サイン本は返品できません）、ガクブルで迎えた発売当日の光景を今でも思い出します。入口にうずたかく積まれた『ライオンの棲む街』を「あった！　平塚の本！」「!?」「なんか平塚の本が出てるって聞いたんだけど」「!?」年齢層も様々に小学生からお年寄りまで朝から次々とレジに並ぶお客様の手には『ライオンの棲む街』が！　顔なじみのお客さんに次の日、感想を聞いたところ「良かったよ！　ウチの近所が出てて」「面白かったー。ラスカが出てたね！」……いやいや、本当に面白い作品なんですって、『ライオンの棲む街』は！　東川先生が丹精込めて（ですよね？）紡いだ登場人物がこちら。

自称、名探偵の主人公・生野エルザ。茶色い髪に茶色い眸の美脚の持ち主。気性が荒く、ライオンが登場するアメリカ映画『野生のエルザ』から「牝ライオン」とも呼ばれる女。

助手兼猛獣使いは川島美伽。東京でのＯＬ生活に疲れ、男にも騙され仕事も辞め、地元へ帰ってきたところ「探偵の仕事を手伝え！」と強引に誘ってきた同級生のエルザに流されつつも、地味扱いキャラ脱却を目指して探偵助手の道を歩む。

この本を手にし、読了したあなたは今から『ライオンの棲む街』の舞台巡りに出かけたくなるでしょう。そんなあなたのために手短かに街案内をいたします。

表紙からネイティブ平塚民は狂喜するのです。表紙をもう一度よく見てください、エルザの構えたカメラのレンズに映るのは駅前バス通りの四つ角、MNビル側からとらえたスターモール入口‼　細かい！　表紙からワクワクしてきます。（※文庫本のカバーは変更になるそうなので、布教用に単行本も是非）

そして、第一話「女探偵は眠らない」

探偵事務所の場所は札場町にある海猫ビルヂング。おそらく平塚競輪場から海に向かった歩道橋の下にあるビルがそうなのかなーと。階数やディティールは違いますが。彼女たちの出逢いと最初の事件は代官町公園で起こります。

第二話「彼女の爪痕のバラード」

行方不明になった恋人を探してほしいとの依頼に雨の平塚を調査する二人。現場は袖ケ浜の海沿いの河川敷。聞き込みに廻るのは紅谷町の閉店した大型スーパーの近くにあるスナック『紅』……これはちょっと特定出来ませんねー。紅谷町から明石町をブラついてみましょう。焼うどんの香りがしたらそこが『紅』なのかも。

第三話「ひらつか七夕まつりの犯罪」

言わずと知れた七夕祭りでも事件が起こります。アリバイの証人となった二人は犯人のアリバイを検証することに。そのアリバイは作中でも非常に詳細に犯行現場が描かれているので地元民は「追分の地下道かな」と浮かぶはず。このあと尾行対象者と出会ってしまうファミレスは国道沿いの一号線のデ〇ーズ。実際の建物は五階ではありませんが、このあたりの虚と実の融合が平塚とひらつかの違いをジワジワ思わせる。トリックでも重要な意味を持つこの立地を是非現地で確かめてみてほしい。犯行が可能だったのかどうかを！

第四話「不在証明は鏡の中」

姉が占い師に洗脳されていなくなった。姉が本当に占い師のところにいるのか調査してほしいとの依頼が入る。金目川沿いを爆走する徹底的に改造されたスーパーカブ（電飾等の飾りつけで、速度の改造ではない）の疾走感が見どころ。

第五話「女探偵の密室と友情」
大磯ロングビーチにほど近い平塚にあるマンションに住む老婦人から依頼されたのは夫の自殺についての調査。都まんじゅうを武器に不良と戦う名探偵が最後に挑むのは密室殺人⁉　高浜台近辺のあの辺りかな？

本来の平塚は比較的穏やかな街なんです。こんなに頻繁に殺人事件は起こりません。当たり前です、小説なんだから。実際に普段私たちが見かける平塚警察の方はシートベルトの取り締まりだったり交番勤務のお巡りさんがほとんどです。当たり前です、この本はミステリ小説なんですから！　普段小説を読むときはそれが完全に虚構であると認識して物語の世界にダイブして読み進めます。それが実在の新宿だったり渋谷であったとしても、それはあくまで物語の舞台と認識して。しかしこれが地元「平塚」が舞台となると、ストーリーは虚構と認識しているはずなのに合間合間に挟まれる情景描写に、その都度脳内グーグルマップが立ち上がりなかなか読み進められなくなってしまいます。でも、それがものすごく楽しいんです。ミステリという虚構に絶妙なさじ加減で混ぜ込まれるリアリテイ。平塚を知らない方は普通にストーリーにハラハラ出来るし、プラスしてネイティブ平塚民であれば地元ならではの、あるある感にワクワク感が倍増してより一層楽しめることでしょう。あらゆる方向に突き抜けた「女探偵」エルザと地味という名札をひっくり返したい「相棒」の美伽、二人の小気味いい掛け合いも見どころですが、個人的にはスナック『紅』のママの焼うどんとポテサラに秘められた深い過去なんかも気になります。

地元民としては気になる平塚グルメや観光スポットもまだまだたくさんあります！　東川先生には今後も第三、第四の続編を期待しています！

（この作品は、平成二十五年八月、小社から四六判で刊行されたものです。また本書はフィクションであり、登場する人物、および団体名は、実在するものといっさい関係ありません。）

一〇〇字書評

切り取り線

購買動機（新聞、雑誌名を記入するか、あるいは○をつけてください）

□（　　　　　　　　　　　　　）の広告を見て
□（　　　　　　　　　　　　　）の書評を見て
□ 知人のすすめで　　□ タイトルに惹かれて
□ カバーが良かったから　　□ 内容が面白そうだから
□ 好きな作家だから　　□ 好きな分野の本だから

・最近、最も感銘を受けた作品名をお書き下さい

・あなたのお好きな作家名をお書き下さい

・その他、ご要望がありましたらお書き下さい

住所	〒				
氏名		職業		年齢	
Eメール	※携帯には配信できません	新刊情報等のメール配信を 希望する・しない			

この本の感想を、編集部までお寄せいただけたらありがたく存じます。今後の企画の参考にさせていただきます。Eメールでも結構です。

いただいた「一〇〇字書評」は、新聞・雑誌等に紹介させていただくことがあります。その場合はお礼として特製図書カードを差し上げます。

前ページの原稿用紙に書評をお書きの上、切り取り、左記までお送り下さい。宛先の住所は不要です。

なお、ご記入いただいたお名前、ご住所等は、書評紹介の事前了解、謝礼のお届けのためだけに利用し、そのほかの目的のために利用することはありません。

〒一〇一－八七〇一
祥伝社文庫編集長　坂口芳和
電話　〇三（三二六五）二〇八〇

祥伝社ホームページの「ブックレビュー」からも、書き込めます。
http://www.shodensha.co.jp/bookreview/

祥伝社文庫

ライオンの棲む街　平塚おんな探偵の事件簿1

平成28年9月20日　初版第1刷発行

著　者　東川篤哉
発行者　辻　浩明
発行所　祥伝社
東京都千代田区神田神保町3-3
〒101-8701
電話　03（3265）2081（販売部）
電話　03（3265）2080（編集部）
電話　03（3265）3622（業務部）
http://www.shodensha.co.jp/
印刷所　堀内印刷
製本所　関川製本
カバーフォーマットデザイン　芥 陽子

Printed in Japan ©2016, Tokuya Higashigawa　ISBN978-4-396-34239-5 C0193

〈祥伝社文庫　今月の新刊〉

東川篤哉
ライオンの棲(す)む街
平塚おんな探偵の事件簿1
美しき猛獣こと名探偵エルザ×地味すぎる助手美伽。格差コンビの掛け合いと本格推理！

渡辺裕之
殲滅(せんめつ)地帯　新・傭兵代理店
リベンジャーズ、窮地！　アフリカ・ナミビアへの北朝鮮の武器密輸工作を壊滅せよ。

西村京太郎
十津川警部　哀しみの吾妻(あがつま)線
水曜日に起きた3つの殺人。同一犯か、偶然か？　十津川警部、上司と対立！

早見和真
ポンチョに夜明けの風はらませて
笑えるのに泣けてくる、アホすぎて愛おしい男子高校生の全力青春ロードノベル！

安東能明
侵食捜査
女子短大生の水死体が語る真実とは。『撃てない警官』の著者が描く迫真の本格警察小説。

草凪　優
俺の美熟女
羞恥と貪欲が交錯する眼差しと、匂い立つ肢体。俺を翻弄し虜にする、〝最後の女〟……。

天野頌子(しょうこ)
警視庁幽霊係の災難
コンビニ強盗に捕まった幽霊係。美少女幽霊、霊能力者が救出に動いた！

広山義慶
女喰い〈新装版〉
これが金と快楽を生む技だ！　この男、最強のエリートにして、最悪のスケコマシ。

喜安幸夫
闇奉行　娘攫(さら)い
美しい娘ばかりが次々と消えた……。娘たちを救うため、「相州屋」忠吾郎が立ち上がる！

佐伯泰英
完本　**密命**　巻之十五　無刀　父子鷹(おやこだか)
「清之助、その場に直れ！」父は息子に刀を抜く。金杉惣三郎、未だ迷いの中にあり。